阅读是心灵的旅行

孙亚玲

枕着秦岭入眠

孙亚玲 著

陕西新华出版 陕西人民出版社

图书在版编目(CIP)数据

枕着秦岭入眠 / 孙亚玲著. —西安 : 陕西人民出版社, 2023. 11

ISBN 978-7-224-15146-6

Ⅰ. ①枕… Ⅱ. ①孙… Ⅲ. ①散文集-中国-当代 Ⅳ. ①I267

中国国家版本馆 CIP 数据核字(2023)第 207902 号

出 品 人:赵小峰
策划编辑:张孔明
责任编辑:黄　莺
整体设计:佀哲峰　姚肖朋

枕着秦岭入眠
ZHENZHE QINLING RUMIAN

作　　者　孙亚玲
出版发行　陕西人民出版社
　　　　　(西安市北大街 147 号　邮编:710003)
印　　刷　西安市建明工贸有限责任公司
开　　本　889mm×1194mm　1/32
印　　张　10
字　　数　200 千字
版　　次　2023 年 11 月第 1 版
印　　次　2023 年 12 月第 1 次印刷
书　　号　ISBN978-7-224-15146-6
定　　价　59.00 元

如有印装质量问题,请与本社联系调换。电话:029-87205094

目录

只有心静得如同一壶清水，才能享受生活的一杯香茶。

峒峪村记

虽说在西安城里住了三十多年，但我还是喜欢农村，喜欢小时候生活的地方——峒峪村。

峒峪村，蓝田县玉山镇最古老的一个大村，有九百七十六户人家，四千五百余口人，孙姓和李姓是村里的大姓，占据了百分之八十五的人口。我的家族就是山西大槐树下老鸹窝移民来的三户孙姓的一支。

峒峪村处在秦岭北麓的峒峪口，峪因其出口处有古石洞二十多处而名，村子坐落于峪口，遂取名峒峪村。我家在峒峪村北头，村东一条弯弯曲曲的峒峪河，发源于峒峪山顶，经姜家山、十亩坪、山王村奔向河东，最终同清峪河、流峪河、倒沟峪河、稠水河在玉山村附近汇合成灞河。

小时候，村里人多，房屋却少，村巷里屋舍仄仄斜斜，房屋不规整，从东边巷口进去，有可能从北边巷口才能拐出来。村里树多，家家门前几乎都有，但最多的还是柿子树、槐树、核桃树、杏树，桃树比较稀缺。每到饭时，一条巷子的男人都蹲在巷口树荫下，手里端一瓷碗，抱住碗沿呼噜噜地吸溜着，吃完饭把空碗往地上一蹾，从裤腰带上抽出旱烟锅，解开用麻绳绑着的烟袋，使劲地在里边挖几下，末了左手拿烟杆，右手大拇指按瓷实旱烟沫子，再卸下搭在肩上的苞谷胡子辫，用火镰点着后，猛地吸上几口，再把烟锅在脚后跟"嘣嘣嘣"磕几下，舒舒服服地咳嗽一阵子，才背着手回家去了。

我们家从老房子搬到新屋时，是村里最后一排。白天还罢了，村人下地种田得从我家墙外过，但到了晚上黑咕隆咚的，出门总是害怕。我和婆在墙外空地上种了许多凤仙花，每到傍晚就有小媳妇大姑娘来采摘，婆总是搬个小凳坐在门口，和她们有一句没一句地说一些没盐没醋的闲话，来打发时日。现在，我家屋后也盖满了房子，甚至和我舅家山王村即将连接在一起，每家房前屋后没有一片空地，巷子打成了水泥地，不能栽树，更不能种花了。婆也在 1995 年正月初八去世了，巷子里冷清了许多。即使白天，村巷里也少有人走动，孩子们被家长接到城里上学去了，谁也不愿让孩子输在起跑线上。

村里人十分厚诚，几乎近于傻气。如有行人打问道路，遇到饭口，必拉进屋里，热汤煎饭盛一老碗，吃罢总嫌指头太短口舌太笨，指不到说不清三拐四拐的地方，倒不如领着送到来得干脆。对外人如此，邻居亲和更不用说，他家房子山墙挨着你家山墙，门对门窗对窗的，谁家做下好吃的，对着门口喊一声，听到的拿着碗就来了，丝毫没有不好意思的感觉。现如今，邻居间这股热乎劲却再难遇到，各家都有各家的事，只有过红白喜事时，村里人才能聚在一起忙活两天。事毕，又背起行李各奔东西了。

冬天下雪结冰的时候，村子里不管男孩女孩排成队，从巷子最北头的五队饲养室门口，一个挨着一个，都侧着身，一前一后分开两脚滑下来，足足得滑二百多米。假如其中一个摔倒，就会连着倒一串串，一个个嘿嘿笑着爬起来，又向最高处跑去。江善爷是村里的老人，曾参加过许庙民团，和许权中一起走过革命道路。他家在巷口大路边，地势相对较低，谁要是能一口气滑到江善爷家门口，他一定会奖励你一根红薯干或者萝卜干，有时还会说上一段顺口溜，可惜我那时太小，记不住。江善爷的口才好，在周围十里八村是出了名的能谝，不管谁家有事，只要他在，村人的魂就在，即使是两家为地畔子、庄基地、房檐水打架骂仗再难堪的事，他也能劝说得两家人言归于好，依旧是热热乎乎的好邻居。

峒峪村人爱秦腔，已经到了去周围村子看戏还不过瘾的地步。即使在田地里累得筋疲力尽时，站在犁沟里吼一段秦腔，立时便心胸舒畅，关关节节的困乏便一股脑地退去了。戏唱得好的，也成了村里最体面的人，我爷和我爸都是村里的体面人。在民国十七年，穷得叮当响的村民掏出了压在箱底盖房娶媳妇的钱，你一块他两块地筹凑着，在村南口的南庙坡口盖戏楼，民国二十五年二月五日，一座雕梁画栋的戏楼建成，请来水陆庵的大师开光演大戏。生旦净丑各种角色，出将入相地鸣锣在这里开唱。提袍甩袖、吹胡瞪眼，南庙立刻成了古今大乐府，天地大梨园。我爷是个文盲，大字不识几个，就连自己名字也写得拐七扭八的，却能整本整本地背出百十本的戏文。他爱唱戏，既是导演又是演员，是十里八村有名的男旦，听说他扮相俊俏，碎步如水上漂移一样轻挑、好看。“有心不看，对不住春善”“有心不去，还有胡计”“走呀走呀，出来个狗娃”“有心想骂，还有汉娃”。春善，是我爷的大名。

六队大场西北拐角有一口水井，是五、六两队人吃水的井。井水常年清冽冽的，生喝比烧开更甜。不管天气多旱，井水都没有涸竭过。下雨天井水更旺，有时候你只要提着水桶弯下腰就能舀上满满一桶。女人们担着两桶水，细腰一闪，扁担一颠咯吱咯吱地回家去了。新娶的媳妇，不好意思去村东的峒峪河里洗衣服，就让男人担水回来，在院子里一盆一盆地涮洗着，口渴了，舀一瓢抿着嘴喝完，继续浣洗。院门外铁丝上花花绿绿地搭满衣服，远远地，很像是万国旗一样鲜艳、好看。

要到峒峪村七队橡凹沟村，科研站是必经之路。科研站的那片桃园，是我们小时候调皮捣蛋的乐园。每年3月桃花盛开时，女人们就从桃园中间的那口井里打来桃花水，洗发洗脸，头发愈是乌黑，肤色愈是白皙。看护桃园的是我妈她大舅，也就是我的大舅爷，年逾七十，但耳不聋眼不花。有次雨天，我披一麻袋做成的雨衣，溜进大舅爷住的草庵子，撒谎说家里老母猪带着一群小猪娃，进了桃园，得吆回去。我把身上的短袖捅进裤子里，钻进桃园里害人，把未成熟的毛桃摘下来装进肚前衣服里，桃没吃成，肚皮却过敏痒了几天。后来，大舅爷见到我睨着眼睛问，找到猪没有，我嘴里打着马虎眼呜啦过去。真话不能说的。

站在我家房顶往北看，就是朝坡。朝坡因为遍栽柿树，每逢秋风扫过，满坡柿叶红遍。人道香山枫叶好，难及朝坡红叶美。“朝坡红叶”便是峒峪村一道亮丽的风景。在朝坡南端，一汪清泉映池莲。盛夏，蜻蜓点过波光粼粼的水面，轻轻地落在墨绿泛翠的荷叶上，看着青蛙跳跃鸣鼓，听着牧童放声歌唱，这“荷塘蛙鸣”又构成了峒峪村的另一道风景。村子东边靠峒峪河的地方，原来有一片茂密的芦苇荡，盛夏时节，乳白色的芦花似波浪般起起伏伏、撒向天空，又似漫天雪花般飘飘扬扬，“芦花飞絮”让人遐想万千；穿过芦苇荡，是橡凹沟村那棵上千年的皂角大树，村人叫它“白鹤树”。树干粗壮，需五人合抱，树冠半圆，如裁剪过一般，整日落满白鹤，鹤鸣声不绝，尤其黎明，犹如仙乐从天上飘了下来。老辈人一直相传，白鹤树是尉迟敬德所栽，因常年白鹤栖息，白鹤又是吉祥之物，所以此树也称为神仙树，每逢初一、十五就有村民敬香磕头，求得平安。

蓝田地处西安市以东，玉山镇又在蓝田以东，峒峪村属玉山镇的心脏。村东五条土梁，后高前低，如五只下山虎盯住村庄，东望可见形似弥勒佛的天明山西峰——高巅山；村西一条由低而高的土岭长寿岭，似腾空而起的巨龙。这龙虎盘踞，护住了勤勤恳恳的峒峪村民；村北进清峪绵绵数十里，山清水秀，风景这边独好。峒峪村处在这虎头、龙爪相持的开阔地中间，亘古以来被认为是一块风水极佳的宝地。

走过玉山古镇许庙街，踏过清峪河大桥，可见一座古朴典雅、雄壮而伟岸的牌楼上写着“峒峪村”三个隶书大字，牌楼两侧嵌有对联曰：面对玉山遥望古猿岚瑞映照此乃一洞福地，背依秦岭环山揽水藏龙卧虎村纳百峪仙气。每年清明前后，是峒峪村油菜花盛开的季节，四周八下的游客拥得峒峪村街道车堵，人挤。有灵性的村民发现商机，在自家门口摆上矿泉水、小食品、水果摊就能挣钱，既照顾了家里老人又有了份收入，一举两得，真是好事。2016 年 4 月 12 日，我邀请了陕西一百多位作家、文艺家来村子采风，经过他们宣传峒峪村更是火了一把。

岁月如流水，日子似白驹，每每说起最快乐的时光，留在记忆最深处的，还是生我养我的峒峪村。

峒峪河又记

湖光山色的峒峪谷，距西安市仅六十余公里，位于蓝田县玉山镇山王村北五公里处，属秦岭七十二峪的一支。其东临商洛，西接渭南，南通蓝田县城，北挨华阴。这里民风淳朴，风景如画，群山叠翠，空气清新，流水潺潺。

从峪内流出的这条弯弯曲曲的峒峪河，发源于秦岭支脉天明山东峰将军帽西侧即土坡沟尖，流域全长十五公里。从天明山腹地冲出后，一路西行，跳跳蹦蹦二十多里，接收了大那岔河、小那岔河、翻山河等支流，到十亩坪突然向南一折，再流三五里出峒峪谷，经姜家山村、山王村、峒峪村、河东村、小寨村，浩浩荡荡约十里后与清峪河、倒沟峪河、流峪河、稠水河一起，在玉山村以西，汇成有名的灞河。

半个世纪以来，我经常徘徊在峒峪河畔，目睹了发生在她身上的变化。记得小时候，每逢夏日汛情出现，峒峪河河水暴涨，洪流怒号，毁田冲地，惊涛拍岸。现在的峒峪河却再也难觅其昔日的景象了。往日宽阔得如篮球场的河口，现如今有的地方恓惶得只剩下碗口粗细了，别说那横冲直撞的洪水模样，就连哗哗的流水声也再难听到了。她温温柔柔地流过，羞涩得如少女般使人怜爱。

二

家乡的这条峒峪河，她既承载了我快乐的童年，也让我因玩水而受到父亲的责骂。小时我生性顽劣，整日里和二哥在村前村后，端着木头手枪冲啊杀啊。夏天时，二哥爱耍水，常带着我在村东的河里打江水，捉鱼摸虾。

天晴的时候，峒峪河河水清澈，河底的石头清晰可见，水中游动的小鱼儿，全是黑脊背银肚皮的那种。村里的大人是不去惊动鱼的，但我们这群熊孩子常常脱了鞋，挽起裤管下到河里逮几条鱼上来，可怜的是，鱼儿离开水一会儿就死掉了，只能喂猫。几番下来，猫儿也知道了美味来自河里，就时常溜达到河边觅食，但它们不如小狗有本事，不能下河游泳。可想而知，猫儿肯定是一无所获。

峒峪河温柔时如母亲，生气时却又如强盗。我小时候最爱去的是橡凹沟我妗婆家。妗婆是我妈的妗子，她有六个儿子，没有女儿，寒暑假里我总是住在她家，她也格外地疼我。

记得有一年夏天，一连下了四五天的大雨，我和大我五岁的六舅吵架了，哭着闹着非要回家，舅爷实在没法，只能披着麻袋片子去送我。可谁知道，峒峪河水却把我们挡住了，往日的几十块列石，这时都被洪水冲得不见了踪影。不管舅爷怎样劝等河水小了再回去，我就是不答应，无奈之下，舅爷只好解下腰带，一头系在他身上，一头系在我身上涉水渡河。刚开始时，河边水浅能蹚水移步，越往中央走，河水越大越深，突然一股洪水冲了我一个趔趄，往日脚踏土地安稳的一颗心，突然间提到了嗓子眼，一时觉得整个人像飞出了地球，飘在半空之中，失去了重心，也失去了控制，双眼眩眩晕晕地顺着水流的方向，随着洪水的流动飘飘然地去了。舅爷一把拉住我的胳膊，急忙一个后退，返身向岸边走去。我们的强渡失败了，我的心又妥妥地落下来，装回了肚中。

清醒以后，我站在河的东岸看着二十多米以外河的西岸，科研站那片我曾经偷毛桃的桃树林依然挺立着，可看护桃园的庵棚却不知去向，大舅爷早在几年前就去世了，此后再也无人愿意来了，谁也耐不得桃园的孤寂和无聊。紧邻桃园就是我们峒峪村，虽近在咫尺，却因河水猛涨不能回家。我恨透了眼前的峒峪河，也恨透了欺负我的六舅。无奈，我只能哭哭啼啼的极不情愿地跟在舅爷后边，回他家了。

四十年过去了，峒峪河水依然在流动着，只是当年我蹚水过河的地方，如今已由政府修建了水泥石墩大桥。

那天，我和父亲、大哥三人站在桥头，满头白发的父亲看着眼前新修的水泥大路，久久不动。我知道，他又在思念长眠在路下的他的爷爷、奶奶和二爷爷了。两个月前，镇上引进资金发展橡凹沟民宿经济，需要修一条水泥大路，在多次和其他几户村民协商不通的情况下，把父亲从西安叫了回来，商量着要从我家祖坟上修一条道路。父亲开始也不同意，认为让千人万人从祖坟上踩过，是对先人的大不敬。父亲经过一夜的思想斗争，思量再三后决定不能因为自己逝去的亲人而影响村里的发展，最终他同意了。只是在以后的好多日子里，父亲整日沉默寡言，食欲不振。

为了写这篇文章，我专门回去重走这段路时，父亲和大哥执意陪我一同前往。

二

这些年里，我是走了不少地方，算得上是“八千里路云和月”了。不管我身处何地，我常常都思念我的故乡——蓝田县玉山镇峒峪村。

虽然她贫瘠，还有点落后，但她孕育了我，滋养了我。我因吸收了她干净纯粹的精气神和青山绿水的自然元气，才生长得健康而大气。尽管我的皮肤不白，模样不俊，个子不高，甚至还有点瘦小，但她却始终用宽厚的胸怀和包容的心智抚摸我、慰藉我，直到今天也不曾放弃我，总是用她温柔慈祥的目光召唤我，常回家看看。

辛丑年 5 月上旬，我和几位朋友驱车，又一次回来了。我们本来计划去九间房镇的歪嘴岩爬山，但因李老师前几日扭伤了腰，才改变路线，莽莽撞撞地走进了峒峪谷。

我们把车停在峒峪谷里的姜家山河畔。太阳毒辣辣地炙烤着大地，也炙烤着我们，将身儿置于水光潋滟的峒峪谷中，汩汩的流水声和清澈的河水，把我们引入她的怀抱。感受大自然优美环境的好心情最终战胜了毒辣的太阳光。

一条河流，曲曲折折地在峒峪谷里奔流，一会儿宽了，一会儿窄了，一会儿喧闹，一会儿平和，刚从这个村子折过，又从那个村子绕走，才从这个山嘴淌过，又从那个岩石冲出。我想，河水这是在寻找着它的出路，河水也只有这么流动着，才是它的生命之力。

我们扑向河中，掬水濯面后，懒懒地散坐在河边。看着河水从脚下淌过，天真的童心瞬间被点燃，忽地将水撩起洒向对方，凉爽使他不介意迎面而来的河水的冲击，甚至还希望这种清凉来得更猛烈一些。

天空高远、洁净，由于河水的映照，湛蓝的天空也似乎透出可爱的碧绿，片片白云轻轻地飘浮着，像大海里游动的白帆。看着头顶蓝蓝的天，身前身后绿绿的山，还有脚下清冽冽的河水，我一直在脑海中搜寻着一切美好的词汇和句子，但总感觉没有任何一个词句能配得上此时此刻的情景和心境。 脖子上系着的柔软的蓝色丝巾，没有它鲜明；手腕上佩戴着的温润的玉镯，没有它细腻；身上穿着的碎花衫子，没有它灿烂。

远处树林中传来算黄算割的鸣叫，预示着又一茬庄稼的丰收。 一对矫健轻盈的燕子在上游河面上嬉戏着、呢喃着，一会儿在蓝蓝的天空中滑过来，一会儿又滑过去。那一片片可爱的变幻着各种姿态的白云，飘着、荡着，慢慢腾腾地被微风轻抚着，变成一丝丝、一缕缕，然后又渐渐地化成小团融入蓝色的天际之中。

从河水中出来，准备从车中取水喝的时候，发现几个村民正在一眼用石头箍着的泉水边汲水。 我们也走了过去。 不看不知道，一看吓一跳，好清洌的一汪山泉水，正汩汩地从地下往上冒着。 泉口不足两尺，周围长有杂草，石头上附着绿油油鲜活活的水苔。 接过村民手中的水瓢，舀起山泉喝了一口，甘甜似蜜，凉得瘆牙。 听村民说，这眼泉水一年四季不枯竭，夏天凉得过瘾能止渴消暑，冬天冒着白气还有温热亦能暖肚。

一行人沿着新修的水泥路向最顶头的村民家中走去。眼前山崖上的两株古柏，都有一搂粗壮，树冠大如雨伞，遮了半山阴凉。 新长出的毛竹，枝叶有的青翠，有的深墨，有的嫩黄。 一支两支，三支四支地形成一丛，一丛一丛地擎起一片竹林，如英姿飒爽的解放军战士般整整齐齐地排列着，等待着客人的检阅。

路边多是好看的、好玩的石头，大小不一，有的似鸡蛋那么大，有的似老笼那么大，有的似汽车那么大，有的似房子那么大，一律安安静静地卧着，任你东西南北风，它自岿然不动，永远地守着青山绿水。看见它们，我欢喜得不能自已，爱恋地瞅准一个小石块踢了一脚，石头没有远去，我的脚却被弹了回来，疼得我“哎哟”一声，抱着受伤的脚，一屁股坐在地上，埋怨自己不知天高地厚，居然和年年月月吸附天地日月精华的石头试软硬，不吃亏那才怪了。同行的几位看着我的窘态，竟哈哈大笑得直不起腰来。

顺着一条弯曲的山路，来到姜家山最顶端的霍姓人家。一位大嫂站在门口，远远地就招呼着我们屋里坐。她说：孩子们都出去打工了，家里就剩她和老伴，种地、养羊。春日产崽夏日挤奶，总之他们靠山吃山。羊群早晨放到坡中吃草傍晚自己回圈，不用主人牵引。以前只听说过老马识途，今天却知道了群羊竟然也能识得回家的路。我猜想，这些山羊也许是常年生长在山中，吃新鲜嫩草喝纯净山泉，都成精灵了吧。

大嫂把屋子里拾掇得清爽干净，没有丁点儿灰尘，家具灶台擦得锃亮。在我们聊天的当儿，来了一只黄白黑相间的猫咪，浑身绒绒的似一个毛团，大嫂让它卧在屋子中堂板柜前的地上。它时而老实地把头窝在肚子下，安静地闭着眼睛休憩，时而睁开眼睛淘气地瞅着我们这几位陌生的不速之客。过了一会儿，我发现它竟然是“人来疯”，趁大嫂和我们闲聊的空隙，偷偷地爬起来，长长地伸了一个懒腰，轻轻地在屋内溜达了几圈后，悄悄地凑到碗柜前，用前爪扒拉着柜门，估计是想偷吃里边的美食吧。大嫂看见了它的小把戏，故意不理睬，等它将要打开柜门的时刻，大嫂刚一起身，猫咪便“嗖”的一下蹿到屋外去了。等我们几人出来时，它正在场院麦秸堆旁太阳下晒暖暖，一副蠢萌蠢萌的样子十分可爱。我和它打着招呼告别，它连正眼都没瞅我一下。也许它已经记仇了，生气我在该出手时没出手，未能替它从主人那里讨来美食吧。

离开大嫂家，漫步在峒峪谷的山水之间，整个身心惬意了许多。往日在城里的烦闷和聒噪都抛却得无影无踪。享受着大自然无私的馈赠，腿脚都变得轻快了，同行的几位男士八字步儿也迈得潇洒而傲娇，一副天地间唯我独尊的架势，这在峒峪谷以外，是如何也找寻不到的。

三

要去姜家山村，十亩坪是必经之路。十亩坪是山王村的一个小组。

十亩坪顾名思义，一片有十亩的平地。十亩坪村的山民分散地居住在峒峪河两岸。河水在峒峪山顶从东向西流过五里路以后到达姜家山村时，变成了两山之间夹成的一条细水，河床越来越窄，黑青色的石头河床被河水经年累月地冲击形成了五尺宽的河槽，河水流得缓缓坦坦，没有一点声息。山谷里没有河岸，一边是石子小路，一边是陡峭的山崖。在最窄处，河水缩着身子聚集着浑身的力量，形成一股白生生的瀑布猛地向三米下的深潭跌去，声音立刻大了起来，“嗵嗵”的如鸣大鼓。潭水深有数丈，水面立生出云状白烟，一会儿聚一会儿散，潭水呈墨绿色，这就是瓮瓮潭了。

人站在瓮瓮潭边，看着四周青山之上的云雾，想象着它们是一群羊，一匹马，一条龙，甚或是一位美人。听着林中鸟儿竞相争鸣，也不觉得烦乱。河水在潭中做旋转状后，再向下流出二十余米，又是一个水潭，水深不足一丈，河水清澈得能看见底部平整光滑的石床。潭水平静温和，夏日白天有男人游泳，晚上便是女人的天然澡堂。

在十亩坪村西，河床豁然开阔，石槽消失了，一河两岸满是大小不一的石头，河水清清冽冽，软软绵绵地流着。正当你要顺着滑滑的石头光着脚丫下去，捡几枚十分可爱的石子时，河水突然间拐了个九十度的弯，从北向南，不紧不慢地往山王村流去了。

山王村三面群山环抱，层峦叠嶂，是位于蓝田县东川秦岭北麓堡子嘴山下的一个大村庄。村西莽莽伏卧的峒峪岭，高出村庄二十余丈。村东是天明山西峰高巅山，山高谷深，林密草茂，整个山体形似一尊打坐的弥勒佛。村北正对峒峪谷口，左侧岩石嵯峨，断崖突兀，右侧有一座锥形山峁，当地人称“堡子嘴”，山上遍布松柏，一年四季绿色掩映。堡子嘴南侧有十多个天然洞穴，相传为黄巢军居住之所。大者十余米深，小的也有三五米深，洞内曾经烟熏火燎痕迹亦在。

峒峪河从村东汩汩流过，河道两岸土地肥沃，20世纪七八十年代，三十多里长的峒峪河，两岸稻田连片，水光潋滟，蛙鸣阵阵。村南是村民赖以生存的平川地带，玉米黄豆小麦样样都产。

位于峒峪河畔的山王村，是我母亲的娘家，王姓村民基本上居住在村北村东，占据着平川肥沃良田。秦姓人来得最晚，居住在村西黄土地之下，种的大部分都是岭上的薄土地，靠天吃饭。刘姓人是附近刘家山村民移居而来的，住在村南，多以耕种河滩沙石地为主。村中有句顺口溜说得精彩："王姓人家占了前后川，刘家占了个烂河滩，秦家人来得晚，只占到了坡边边。"

不管是王姓，还是秦姓、刘姓，都不影响山王村人为解放战争做出的贡献。

1926年，军阀刘镇华围困西安失败，溃兵欲经清峪沟翻峒峪山到洛南，然后逃回河南，在经清峪谷槐树沟时，被山王村猎户王兴槐发现，一声"缴枪不杀"吓得他们百余人弃枪做鸟兽状跑散。1927年，利用这些缴获来的枪支，蓝田成立了第一个农民武装——山王村农民自卫队，村民王兴槐任队长。在此基础上壮大革命队伍，后又成立了中共山王村党支部，王兴槐任党支部书记，山王村党支部是蓝田县东乡第一个党支部，王兴槐也是东乡发展的第一个共产党员。

吃峒峪河水长大的山王村民刘堂印、刘堂智、秦生文等，都曾经在峒峪谷开展过一系列轰轰烈烈的革命运动。

四

一条峒峪河，千百年来滔滔不息地流淌着，是峒峪谷一河两岸八九个村上千户村民赖以生存的源泉，他们的生活与生产，无不与峒峪河发生着千丝万缕的关系。想到这些，我很感动，胸中来来回回地翻涌着一种对于大自然虔诚的膜拜之情。

站在峒峪村六组河堤的水泥路边，望着潺潺流动的峒峪河水和从橡凹沟流出来的四渠河水，它们于此交汇，大的纳了小的，浊的混了清的。峒峪河原本是一条亮堂堂的清流之水，河底的每一颗石子都能看见，偏偏在这个叫科研站的地方，就与混浊不堪的四渠河水相遇了。清浊交汇，流量骤然增大，两河相汇水声震天响，那一尺多厚的白沫形成一个旋涡，枯枝树叶等杂物一会儿浮上来，一会儿又沉下去，如此交织着，你来我往，便也使河水慢慢沉淀，最终又清清亮亮地向南流去。

一条水泥路傍着峒峪河弯弯曲曲地通向山外。几位从西安来的朋友，竟然玩得意犹未尽，在峒峪河汇入灞河的地方，硬是要下河再耍一会儿水。

下午五点左右，经过太阳一天的暴晒，水暖暖的，很明净，河底的水草石子一应可见。几人干脆将鞋脱掉，坐在烫屁股的石头上，把脚伸进水中胡乱地踢腾着，搅起一朵朵银白色的水花，或者在脚下呈现出一个个旋涡。遗憾的是，河水里没有鱼和虾儿，没有鸭鹅游弋。我顺手捡起一片薄石，学着小时候的样子，侧身旋转着向水中掷去，石片先在水面上浮着飞，左一飘，右一飘向前滑动好长一段才落入水底。

这么玩了半天，大家都开心得如同回到童年。太阳已经向西落去，在回西安的路上，我们又约好了，下次有机会还要再来我的故乡——湖光山色的峒峪村，水色潋滟的峒峪河。

峒峪谷补记

龙尾之一峒峪河

对于秦岭七十二峪有多种提法。有的没提到“峒峪”，有的则将“峒峪”位列其中，并且在秦岭北麓所有峪道中，还占据着重要位置。

峒峪位于蓝田县玉山镇东北方向，距西安市五十余公里，是秦岭东段北折后除了倒勾峪外的第二条峪道。峒峪山顶位于天明山西麓，与北峰秦岔梁相接，海拔一千六百米左右。顶端被当地人称作土坡，属原始森林，生长着华山松、桦栎、青冈和刺楸等八九十种高山林木，大的三五人围抱不拢，小的七八岁小孩合抱有余，密密麻麻长满了两岸青山。山上生长着名贵中草药材，有猪苓、茯苓、天麻、鸡爪莲、青筋藤、独角莲、穿山龙、七叶一枝花等。像丹参、苦参、柴胡、苍术、桔梗、升麻、仙鹤草、五味子等常见的中草药原材料更是到处都是。

青山中间夹一道峡谷，谷内到处泉水淙淙，日夜不息，像一挂又一挂的瀑布，在土坡第一道塄坎下边终于汇成一条小溪，欢欢喜喜地奔到骡子圈、水渍沟汇聚成河流。 河水沿着沟道疾驰而下，到龙头沟口，就有了亮堂堂的名字——峒峪河。

甘甜清冽一眼泉

我是峒峪人，生于斯长于斯，近年来写了很多关于蓝田和峒峪的文章，对于峒峪山水的秀丽、风景的绝佳，我从不吝惜笔墨。

去年中秋节，我邀一众朋友到峒峪游玩。 一行十多人在许庙镇匆匆吃了饭，便拎着一堆黄瓜和西红柿，开着三辆小车往峒峪出发了。

沿着峒峪川道宽阔平坦的水泥路，一直向峒峪口行驶。 五六里后，来到两山夹峙的贾上头村，左岸青山环翠，茂林修竹，右岸一座四棱锥形山峰映入眼帘，满山遍长侧叶柏树，郁郁葱葱，上面一座玲珑小巧的亭子，点缀山林。 几个人说要上去看看，我摇摇手说："那仅仅是个小景点，更美的风景在后头呢。 无限风光在险峰！"

我的车在最前边带路，沿着峪内弯弯曲曲的山间公路，走了十几公里就到了尽头。

我刚将矿泉水从后备厢拿出来，准备给大家分的时候，看见几个村民正在用水瓢舀着一眼用石头箍着的泉水。好清冽的一汪山泉水，正汩汩地从地下往上冒着。泉口不足两尺宽，周围长有杂草，石头上附着绿茵茵鲜活活的苔藓。看着清冽冽的泉水，我顾不上往日的淑女形象，接过村民舀水的塑料水瓢，喝了一瓢解馋，同行的几位老师看我喝得过瘾，也都学我的样子喝着。这时，有位放羊老人走了过来，看着我们这般馋相，急忙拦着说："慢点，慢点，这水凉得很，是从十几里外的地下冒出来的，不敢大口喝，会要命的，小心激炸五脏六腑，要心静下来，一口一口抿着喝，慢慢喝……"我们都瞪着眼睛，看老人给我们做着示范。

停了三五分钟，我问放羊老人："从这儿往里，还能继续进山吗？"老人捋了捋山羊胡子，说："困难，不容易。20世纪七八十年代，山里山外庄稼人出坡，砍木头，割条子，担干柴，挖草药，把沟道踏开了一条沙石路，骡子马都能行走。现在，年轻人都进城打工去了，再也没人进去，路边已长满了荆棘。"同伴李强平日就爱登山，他站在老人对面说："我们想进去看看，行吗？"放羊老人说："我平时去水渍沟放羊，倒是踏开了一条小道，最多也只能走五里左右……"

"那您能给我们带路吗？我们是外地人，来一趟不容易。"老人很干脆，拧过身右手一挥，像将军发号施令般喊道："出发。"于是一行人跟着老人，拄着小棍，蹒跚地向山里走去。

四山环绕水渍沟

绕着“之”字形山路，大概上行了五里路后，我们来到一个四面环山中间平坦的开阔地带，放羊老人左手叉腰，右手用鞭子指着对面的山头说：“正东边是上土坡的峪口，北边的山沟叫水渍沟，南边的叫骡子圈，中间平台叫凉水台，有泉水的，你们要去吧，但一定要注意安全。”

“还能向前再走一段路吗？”李强急忙问道。

“向前去还有六七里路，但是上不去了，藤蔓疯长，乔木滋生，就连不足一尺的小路也淹没了，山羊都爬不过去。”老人说。

去不了就不去了，我把背包里提前准备好的塑料布铺开，掏出黄瓜西红柿，一行人坐下来要美哉乐哉地野炊了。 李强把两个西红柿递给坐在石头上“吧嗒吧嗒”抽旱烟的老人，他连连摆手说：“我房后种了十几架黄瓜，栽了二十多苗洋柿子（西红柿），今年雨水稠，结得好，一家人吃也吃不完，早都吃腻了。”

几个人想寻觅老人说的凉水泉，转了一周八匝，却连个凉水泉的影子也没看见，又回到原地，老人看着我们沮丧的样子笑嘻嘻地说：“不用找了，二三十年前就被流沙埋掉了。”

提起凉水泉，老人既像是给我们说，也像是给他自己说："凉水泉是沟里边最有名的地方，早年出坡的人，上来下去都要在这儿喝水，这水又凉又甜，还能治百病呢。"

我的这些文友是不相信老人话的："得了病，不去医院，喝了这儿的凉水就能治好？"老人眼一瞪："你们别不信，山王村有个叫王幺子的，喝了一辈子水渍沟的凉水，七十岁时得了一场大病，眼看着不行了，他告诉儿子，想喝水渍沟的凉水，如果能喝一肚子，死了也无遗憾。他儿是个孝子，拿了两只电壶（暖水瓶），急急忙忙去了水渍沟，灌满水背回来，还是又冰又沁。老汉喝了一肚子，两小时后，竟自个儿慢慢坐了起来，后来又活了十几年，啥毛病也没有，最后老死了……"

这也许是个传说，也许是放羊老人故弄玄虚，但水渍沟的泉水的确衍生出很多传说。

这个叫水渍沟的地方，四面青山环绕，南北两山之间夹着一条小沟，二三里深。山坡上长满青冈树和桦栎木，其间夹杂几株白杨树，很是显眼。大家休息了一会儿，又央求老人领上我们，摸索着小道向更深的沟里走去。约一里后，沟中间突现一座石山，气势汹汹地挡住了我们的去路。踩着石山旁雨水冲出的小窝，几个人手脚并用似猿猴般攀爬到石山顶上，一片平展展的石面呈现在眼前。

再向上，绝对去不成了，四五座山峰全由花岗岩构成，像明清时期椅子的后背梁，也像一座座黑色的照壁，有四五十米高，一字排开，犹如一匹一匹黑骆驼。 崖缝儿长着一棵棵华山松，不高也不壮，只把一条条枝股伸向崖下，在微风中摇曳，如一棵棵迎客松般欢迎着我们。

上不去，一行人就坐到石山顶上的平台欣赏着山对面的骡子圈，那沟纵深在五里左右，四山环绕中间黑魆魆的一片。 山顶是喀斯特地貌，石崖林立，崖下一处山洼，松树密密麻麻生长着，两山夹峙的石崖上一挂瀑布款款下坠，五彩缤纷的雾珠儿在崖下翻飞，沟底升腾的一朵朵白云，迅速地占据了那片洼地，乱云飞渡，横冲直撞，骡子圈隐在了一片薄雾之中，山沟沟霎时蒙上了一层神秘的面纱。

放羊老人见我们还没有下来，着急得在凉水泉的平台上大声叫喊:“快下来，快下来，马上要下雨了。”

我们全如惊弓之鸟，跟在老人屁股后边，跌跌撞撞地溜下山坡，回到停车的地方。

热情好客姜庙人

老人说，他是姜庙村人，到门口了，邀我们去他家坐坐，用手一指，说:“台台上边那间黑瓦房就是我家，要是不嫌穷酸，就请几位到家喝茶去。”

久居城市的我们，自然不会放过这么好的机会，立即背了各自的背包，李强从车里还拿了两瓶酒，跟着放羊老人踏过架在峒峪河上的便民小桥，沿着一条新修的水泥路盘旋到姜庙村。说是村，也不过两排十多户人家，除路边第一家盖了一层平房外，其余都是 20 世纪 80 年代初盖的水泥胡基黑瓦房，互不相连，每家中间都隔着十来米宽的一条过道。一门两窗，大门是黑色的，早年用生漆刷过，窗子是深红色的，显得古朴厚重，两边山墙是用木板夹土夯成的土墙，坚实耐用，房顶密密麻麻覆着一片片黑瓦，绿铿铿地长着一排排胖胖的瓦松，因年代太久，远看颜色变得黑不溜秋的。

主人让我们进屋里坐，同来的张老师夫妻年纪最大，他们两人先走了进去，接过李强手里的酒放在灶台上，老人硬是推让着不要，但无奈于张老师的一张巧嘴，还是收下了。我们几个则忙着在房前屋后转悠，看那一畦一畦的菜地，看那还没有彻底开放的野菊花，看那挡着栅栏的羊舍。城里人见啥都稀奇，拿出手机把打洋芋糍粑的石碾子拍下来，把室外吃饭围坐的石桌子拍下来。我怕冷了主人的热情，吆喊他们赶紧进屋喝水。

女主人把屋子里外打扫得干干净净，地上没有一点灰尘和杂物，柜子灶台擦得明明亮亮。我们都夸她是持家的一把好手，她则腼腆地抿嘴笑着，说自己农村人，没多大本事，只能把屋里收拾收拾了。

老人告诉我们，他是 20 世纪 70 年代的高中毕业生，差几分与大学失之交臂，回到村里和土地挽了笼头。改革开放后，儿子们进城做生意，他老两口留下来照看孙子。拗不过儿子，也曾到城里待过几天，但终是住不惯鸽子楼，硬是回到这山旮旯，买一群羊，养一群鸡，整天东山跑西山转，倒也逍遥自在。

摆在中堂位置八仙桌上的老照片里有一位带着“满瓢”的中年人，老人说，那是他本家叔，1946年跟汪锋在青岗坪建立蓝洛县人民政府，新中国成立后，还当了蓝田县的副县长。我想起来了，蓝田县志上的确有个姓姜的县长，不过，那是渭南姜家村人。看我疑虑，老人赶紧告诉我，他们这个姜庙，与渭南的姜家村原来是一家子，敬的是一个老祖宗。

离开老人家，我们这群人游兴未尽，开着车，往峪的另一方向去了。

世外桃源大那岔

沿着峒峪河旁边的水泥路直行。路旁是山外人承包的羊圈，一摊一摊的，蓝色铁皮板隔墙，玻璃钢或石棉瓦苫顶，一群一群的山羊咩咩叫着，在公路上来来回回地晃悠着，看着小车来了也不避让，害得我们不断地摁着喇叭。

我还是开在前边带路，到大那岔村口停了车，征求大家意见，是否进沟去看看，一帮人不约而同地回答：去！

转过几道弯有一平台，以前住着十几户客家人，说一口客家话。进了沟，把车停在柿子树下，一行人步行而上，踏着生了绿苔的石阶，李强一边走一边说，这是步步高升。

沟中间的这条河，叫大那岔河，说是大那岔，其实源头并不大，只是一股细流，从沟巅流来，一路汇聚了其他几股小溪，到客家人居住的小村庄，才成了气候。要想到村里去，必须经过村前的小桥。村子同样不是太大，原先叫董家村，住着二三十户人家，据说明末清初有个姓董的人从江南迁居于此。但是，村里老人也说不清楚，到底是哪州哪县，哪年哪月来的。后来又有艾姓人、徐姓人、张姓人逐渐加入其中，形成了大那岔村。村子靠在一座石山底下，山上长满清一色的铁杆松，全都脸盆那般粗，挺拔笔直，枝叶旺盛，这些都是三十年前植树育林再造一个秀美山川的成果。村前几棵古槐树，根部老态龙钟，蟠虬曲折，枝股歪歪扭扭，但叶子却绿油油的，一副返老还童的样子。

据村民说，客家人原来住的房子是徽式模样，后来样式也模仿当地人，慢慢的整个村子都成了一明两暗的柴房，红砖蓝瓦，一门两窗，房前养鸡鸭，房后种蔬菜，篱笆围墙，竹影婆娑，一派闲云野鹤、悠然自得的农家生活图画。

本想到村民家里坐坐，了解一下当地风土人情，聊一聊山民的田园生活，却见铁锁把门，我们吃了闭门羹。继续朝村中间走去，看到有的人家用柴火把门窗挡住，有的人家用红砖把门窗封着。一只黄狗突然从对面洼地里蹿出来，汪汪汪地叫着，吓得我们急忙往后退。山坡下的玉米地里，一个穿着蓝花花衫子的大姐向我们喊道："人都不在，进城去了。"另一个穿米黄色夹克的男人把手拢在嘴边成喇叭筒，大声跟我们说："这房子是我们租的。"

站在村头，眺望对面山梁，一排排屋舍被几棵大树遮掩着，犹如世外桃源般惬意。屋旁一堆堆竹子，郁郁葱葱，竹梢儿在微风中摇曳，平添了无限风光。秋高气爽，云淡风轻，时光温润而美好，闭目遐想间忘却了世间纷争，沉醉在乡间满地花香的红尘中，羡慕着来此生活的他们，能够自由自在地在日出日落中欣赏花开花落，享受着无拘无束的云水禅心，把日子过得美如画卷。我悄悄地一个人涉过河流，来到田埂，紧依树干，让脑海杂陈归零，嗅着田野里清新的空气，体味着生命里所有遇见的美好，珍惜着身边来之不易的温情，那些可忆不可忆的过往，如同一张张老照片，落满岁月的尘埃，在往事里逐渐泛黄，并随之慢慢褪色，直至消失。

不管是曾经走过的平湖烟雨，还是今朝踏过的千沟万壑，甚或是历经过的人间百味，都变成了眉梢眼底的温柔，过往的喜乐和痛楚，都被头顶的微风抚平，只剩下一颗平静的心，期待更美好的明天。

不堪回首韭沟事

前面的小车忽然停住不走了，李强跳下车直嚷嚷：

"山羊，你走还是不走，如果不走，我就喊你妈来收拾你。"

后边的两辆小车也停了下来。只见两只黄褐色的山羊从左边山坡跑下来，穿过峒峪河，昂头挺胸地横在公路中间，它们好像并不怕这些四轮铁盒子，都把可爱的脑袋扭向我们，扑闪着两只圆眼睛，好奇地看着我们这些陌生人。

当我们一同走向山羊时，它们却脖子一扭，蹦着跳着踏过河水，钻进韭沟去了。闺蜜小杜说："哎，亚玲，这不是你当年挣学费撅韭菜遭劫难的那个韭沟吗？"

我笑了笑，说："你还能记得这事啊？"

"你写的一篇文章中提到了韭沟。"小杜说。

李强是个看热闹不怕事大的家伙，他立刻踅到我跟前说："要不要进沟探个班，看看你当年撅韭菜哭鼻子的地方。"

我说："算了吧，一是因为那是段不堪回首的往事，二是时间来不及了，想知道我的糗事，就给你们说道说道吧。"

谷，还是原来那个峒峪谷，山，还是我熟悉的那座山。

岁月的潮水再一次涨上了记忆的河滩，那段让我心酸的往事又爬上心头。往事并不如烟，往事历历在目。

站在沟口，我像导游一样指着沟里说：在我十一二岁的时候，经常和堂姐她们到山里撅野韭菜卖钱，挣下学期的学费。有一次在出峒峪谷大那岔山的时候，因为负重太多，我不小心把脚崴了。刚开始，我还能忍着疼痛一瘸一拐地跟着堂姐往回走，但脚伤越来越严重，半小时后竟肿胀得一步也挪不动了。堂姐看着我红肿的脚脖子，虽然心疼却没有办法，即使她帮我拿着装韭菜的袋子和竹笼，但脚的疼痛是无论如何也替代不了的。背我出山，没有一点可能性，无奈之下，堂姐只能让其他人先回家，捎话叫家人来接我们。那晚，我们不知等了多长时间，等得西边天际的余晖越来越淡，等得太阳落入西山，等得黑夜向我们扑来，等得我害怕地钻在堂姐怀里。四周黑黢黢的，总感觉身边全是张牙舞爪的魑魅魍魉缠绕着我们。我甚至连哭泣都不敢出声，生怕被它们发觉。堂姐把我紧紧地抱着，并在我背上轻轻地拍着，那一刻，我感觉大我四岁的堂姐像是最疼爱我的奶奶。周围一片黑暗，山中树叶沙沙作响，我浑身都是冷汗。

大概两个小时后，大哥和二哥赶来了。大哥背着我，二哥背着我的韭菜袋子，打着手电筒朝家走去。还记得当时，我脚疼得在大哥背上哭，大哥心疼我，也在偷偷地哭，只有二哥故意装出没心没肺的样子讥笑我。但我从他的声音中，明显地听出了因压抑而颤抖的说话声。

乡村景色诱游人

离开韭沟口，三辆小车一直向西行驶，到了十亩坪，峒峪河突然向南折去，跳下一段深涧，生生地挂了一条瀑布，虽不壮观，却也妖娆。公路也跟着河水一折，来了个九十度大转弯。这时，才看见右边山头的太阳红彤彤的，已经西斜了。

三辆小车出了谷口，沿着峒峪川道水泥大路一直南行，经过贾上头村、山王村、峒峪村、河东村、雷家嘴，稳稳地泊在小寨村西的一处停车场。

进入 21 世纪后，玉山镇为了治理峒峪河，在国际建筑师马清运的支持下，修建了风景秀丽的峒峪河风景区，属国家级 AAA 风景区。

我们下车远眺，看到峒峪河上架着一座大桥，桥身用防腐木做了一个别致的博古架造型，既新颖又超前。红酒广场，儿童乐园，早晚人迹不绝，早有太极拳，晚有广场舞，热闹非凡。

大桥西边是一段柏油马路，宽阔平坦，两边栽有蓝田白皮松、紫叶李和女贞树，其间夹有月季和百日菊，花色鲜艳，香气四溢，别有一番情趣。大桥西南角曲径通幽，此时正是栾树梢开满金黄小花的季节。

大桥西北角，春时油菜花金灿灿一片，夏时格桑花各色争艳，深红的、桃红的、白的、蓝的，相互比美。秋季的薰衣草惊艳了大片田地，羡人眼目，优雅而温馨。

河堤两岸用鹅卵石铺就的通道中，隔一段就有石桌石椅，供游客对弈、吃茶、聊天。旁边石墩用稻草做成的十来个粮仓，每个肚腹上都有一个大红漆“仓”字。高高低低蜿蜒曲折的原木走廊，或上或下逶迤迂回。

沿着河堤向北漫步，河水平静如镜，有鸭子昂着头颇摇摇摆摆凫游，橡凹沟村的白鹤也不请自来，用尖尖的红嘴轻轻地点下水面，便激起一圈一圈的涟漪。

夕阳西下，天色暗淡，月亮也悄悄地挂在天上，一草一木，一花一树，就如穿着一身素衣的我，在秋色里写着唐风宋韵，带着满身的清香，执一卷古书，泛舟河上，清幽的月光，用时光的笔墨，慢慢地掠过星辰日月，让我们这群因文字而相识的朋友聚在这里，陶醉在乡村景色的诱惑中，在灵魂碰撞的那一刻，似梭子般穿过每个人的心头，留一池共同的念想在峒峪河畔。

诗意的峒峪河风景区

这两年，我回峒峪村的次数比以前多了。

当车子刚进入蓝田丝路慢城玉山地界，空气中弥漫的桂花幽香便肆无忌惮地涌来，让你不得不深深地吮吸着，慢慢地轻呼着。看着文化报李老师沉浸的样子，我笑着调侃道：“平日吸惯了城市的汽车尾气，可别在这里醉氧了。”

玉山镇是我的故乡，在乡村振兴战略实施后，已和三五年前大不一样，绿树荫浓，花坛遍布，道路两旁白墙黛瓦，屋舍呈U字形布局，统一而整齐。桂树柿树隔株栽种，黄了桂花红了柿子，天蓝云白，远山近景，如诗如画，就连村人门前的菊花，在秋阳的照耀下，颜色也显得格外灿烂。如果说菊花是玉山秋天的绚烂，那栾树就是这里秋天独有的浪漫。一簇簇艳丽醒目的红泡泡缀于葱茏如华盖的栾树枝头，像是一串串红灯笼高高挂起，为玉山的秋增添了更多的风情与艳丽。绿叶陪衬着红花，蓝天拥抱着白云，秋阳依恋着清风。如此美妙的意境，旖旎的风光，总会让人生出几许情思，几多念想。在这举国欢庆的日子里，更是多了一层诗意与浪漫，多了一份憧憬与渴盼。

我们在车站旁的玉山美食城吃了简餐，便驱车往峒峪河风景区去了。

峒峪河风景区属于 AAA 级自然风景区，一年四季游客络绎不绝，春有迎春早呼客，夏有格桑向天歌，秋有稻谷随风摇，冬有白雪盖村庄。

我是向导，走在最前面给文友们做着介绍。站在由蓝田籍国际建筑大师马清运设计建造的置放红酒博古架的木质大桥上，指着不远处青砖叠加修建的别致“井宇”酒窖，和脚下清清冽冽的峒峪河水，在大家“真美、绝对的人间仙境”的赞美声中，此刻满满的自豪充满了胸腔，脚步也不由得加紧了，带领着大家朝“父亲的水稻田”和“三色花海河堤公园”走去。

说起水稻，在蓝田地域之内，已经很稀缺了。但是在我的老家峒峪村，这片三十三亩的稻田是目前全县境内为数不多的成片稻田，在镇政府的大力支持下，利用峒峪河水纯净无污染的优势，小桥流水，稻花飘香，秋风拂拭，阵阵清香扑鼻而来，令人心醉。河水中那微微漾起的涟漪，映照着正吐黄金谷穗的谷稻，偶有蜻蜓立枝头，时有花蝶绕眼前。水车广场，茅草谷仓，古木长亭，红色风车，百日菊、金油葵竞相绽放，连片的鲜花和古民居交相辉映，绘成了一幅自然的乡间美景，铺开在峒峪河的天际之间。大家感叹着这深秋之美，将身子融入眼前这万千景象里，在一草一木的生命中，在硕果丰盈的喜悦里，一点一滴，一片一抹，无论是心情还是色彩，都充实着人间烟火里每一个寻常的日子。

对于秋，我总有一种偏执的热爱，不论是叶色初变的浅秋，还是色彩斑斓的深秋，都给我一种热情的、多彩的美，让我欲罢不能，沉沉如醉。清风轻拂，我走进用蓑草苫盖的谷仓中，推开木窗探头眺望，那一片片开得正盛的乳白色蒹葭正随风微漾，摇曳着曼妙的身姿。“蒹葭苍苍，白露为霜。所谓伊人，在水一方。”此时我成了《诗经》中的那位伊人，同这片蒹葭，站在峒峪河水岸，相伴着此刻的秋水长天，月白色的丝巾猎猎飘动，如雾如霭，身后水天一色，一如碧空。

正闭目侧身沉醉在这秋日的胜景中，“这咋是亚玲个碎鬼先。”随着窗外的一声喊叫，我睁开眼睛。原来是焕英嫂子和家人也来这里游玩。

“你咋头发白成这样子了，嫂子？”我惊愕得半天只说出了这句不受人待见的话。

“老了啊，你没看，孙子都上初三了，个子也墙高的了。”焕英嫂子一边说着，一边把身旁戴着眼镜的帅小子往我面前推着，“伟龙，这就是你亚玲姑，要想作文写得好，得向她请教的。”小伙子很腼腆地向我笑了笑，往五彩桥去了。

都说文人敏感，看着焕英嫂子离去的背影，我不由得伤心了起来。三十年前，扎着两条黑油油长辫子的焕英嫂子穿着一身大红衣裳，由一辆东方红拖拉机载着来到我堂哥家，一转眼就成了老妇。岁月忽向晚，时间不饶人，曾经以为老去是很遥远的事，仿佛与自己一点关系都没有，转眼间时光好不经用，焕英嫂子乌黑的青丝逐渐变成斑白的银霜，那些由指缝散落的光阴，那些流逝的斑驳岁月，最终都成长为生命的历程，把短暂的人生书写成过往。

李老师看着消沉的我，指着河东村后漫山遍野开得热热闹闹的野菊花说："你啊，脆弱得都不如这满坡的野菊花，你看它们，天生地养，无人管理，生命力却特别顽强，到了秋天成熟后还能采摘入药的。"是啊，野菊花从来不挑环境，水边可生，路旁常见，更是占满了秋日的整个山谷，占断秋光，那无边无际的金黄，更是一派好秋光。

峒峪河的秋，深藏着我许多昔日的记忆，但当我伸手去触摸它时，尘封在时光里的钥匙却又难以寻觅。漫步在不算太窄蜿蜒曲折的五彩廊桥之间，仰面感受夕阳西下那勾着金边的一抹光辉，顿觉心境开阔，悠然自得。是的，季节在更迭，人生也在行进，但只要走得从容，走得坚定，也是好的。

随着暮色的慢慢降临，河堤边露天舞场的音乐也渐渐响起，来跳舞的村民越来越多，霓虹灯下河水也流淌得格外平缓。河边那一片粉黛，那一抹自然，和着悠扬的乐声，让未曾饮酒的我，有了几分醉意。

我有时认为秋是第二个春天，不管是路旁还是山涧，那红红绿绿的枝头，那每一片叶子都似一朵鲜花。我有时觉得秋又是胜春朝的，不管是屋前，还是房后，那灿烂斑斓的色彩，那每一片落叶里都藏着一个故事，每一阵秋风中都混着一缕想念。一树桂花，勾勒着画卷里的诗意；一池河水，盈满光阴的眼眸。在峒峪河畔，约三五好友，邂逅秋日的极致色彩，见识生命的辉煌和璀璨。田间地头已经红透的柿子，夹杂在绿叶中间，繁繁密密地挤在一起，开开心心地朝着蓝天呐喊。那胖嘟嘟的金色稻穗，笑弯了原本挺拔的身姿，向村人展示着又一季的丰收。看着眼前这片金黄，我此时最想干的事儿，就是想像儿时那样，在村庄外的田地里奔跑。那满目的金黄带着强烈的冲击感，在扑面而来的风的气息里，不用分辨就知道，那里有稻谷的香，有柿子的甜。

既然，具有诗意的峒峪河深秋的美说不尽，那就请你们来吧，走进枫叶荻花共秋舞的古道窄巷，让透过枝叶的阳光斑斓成画，光影交错的时空凝成诗句。

“自古逢秋悲寂寥，我言秋日胜春朝。晴空一鹤排云上，便引诗情到碧霄。”我突然想到了刘禹锡的《秋词》，那火红的枫树，那如雪的绒荻，不正是为峒峪河而写的吗？

枕着秦岭入眠

壬寅的夏月，比往年更燥热一些。连日无雨，暑气蒸腾，烈日灼心，那属于夏天的炙热和骄阳，竟如此咄咄逼人，连晚间也热得人难以入眠。欲觅一处清凉，寻一地佳境，遂应邀往太平峪森林公园去了。

太平峪是秦岭七十二峪之一，位于陕西省西安市鄠邑区太平峪内，距西安四十四公里，因隋唐时在此建“太平宫”得名。

这里的树肆意地绿，花儿肆意地开，风儿也随性，散漫地在枝梢上踱步、游荡，树叶随之晃动。崖缝里，那最朴素的花儿装饰了夏日的时空，馈赠给我们满眼的缤纷、满心的欢喜。

长长的路，慢慢地走，一边行路一边赏花，是人生路上一件乐事。

我特意着一袭白裙飘飘而来，只为感受太平峪八瀑十八潭的清凉。这世间，最好不过初见，太平与我，即是如此。水蓝色的天空，一大朵白云落在树梢，一袭薄雾缭绕在黛青色的山腰。两岸青山相望，绿意相映，抬头奇峰遮天，脚下清流潺潺，怪石静卧。听说太平峪的天气一日有三变，前一分钟还艳阳高照，等你刚拐过一个弯，雨滴就会和你撞个满怀。这不，我们一行人刚到情人谷，就遇上了蒙蒙细雨。

微雨中的山色，其美妙完全在若有若无之中。如果说有，它随着浮动如轻纱一般的云影，明明已经化作蒸腾的雾气，隐没了身姿；如果说无，它又在云雾开合之间露出容颜，现出了倩影。山色葱茏，曲径通幽，人影移动，空谷回响，山间美景数不胜数，河畔良辰目不暇接，这一切都让我心醉神迷，让我忘了，忘了世间的琐事杂陈，让我醉了，醉倒在太平广阔的乐园。

从小在农村长大的我，爬山上树乃是家常，可是近年来，胆子越来越小，恐高成了最大的毛病。走在鹅卵石铺就的通山瘦路上，心情格外的好，只是在乘缆车时，吓得不轻。站在玻璃厢体旁，两腿开始打战。我极力控制着自己，不至于显得太难堪，但心里的恐惧无论如何也不能控制。将身体装进车厢，脚掌使劲趴着厢底，一只手死死攥着广虎，一只手钳紧扶手，双眼紧闭，头晕目眩，浑身如筛糠般抖动。我能感觉到，人和厢体慢慢升到高处，那根钢索发出嗞儿嗞儿的叫声，在经过山间支柱时，突然间还会抖一抖、颤几下，甚至停几秒，然后钢索又挣扎着拉我们上行。广虎是太平朱雀森林公园的总经理，乘缆车往返不知有多少个来回了，看到我的这种窘态，说：“莫怕莫怕，安全得太呢，这条索道是采取崖壁开凿硐室站房，起伏式走向，设中间站的单线循环脱挂式索道，整体安全与运营系统采用尖端的客运索道技术，每个厢体都由螺丝箍紧，没一点点事的。无限风光在险峰，你不看，会后悔的。”我试着睁开眼睛，从这个视角看眼前和脚下的山，果然震撼。树梢挨着树梢挤成一张天然大席铺在天和地之间，远山如眉，近草如丝，是以往未曾见过的景致。

十多分钟后，吊厢被拉进站台，在终点处停下，玻璃门自动开启，我急忙蹦出。

广虎说：“下去还坐。”

我说：“那就坐吧。”

上山的路，是人工凿出来的石阶。河沿宽敞处设有休息凉亭，铺防腐木板。我们坐在一处叫三仙石的地方。传说武则天的女儿太平公主思念亡夫，心痛不已，曾三次跳入此处的潭水中，都被仙女搭救，所以此潭名为仙女潭，潭旁的三颗石头看起来也的确像三个飘飘下凡的神仙，叫“三仙石”也算是恰当。

这里不仅有仙女潭，还有封神潭。封神潭水色墨绿，深不见底，地形险要，令人望而称奇，在潭的附近和山溪旁的岩壁上有一处坐印痕迹。相传姜子牙封神时路过这里被美景吸引，便逗留数日以垂钓为乐，故名为封神潭。

伸手撩拨山风，清凉如水。山间有泉，从山洞流出。泉水如镜，可对镜贴花黄，我将参加活动佩戴的胸花别在头上，遮掩着几丝白发。身旁一支横斜的长满苔藓的树枝，因年代久根部不牢，一半探入水中，一半伸在空中。在伸探、挣扎中，演绎着生命的不屈不挠，又在向游人诉说着倒在水中的现实与悬在空中的理想：人生只有正视现实，不悲不怨，不卑不亢，按照自己生活的节奏和方式，才能活出自我的精彩。

山坡上满是老柏树，奇形怪状，俨然一山的绿人，繁枝如慈母的，怒目如金刚的，树梢树叶皆绿，树身亦被绿苔包裹。河道里全是仄仄的怪石，有的大如屋，有的小如瓶。清泉石上流，石头被冲刷得光滑溜圆，有的似少女的肌体，有的像一口大瓮沉在河底。水面墨绿，深不见底。山里气温低，河水里有来回游动的蝌蚪，自由自在地摆动着黑色的身体，好像整个太平河都是它的世界，来去自如，像小精灵一样可爱。

“爷爷，我不走了，这山路太难走了。”一个十二三岁胖乎乎的男孩，一屁股坐在石阶上抹着汗。

“你不走，咋看彩虹瀑布，那可是你今天的目的地啊。”爷爷是一个瘦老头，背着双肩包，拄着登山杖，脖子上挂着一条毛巾，对着胖孙子和气地说着。

“反正我不走了，也不看了，啥鬼彩虹瀑布，累死我了。”

“你不是男子汉吗？你不是要和爷爷仗剑走天涯吗？”

“可是，这路也太长了，我都渴了。”胖小子噘着嘴，往前方瞅着。

“来，喝了它，前进。”爷爷将一瓶可乐递给孙子。

“我再休息五分钟，可以吗？”

“可以。”爷爷卸下背着的包，坐在孙子身旁，看着那稚嫩的脸蛋，揽着他的肩说：“孩子，人生的路，不在于你的起点，而在于你是否坚持。只要你保持自己的意志力，就能征服所有的困难。再远的路，走着走着也就近了，再高的山，爬着爬着也就登顶了。坚持，不是为了感动谁，也不是为了证明给谁看，而是你得知道，向前奔跑，总比原地踏步要好。”

孙子突然背起包，对爷爷说：“不到长城非好汉，走吧，爷爷，我要体验一览众山小的感觉。”

我跟在他们身后，刚才还酸困的双腿，也有力了很多。回想爷爷说给孙子的那些话，又何尝不是说给我的呢。再想着下山坐缆车，也没有什么可害怕的了。

“妹妹你大胆地往前走啊，往前啊走，莫灰啊心，前边就是瀑布、瀑布……”一位游人，头上满是水珠，身上裹着一次性雨衣，边走边唱，给后来者加油鼓劲。果然，拐过一道弯，感到脸上凉湿湿的，我惊慌道：“雨大了。”穿着雨衣的工作人员说道：“那是瀑布水雾。”眼前一条百米银练，上接天空，茫茫不见源头，从陡峭的铜墙铁壁间飞泻而下，抛洒着万斛珍珠，直注深潭，溅起千朵银花，万堆白雪，不见终底。潭底深博，因水猛击形成洞穴，水注下去，嗵嗵嗵的声响中就有了锵锵之音，山高人稀可传百丈之外。因天阴，未能瞅见阳光照射下瀑布飞珠间挂着的霓虹彩环，是有点遗憾的。虽未能览尽绝景，却意外获得一枚刻有姓名的登顶金牌，也是很大的荣耀了。

是夜，在凉爽的朱雀宾馆里，以轻松的姿势，让自己安坐于夏日深处，在星星点点的夜空中，与时光默默对视。窗外群山静默，花草不语，在声声蝉鸣中，夜风袭来，将几缕微乱的发丝吹起，在没有了城市的喧闹中，些许困意缱绻而来。

不知几时，枕着秦岭入眠了。

青山依旧在

经常会有人说，心静自然凉。可我总难做到心静如水，淡然自若，不能欣然接受盛夏的到来。在炎热的七月周末，约上三两好友，到蓝田灞源的青坪村避暑去了。

“绿树村边合，青山郭外斜”，是青坪村最好的写照。这几年在政府的引领下，青坪村兴起了各具特色的农家乐，成了西安市以东有名的避暑度假民宿聚集地。村里有民俗展示馆、革命纪念馆，附近有黑龙潭、箭峪岭、龙头松、骡马古道等景区。景区中尤以龙头松著名。传说西汉末年王莽追杀刘秀，一路追到青坪村，年仅十四岁的刘秀藏在一户人家中，眼见王莽将要搜来，情急中他从窗户跳出，藏在一棵枝叶繁茂的松树上，仰面朝天地睡在一枝歪斜到悬崖上空的枝杈间。王莽的大军来到树下，只朝两岸青山和脚下的溪水张望而未曾瞅一眼身旁的大树。由于松树的遮掩，刘秀躲过一劫，后在洛阳登基，建立东汉王朝，史称光武帝。为报答松树的救命之恩，封它为

“龙头松”，树后修有庙。有了神奇的传说，也就有了人们对神灵的寄托，灞源镇四周八社的村民，每逢初一、十五都来烧香、祈福、还愿，长期的烟熏火燎使龙头松遍体鳞伤，终于在一场炮火中被烧毁，只留下黝黑的躯体，向人们诉说着昔日的辉煌和沧桑。

我们是下午五点到达青坪村的。能在暑期一房难求的青坪村订到两间房子，实属不易。

年轻的老板指挥我们将车停好后，招呼我们坐在门前核桃树下，我立即摆手说：“坐户外，热死了。”老板一边给我们倒茶一边说，“咱这里不像城里那样热，这时候已经凉快了。”

“是吗，那就坐外边吧，眼宽。”同行的耿校长是第一次来，看着远处如黛的大山和眼前缓缓流动的河水，高兴得似小孩一般。接过老板手里的茶杯，她说，“一会儿凉快了去河里坐坐吧。”

“要去现在就去，过会再去，水就冷了。”

“老板真会开玩笑，夏天还能冷。”我死盯着老板的眼睛说着。

“不信你去试试。”老板有点着急。

将茶具一一取出，摆在河中央的一块大石头上，壶内注入开水，汉中仙毫的清香，立即弥漫开来。只有体验过城里的炎热，才能体会到这里的凉爽。在大自然中，与青山做伴，与百鸟欢笑，与花草嬉戏，与溪水作歌，给心灵放假，敞开胸怀，双臂擎天，让心情随风自由飞翔，让大自然涤荡藏匿在身体里的烦热，让体内的清香，与大自然的百香邂逅。听风声水声，听虫鸣鸟叫，听绿叶在风中窃窃私语，看翠绿爬满院落，一眉静简，几许清闲。看清水碧波、藤蔓的攀爬、蝴蝶的柔翅、风月的清明，将一夏的烦闷抛向天空。

我是在村东的峒峪河里光脚耍水长大的娃，刚一下河，就脱掉鞋袜，像小时那样，三两下就在河水中垒起一片水潭，将脚儿伸了进去。还真如老板说的那样，河水冰凉，赤脚不敢在水里待的时间太长，几分钟就得拿出来暖和一下，然后再伸进去。

坐在河中，我们一边品茶，一边谈论诗人的浪漫，小说家的丰富，散文家的严谨，将身儿寄于树荫之下，沐浴着从树叶间洒下的斑驳阳光，微风抚清颜，吹来了一缕清新的花香，在内心留下绵柔的温情。沾着一份诗意，依着安静的时光，静守着心灵深处的一份静美，既赏了景，又纳了凉，十分惬意。

灞源镇的青坪村，我是第二次来。

父亲年轻时曾在灞源教过书，对这里的山水有着特殊的感情。2015 年的春天，因为我要写灞源古镇，父亲便领我来了。今天再次坐在这里，父亲的音容笑貌又一次浮现在我的眼前。时光匆匆，一夏一夏又是一夏，总是觉得，一生漫长，还有很多未来可期，怎奈日影如飞，触手沧桑，不过一个转身的时间，父亲就离开了我。在他逝去的这八个月里，我好像历经了半个世纪，心没有了栖息的地方，背后最大的靠山成了空的，总感觉身心在四处流浪。不知多少次梦见父亲站在远方看着我，我急切地向着他一边奔跑，一边跌倒，一边含泪再爬起……

时间真的会停滞，它将父亲伟岸的身影定格在青坪村的背景里。青山依旧在，花儿依然开，在云朵悄悄游弋的轻语中，掀起了我思念父亲的帷幔。

记得那天我和父亲从纪念馆出来，站在门前的农耕园里，一向不吟诗唱赋的父亲，看着地上新生的绿草念道："采采芣苢，薄言采之。采采芣苢，薄言有之。"我打趣说父亲到了这里，居然改变了风格，成了诗人。父亲说："这出自《诗经》中《国风·周南·芣苢》，是一首劳动的赞歌。文中的芣苢，读作 fú yǐ ，即车前草，就是咱脚下的这种植物。你想象一下，春天里成群的妇女，在旷野之上，风和日丽之中，欢欢喜喜地采着它的嫩叶，唱着那'采采芣苢'的歌儿，是一件多么快乐幸福的事情！劳动是快乐的，我们采访写书，也是一种劳动，也是快乐的。要写书就得多读书，多读书能让你思想更加辽阔，精神更加脱俗，思维更加智慧，性格更加坚韧，遇事更加从容……"我望着满头白发的父亲，想着他勤劳一生，辛苦一生，在耄耋之年为县政协编写文史资料，走遍全县各个村镇，为他喜爱的事情用另一种方式劳动着，快乐着。我虽然心疼父亲，但更多的是崇拜，是他把我引上文学之路，并取得了一些成绩。我这一路虽走得坎坷，但只要一想起他，想到全国文朋诗友对他的生荣死哀，我想他也是快乐的。

生离死别终究难免，留在我记忆深处的，依然是割舍不掉的亲情。回首往事，内心滚烫，文字微凉，节奏平仄，是剪不断理还乱的诗句。今天，纵然我再思念父亲，但我们真的已阴阳相隔，无法再相守。现在我唯一能做的，只有凝神静心，在平淡素静的日子里，坚持多读多写，只有这样，九泉之下的父亲才能放心，才会欣慰。

“我们去村里走走，感受感受乡愁吧。”耿校长的一句话，把我从思念中拉了回来。

漫步于夏日傍晚的乡间小道，两边高低错落的狗尾巴草，透过落日余晖，在微风中轻轻摇曳，舞动着绒绒的身姿，像极了一个个淘气的小精灵。

青坪人家，小桥流水，树荫连片，花儿绽放，红瓦白墙，亭廊聚风。眺望四周，极目远天，满眼葳蕤，晚霞叆叇，如春天般凉爽、舒适。

感受着青坪村青山的俊秀，村人的淳朴，那梦中的桃花源，不就是如此的模样吗？人间风景各异，山河错落有致，在夏阳炙烤的时候，不妨来这里走走，看夏的青绿，享夏的清凉。待天色向晚，繁星满天，将一季的风花雪月，依着夜色轻轻打开，沏一壶香茶，伴着妩媚的月色与朋友对酌，三杯两盏品味人间清欢，乃一大幸事也。

闫河村：风景如画

我的老家峒峪村和闫河村同属蓝田县玉山镇，两个村子一岭之隔，我村在长寿岭的东面，闫河村在岭的西面，两个村子相距只有三四公里路程。

从玉山镇政府所在地许庙村出发，沿清峪河向北约五公里，就是闫河村了。闫河村位于清峪河出口处，村子依河而建，最早叫沿河村，后因村民以闫姓居多，改称闫河村。

当车子停在闫河村委会办公楼前的场院时，早有孔明哥、寿堂叔几位站在院中。我和孔明哥都是玉山镇人，尽管平时都在西安居住，往日也很难见上一面，今日在此相聚，很是亲切。

初夏的闫河村美丽得像一个公园，但又比公园来得自然，村民的房子被高高低低的绿树、庄稼包围着。在城里，高楼大厦看得多了，也烦腻了，陡然到了这里，便活泼泼地觉得新鲜。先是那树冠，似一把大伞样，晴天遮了太阳，雨天挡了雨水。再是那村巷里家家户户门前的月季花和蔷薇，开得正艳。有红的、粉的、黄的、白的，甚是好看。尤其是槐花，远远地就有一股清香伴随着轻风扑面而来，那特有的香气弥漫了整个村子。这是一种久违了的清香，这是一种能够把你全身心包裹起来的清香。我从车里钻出来，贪婪地吮吸着，一口，再一口，稍做消化后，又缓缓地呼出，一口，再一口，就这样，我的整个身体都清新、轻松了许多。

会罢，在村领导的陪同下，沿着一条瘦长瘦长的沙石窄路，向村后的老鸹山走去。老鸹，即乌鸦。因了村后这座山形似一只乌鸦躺卧，故而被称作老鸹山。

一座石头房子，建在老鸹山脚下。从外表看，和周围村民的二层或者三层楼房相差甚远。薛书记早已打电话叫来看护宅子的婶子，她五十岁左右，瘦小的身躯，着碎花上衣，黑裤子，静静地站在院内一隅，很腼腆，少言语。

打开黄色的竹篾席片大门，映入眼帘的是石头垒起的院墙，院内地面亦铺有鹅卵石。婶子介绍说：这座房子是美籍华人建筑师马清运在村子里给他父亲盖的房子，取名为“玉山石柴”，顾名思义：玉山的石头材料，柴通材。但这名字又实在难懂，国外人称它“父亲的宅”。因这座房子的用材全是从清峪河捡来的石头，闫河的村民便叫它“石头房子”，更形象，也更亲切。

院内栽有两棵玉兰树。一棵紫色的，是父亲树，一棵白色的，是母亲树。远在国外的马清远，希望父母像这两棵玉兰树一样，健康长寿，清清白白。我进门时，已有几人从屋内出来，看我穿得单薄，劝我不要进去了，说房子里经常不住人，有点湿冷。站在院内，看着这两棵总是横向发展的树，树冠浑圆，如裁剪过一般，树叶密实，看不见鸟儿，却鸟鸣声不绝，也算是给偌大个空宅子增添了些许生机吧。

从小在农村长大的我，对田野有种特别的爱恋，每次回家，我都要去村周围的田地里走走看看。在小时候和同伴嬉戏打闹的地方坐坐，抚摸那透过阳光能看到汁液在网状的叶脉中流动的嫩叶，看着远处深深浅浅的大山，我的心就飘得远远的了，寻觅着儿时的快乐和淘气。眼前的老鸹山，又勾起了我走进它的兴趣，尽管穿着高跟鞋，我还是兴奋地迈开双脚，向它一步一步地靠近。小草和野花铺就的弯弯曲曲的小路，带我走向深处，虽然微风将小草吹得弯下了腰，但在风轻时它又倔强地挺了起来。我指着路旁绿油油茂密的野豌豆草对父亲说：这是咱家奶牛最爱吃的草，可惜那时养牛人实在太多，野豌豆苗还没长大就早早被村人割完了。父亲瞅了我一眼，拧过身用手拭着眼睛。我看到了老父亲突然间溢出眼眶的眼泪，为了化解他的不好意思，我急急地向前走了。瞅着蔓延了整个老鸹山的它，真想再次拿起镰刀，把这片嫩草统统割回去，喂牛。

闻着这熟悉的家乡味道，看着眼前这翠绿的山坡，我的思绪和天上的白云一起飘逸着，一时竟找不到心灵的静谧，只有身体里这颗滚烫的心和身边的洋槐花香气，挟裹在一起，跳跃着，奔跑着。

在老鸹山脚下，有一座神奇的龙王庙。一座简易的水泥平房，两旁门柱上雕刻有栩栩如生的两条黄色蛟龙，只是庙门被铁锁锁着，只能趴在门缝隙里闭着一只眼睛瞅瞅。龙王庙前有条渠，叫“龙王渠”。一股泉水，从老鸹山肚腹内汩汩流出，小极小极的泉水从龙嘴里淌泄出来，清清冽冽的。掬一捧喝了，水是甜的，听说生喝比烧开喝更甜。泉水清冽，千百年来从未断流过，天旱不干，雨涝不溢，夏天清凉，冬天温热，月复一月，年复一年，取之不竭，用之不尽。据说此水能治“百病”。

陪同的村民给我们讲了个故事：这眼泉水是神水，村里有位老人，患有重病，医院已经没有任何治疗办法，病人只能回家，挂点葡萄糖水延续生命。亲人看着病人每日被病痛折磨得死去活来的样子，在医治无望的情况下，来到龙王庙里烧香祈求奇迹发生。在虔诚地跪着磕头的当儿，头顶倏忽间传来一声：“神泉水，水神泉，吃了病症不蔓延。”当亲人抬头望向天空时，看到湛蓝的天际上，一团似龙样的祥云向她家的方向飘去。于是亲人每天都来龙王渠汲水，给病人饮用、擦洗身子。三个月过去了，病人的气色好了很多；再三个月过去了，病人能下床走动了；再三个月过去了，病人居然能坐在场院里晒太阳了；再三个月过去了，病人身体竟然痊愈了。龙王渠的神水从此更神、更奇了。为了感谢龙王，家人在神水出口处，建了这座“龙王庙”，庙中塑有龙王像，渠口修了龙王头，让神水从龙口流出，村民们也经常来此取水。其实，此水并非神水，只是从山体沁出，含有多种矿物质元素，未经任何污染罢了。如今，每年农历的六月十九日是龙王庙的庙会日，周围四村八社的村民都来烧香求拜，亦有灵验，因而香火很旺。

站在龙王庙前，远远看着被绿树环抱如诗如画的农家小院，思想便陷入了如痴如醉的境界。阳光透过层层枝叶洒在贴有瓷片的房舍上，几只鸽子在空中掠过，门前悠闲溜达的小狗，还有低头觅食的大红公鸡和来回散步的来杭母鸡，我真的醉在了眼前这幅优美的风景画中。

将身儿置于故乡的土地上，一切都是亲切和惬意的。山风吹来，发丝在耳边拂动，不知什么时候，天空竟落起了雨滴，无数的小雨点从眼前欢快地蹦过，跳到地面，落在小草的嫩叶上，还有我的脚面上……

父亲看着我痴痴呆呆的样子，用手在我眼前晃了晃，说：“瓜娃，还不快走，龙王爷来了，雨来了。”

那年那月那乡愁

父母最近一直住在农村老家，周末，我准备回去看看。

早晨，在东门早市买了三斤大肉，做成肉臊子带回去。以前，父亲老说血压高血脂高，不敢吃肉，可母亲总唠叨，肉贵得十块钱才能买一疙瘩，两块钱的豆腐他们可以吃两顿。半月前，大肉价钱翻倍上涨，十块钱一小疙瘩估计也买不到了。

进了家门，看见两个加起来一百六十岁的人，穿着雨靴正在院子里忙活着。前几天听父亲在电话里说，老家吃水不方便，想给家里打个井，哪知这才几天，他们居然真的在院子中间打了一口井，还把整个院子挖开来，埋管道修下水，改卫生间装热水器。看着眼前如此熟悉的一幕，我突然又想到了十年前，父母就曾把老屋拾掇过一次。

看见我和儿子回来，父母一边洗手一边说，下次回来吃、住、洗澡就方便了，可以多住几天。

看着父母满身满脸的泥浆，我因为心疼而埋怨他们不该这么大年龄还拾掇老屋瞎折腾。平时各自都在外忙着，哪有时间回来住，即便是回村里过事帮忙结束后，都有车，一脚油就又回到西安。

母亲说："现在拾掇好，明年的端午节，就可以聚在这里，这里才是家，以后逢年过节你姊妹们就可以常回家了。父母在，家就在，父母不在，兄弟姊妹就是亲戚。"我鼻子一酸，眼泪不自觉地流了下来。

母亲高兴地拿出矿泉水、水果摆上桌子，还有对门三婆送来煮好的豌豆角和烙得两面金黄的葱花油饼，让我和儿子赶快吃。我笑着对母亲说："这么多东西，把我和你孙子当猪养呢。"

我故意问母亲要粽子吃，她显得很难为地说："家里没有。"我说："那就跟我回西安，我有。"父亲急忙说："那不行，家里这一河滩还得一个星期才能拾掇完，可不敢现在走了。"

我从车里拿出粽子放在茶几上。母亲说："这粽子咱先别吃，去北岭给你婆你爷上坟，让他们也尝尝，再给他们烧点纸钱。"

摆上奠品，焚过纸钱，我和父母坐在婆和爷的坟头，一时间都没有话说。

抬起头，看着蔚蓝的天空，朵朵白云如棉絮般很随意地飘在天空，悠闲自在。秋高气爽，微风轻柔地抚着脸颊，路边紫红和淡粉色的格桑花开得正艳，远处翠绿翠绿的秦岭和眼前金灿灿正待收割的麦子交相辉映，感觉一切都刚刚好，心情格外地舒畅。一个转身，夏天就成了故事，一次回眸，秋天便成了风景。刚刚焚烧过的纸钱灰随风冉冉升起，渺渺地、轻轻地如一缕青烟飘向空中……

恍惚间，我看见了婆，看见了爷，他们穿着老土布衣裤，坐在我对面说："孩子，以后别给我们送这些花花馍了，外边看着黄亮黄亮的，可里边太甜，太硬，咬不动。"婆盘着腿，头上戴了一个四方手帕，"我啊，还是想吃你和你三哥学校炸的油饼。那是真的好吃啊。"

十二岁那年，我在离家五公里的白玉堂中学上学，离家远只能住校，每周回家背一次馍，两周背一次面粉和玉米糁交到学校灶上。记得第一学期的第三个星期四是中秋节，学生灶雷打不动每天上午糊汤、中午汤面的饭，这天却改成炸油饼，每人三个。

我不舍得把油饼全吃了，只撕了半个就着一碗开水，一小块一小块地吃了好长时间，就连手指上沾的油星也是舔了又舔，留下的两个半油饼，用两面都写了字的作业本包起来藏在书包里，周末放学时拿回了家。

三哥比我大两岁，在许庙初中上学。中秋节那天，他们学校灶上也炸了油饼，每人三个，三哥一口都没吃，全部拿回家了。

婆看着我和三哥给她的油饼，眼泪汪汪的，咋都不吃，她说这稀罕吃食要让家里人都尝尝。20 世纪 70 年代，是个缺吃缺穿的时候，谁家都舍不得用只有过年过节才能吃上一顿的白面炸油饼。我和三哥坐在婆身边哄着，非让她吃一个不可，可婆总是说她牙不好，咬不动，她还让母亲把油饼和家里的玉米面馍都切成小丁，在锅里拌成馍花大家一起吃。我知道，平时婆的牙可是能吃苞谷花的。

那年端午，那个晚上，我们一家人围在一起，喝着稀糊汤，吃着油饼和馍拌在一起的馍花，婆的眼泪一直都没干，我问婆咋了，婆说，眼睛被煤油灯烟熏了……

头顶的白云不知啥时候被晚霞染成了红色，慢慢地向我移来，越来越近，越来越近，婆和爷慢慢地起身，朝着红彤彤的天边轻轻地飘去，婆头上的四方手帕成了红色的，整个北岭都成了红色的……

婆在去世前，没见过粽子，要是她见着这种稀罕的吃食"花花馍"，肯定又要说牙不好了，咬不动。

从北岭回来，我决定不回西安，陪父母在老家住一晚，再熬一碗糊汤，炸一盆油饼，和馍切成小丁，拌成馍花，美美地吃一次。

朱雀的海

绿　海

走进朱雀森林公园，为的是看海。

大巴车沿着涝峪河在众多的沟道和岭峁间弯来拐去。那日的夕阳正好，勾着金边的火烧云，惹得一车人都在呐喊，艳羡坐在车前的人有福气，拍到了最美的风景。

晚上七点半到朱雀森林公园酒店，我因为晕车，吃罢饭就睡了。

在翠绿遮天的天然氧吧只消睡上一夜，便可一扫在水泥森林里积攒的疲顿。

晨起开窗，感觉空气亦轻亦清。泡了一杯茉莉花茶，好像将一天所需要的精气神都装进了茶杯，随着大家出发了。

朱雀森林公园位于陕西省西安市鄠邑区南部东涝河上

游，秦岭梁北侧，距西安市七十四里，总面积二千六百二十一平方公里，为北秦岭褶皱带的组成部分，年平均气温九度，负氧离子含量超出城市二百倍，森林覆盖率达到百分之九十六以上。

敞篷摆渡车拉着我们，在绿山和绿草包围着的水泥路上向前奔跑着。山高水长，只要有山的地方，一定有水。听导游说我们是沿着河岸走的，草搡着草、叶挤着叶、树挨着树、山连着山，枝繁叶茂，绿色纷呈，这里便成了绿的海洋，看不到清泉石上流的景致，只能听见河水汩汩的流动声从山底传来。绿叶衬着红花，蓝天拥着白云，夏阳依着清风。身处在如此旖旎的风光、美妙的意境里，总让人生出几许情趣，让本来寻常的日子，多了一层诗意与浪漫，多了一份惬意与欢喜。

我喜欢坐在摆渡车的最后一排，觉得眼宽可以看四面，气爽可以享八方。

一路上撞入眼帘的，除了绿色就是绿色，整个山林树枝藤条相互盘绕，织成了一张绿色的大网挡在眼前身后，如果从远处看，天和地被绿色连成一片，我们现在行驶的这条路是掩在绿毯之下的。目之所及树树皆绿，鸟语花香草木同沁，这景致是那么的浓郁茵茵，在给人清爽的同时，又治愈了往日心里无名的浮躁。当你从乱糟糟的城市生活里突然间来到这里，感觉到的是满身的安逸、舒静，似乎有些超尘而去了。

石 海

离开缆车停靠点，就是往朱雀高山草甸去的路了。所谓的路，不是水泥路也不是石山路，而是连环的钢制登山梯，钢板台阶有一米多宽，用油漆刷成鲜艳的黄色，提醒游客注意安全。当我的双脚踩上这段快速拔高的特殊登山路时，因为恐高双腿不由得颤抖起来，早上出门时鼓足的勇气这时瞬间瓦解，心在跳眼在晃，每上一个台阶腿就如绑了千斤巨石般沉重，好在有众文友把我连拉带推的，二十多分钟后到达了醉仙峰。

这里不仅有醉仙峰、骆驼峰，还有双龟峰等神奇山石景点。传说，麻姑运酒经此时，正巧遇到八仙之一的韩湘子在此峰宴请众仙，她便将骆驼寄与此处，从唐朝一直寄到现在，就成了骆驼峰。在骆驼峰侧，还有两只惟妙惟肖的石龟，仿佛闻到酒香也爬行而来与众仙醉倒于此，众仙在醉酒时所留的足迹、手印至今仍在，故此处被称作醉仙峰。“金蟾观天”，也来自民间传说，说是刘海得道升天后顺河而来在朱雀隐居修炼，金蟾思念心切，上到山尖，翘望刘海归来，日久化为岩石。

要去冰晶顶山，古冰川的遗迹石海是必经之路。这里之所以被称作石海，是因为这里除了涌动的空气以外，放眼望去，满山满坡满世界全是石块，好像普天之下所有的石块都拥了来，气势磅礴的石块似银河之水由天上倾泻而下，大小不一地从海拔二千八百米的山巅密密麻麻、重重叠叠像河水一样流到山底，如一个远古战场的遗迹，悲壮得使我想哭。一块块巨大砾石，形态各异，万古开天地，石堆巨如海。

我们一行人是在石头缝里找路行走的，脚下的乱石横七竖八、高低不平地卧在“路”中，稍不留神就会陷入石缝。红色箭头，引导着游客上山下山，这里可以说处处都是路，遍地分布着石块，就如鲁迅先生说的，地上本没有路，走的人多了，就成了路。这里也可以说处处都不是路，石块纵横，无规无矩任性地躺着，像大海一样横亘在面前，游客都是哪里平稳从哪里走。铺展在地上的每一块石头，都可以当成踏脚石，任由你来来去去，上上下下。

云 海

天空中没有太阳，山风吹来，还有点冷。越接近秦岭之巅，路边冷杉风骨越峥嵘，各种奇花异草争相斗艳，举目四看，群山环绕，连绵不绝，东边的鹿角梁、跑马梁尽入眼底，北边的关中平原一望无际，西面远山如黛，南边朱雀美景如画。

一路拔高，腿脚早已不听使唤，总有折身下山的念头。但文友的“无限风光在险峰”鼓励声和那种“不到长城非好汉”的不服输信念，又驱使我往前走着。或许正是这坚定的信念、挑战自我的决心支撑，在转过一个弯后，眼前突然开朗，是草甸子到了。

十米开外，只能看见游人上半身零星地散布在松软的雾气中，轻盈盈似神仙般缓缓地在云海中漂移。说是云海，一点也没夸张，它真的像海，有海的浩瀚，有海的白浪。云雾随风滚动，有时像飞雪，奔涌如潮浩浩荡荡；有时像瀑布，飞流直下白帆排空；有时像惊涛，千军万马席卷群峰；有时像海面，波平如镜一铺万顷。

我敢说，再没有比这里更迷人的仙境了。整个山坡，都是苍翠欲滴的浓绿和没来得及散尽的雾气，像淡雅的丝绸，轻灵灵地凫在山间。人站在这里，头顶是雾，脚下是雾，左边是雾，右边是雾，前一秒还在摆姿势拍照的人，还没等按下快门，后一秒就被聚集成堆的浓云笼罩得看不清面目。我努力地睁大眼睛，看到的却是满世界里游浮摇曳的丝丝缕缕的白色烟雾，搞不清是从地里蒸腾的气焰，还是从远处飘来的水雾，眼前一切都变了形，绿山不见了，红花不见了，天地间尽是奶白色轻纱般的浓雾，在整个朱雀森林里纷飞、飘荡，那些缠绕在山腰间上下升腾的云雾，弥漫了整个山林，填满了整个山谷。

跑得累了，我软软地坐在柔若蝉翼的薄雾中环顾四周，但见群山苍苍莽莽，云雾包裹着的峰头似朵朵莲花在茫茫云海中若隐若现。一阵风吹来，刚才还上下翻飞如牛似马的白云立时不见了踪影，太阳也适时地挂在头顶，远处一望无垠的山尖起伏不断，在绿色的草丛中点缀着正在盛开的小花。此刻岁月静好，天空透明，浮云柔软，仰面躺在绵绵的绿草中，听取时光的曲调，尽情地享受着这难得的安静。听松涛流泉，嗅花草香甜，观云卷云舒，赏山起山伏。

雪　海

在城里待得久了，身子疲倦，心也疲倦了，在这里经过一夜的深度睡眠，感觉浑身轻松自在，心情大好。

一年有四个季节，每个季节都有不同的景色，我是喜欢冬天下雪时的壮丽景色的。

秦岭的冬天蕴藏着关中的冰魂雪魄，巍然的雪山与苍穹相接，在缥缈的云雾里若隐若现。听说朱雀森林公园的雪景是最美的，在大雪节气以前，天空就飞飞扬扬地下起了雪，正是赏雪的最好时机。

朱雀森林公园那银装素裹的世界，粉妆玉砌的雪景，总是在一篇篇美丽动人的文章里出现，然后吸引着游客。大家都在期待着，为了这场洁白的繁华来一次说走就走的旅行。一枚雪花，就是一场清欢，一粒晶莹，就是一片素白，雪花片片落下，犹如故人归，也如仙子散花，衣袖挥舞，飘逸盈怀。

果然，摆渡车在转过两道弯后，撞入眼帘的是毛茸茸的雪毯，那高高站立在藤蔓上的雪花，让我非常诧异，它们是怎么一片一片地在如此纤瘦的枝条上，像叠罗汉一样很轻巧地来回晃着，却不会掉到地上。

通往景区的水泥路面被白雪覆盖着，车轮碾过留下两条深深的雪窝，雪地里到处都有鸟儿或者松鼠踩过如花瓣的足迹。远处天和地一片儿白，分不清哪里是天，哪里是地，树枝如同一条条白色的绳索，把山与山绑在一起，形成一张巨大的白网。雪松不畏寒，墨绿色的松枝上朵朵结银花，枝枝绽银菊，一下子就把我们带进了冰清玉洁的白色海洋中。

承载着皑皑白雪的枝丫，被雪压得低垂下来不时打着寒战的枝叶，牵引着我们走进了一个银铺玉砌的充满浪漫的世外桃源。偶尔，一股带有寒意的风儿涌来，便将枝头白色的粉末像烟雾似的抖落下来。雪过初霁，太阳失去了夏天的威力，这会儿柔和温暖，光影透过树枝的缝隙把大地上的万物都变得神秘朦胧空气更加干净，光线更加纯净，这里的一切都盛在白色的海洋里，白色的屋顶，白色的树，白色的缆车，白色的路，白雪覆盖了整个世界。雪醉了，我醉了，朱雀的冬天也醉了。

白鹿夜画

从蓝田宣传平台得知，白鹿原影视城于晚间上映《夜谭·白鹿原》光影秀，约上同事，便一同向影视城去了。

环山公路两边的玉米苗已有半人高，绿油油地随风飘摇。似绿宝石的葡萄，一颗颗地拥挤着，一串串地藏在叶间，很是馋人。

影视城就位于蓝田县前卫镇。这里白天我去过多次，夜游模式还是头一回。白鹿原本是蓝田东部一座不起眼的土原，但它因陈忠实先生的长篇小说《白鹿原》闻名世界，万人来观，亿人来赏。白鹿原影视城正是借助小说中宏大的故事情节，和这片物华天宝、人杰地灵的土地上，孕育的集天地日月精华的神奇仙草，诞生了钟灵毓秀的精灵白鹿，吸引着众多游客前来感受它美妙的传说。

夜，在寂静中落下帷幕，无声无息地将热闹丢弃，时光的身影落在一隅灯光里，光影艺术与自然景观融为一体，结合国际前沿科技手段和特效装置，通过沉浸的光影体验，震撼的视觉效果，一场场灯光璀璨的实景光影秀上映了。

偶尔的几声蝉鸣，缠绵了亮起的灯光，深邃夜空中，隐约可见几缕流云挂在月亮旁边。 用灯光效果制作的光影彩蝶也凑热闹，舞动着薄翼来看时光里的花红柳绿，季节更替中的静谧与从容。

山色、湖光，曲径、树林，在流光溢彩中纵横交融，一幅白鹿夜画铺在眼前。 纯澈的池水，干净的泉眼，绵软的水雾迎面扑来，舒服而惬意，在五彩炫幻的这一刻是最美的。 远处原上传来的声声鸟鸣和近处草坪间溢出的花香，让人瞬间遗忘了曾经的烦恼，淡却了尘世间的热闹与繁华。

沿着凉爽的幽径往深里走，就能看见两边的荷塘，那一朵朵盛开的荷花，像亭亭玉立穿着粉红衣裳的少女，头戴黄色莲蓬，静悄悄地站在那里，和着阵阵晚风，翩翩起舞。 我生在夏月，尤其喜荷，喜其出淤泥而不染，濯清涟而不妖。 我爱眼前这偏于一隅的荷塘浅池，虽没有西湖那样浓妆淡抹，没有长江那样气势磅礴，也没有瘦西湖那样宁静柔和，眼前这小小的荷池，带给我的却是无景能比的欢欣。 温情脉脉，夕阳西下，收藏起一天的喧嚣，用最安静的姿态，静待落霞满天，与晚风私语，任月满西楼。

我独自一人，静坐池边，凝眸一草一木，享受这难得的闲暇，可与花草亲近，可与时光私语，可跟流云放飞想象。

忽听池中有声响，原来是几只淘气的青蛙，使劲地蹬着池水，仿佛打着一把荷叶雨伞，穿梭在荷叶与荷茎之间，搅动得一颗颗亮晶晶的水珠，在荷叶上滚来晃去，滴溜溜地打着转儿，酷似一粒粒珍珠在翡翠中浮动。池中并排凫游的野鸭，相互追逐着，嬉戏着，很是和平。但对突然入侵的几只大鹅，却很不友好，领头鸭一声令下，它们群起而攻之，吓得大鹅赶紧转身逃遁。

飞鸟掠过夜空，翅膀间的夜风传递出低回婉转的曲子，细微的声响犹如梵音轻轻流淌。一轮上弦月在树梢上逗留，清辉如烟如歌斑斓有趣，让月夜更显柔媚明澈。在电光变幻的灯影之外，所有的色彩已然沉寂，只有心脏在虫鸣声中跳动。

天色慢慢向晚，游客也渐渐多了起来。我随着他们的脚步跟在其中，便不用担心一失足掉进荷池。仰头望着繁星，想看见一颗流星划过，像孩子一样，欢喜地许下一个小小的心愿，愿人间皆是美好，望四季皆有明媚，一切都是刚刚好。

蝉的叫声单调，却是夏天必不可少的音符，很难想象没有成千上万只蝉放声高歌的夏天，该是多么的寂寞。或者说，没有蝉声的夏天，就不是真正的夏天。记得童年在村里的时候，我和二哥最为淘气，整天扛着一根长长的竹竿，竿梢绑一个纱布袋，满村满巷地粘知了玩耍，偶尔也会摘走邻居的桃子和杏。一个夏天，我们晒得似黑猴一样。如有村人告状，二哥就得挨揍。我是家里的“千金”，父亲舍不得打我，每次都虚张声势地警告说：“下次再出去害人，看我收拾你。”

听着蝉鸣，忆着儿时一家人的欢乐，在晚风熏染的月色中，闻着花香，看着流光，枕着夜露，仰望星空，身儿不由得向千千万万只萤火虫萦绕的树林中偎去，慢慢地俯下身，悄悄地向一株小草探听，这里曾经发生过的传奇故事。

白鹿仓的下午茶

恰逢疫后周末，恰逢天气晴好，恰逢初冬未冷，在午后的阳光下，望着窗外一地微黄的落叶，想想如此美好的时光，怎可辜负！ 叫上儿女，驱车往白鹿原·白鹿仓去了。

白鹿原·白鹿仓景区位于古都西安著名的白鹿原上，南望秦岭、北眺渭水、西瞰古城、东览乡村，距离西安东三环五公里，是著名作家陈忠实长篇小说《白鹿原》里的一个地名，属狄寨街道管辖。 这里之所以叫狄寨，是因为北宋大将狄青曾率军屯驻这里，抵御西夏，所以后人称之为狄寨。 1926 年，这里也发生过一件惊心动魄的事，河南军阀刘镇华带领十万镇嵩军，将西安城围困长达八个月之久，在战况最为胶着的时候，几个青年用一把火烧了刘镇华囤积在狄寨的军粮，刘镇华无奈最终退出了潼关。之后在当年放火的地方，建成了现在的白鹿仓景区。

青砖巍巍的城墙，蔚为壮观。 景区位于城墙之内，穿过由陈忠实先生书写牌匾的“白鹿仓”城门，就进入了白鹿仓的世界。城内依据《白鹿原》的内容修建了白鹿原古街，同时还有民国街、水街、非物质文化展示区、生态农业、文化艺术展览、游乐区、文化表演区等二十余处景点。古街建筑风格为典型的关中民居，建有白鹿仓联保所、田小娥窑洞、手工艺作坊、美食坊等。漫步在白鹿原古街，品流芳千年的美食，听粗犷厚重的秦音，感受白鹿原地区特有的文化魅力和醇厚的民俗风情。民国街，融合了清末民初时期的老西安、苏式、老上海的建筑风格，映入眼帘的海报、广告标语、站前的红绿灯、电车、黄包车、小火车以及星罗棋布的民国时期著名的地标，无一不展现出民国时期的人文特点。游客们不仅可以感受民国建筑的韵味，同时也可以体验到民国时期的服饰、礼仪与市井文化。

节气虽然跨过立冬，但深秋的氛围却丝毫没有减少半分，一片湛蓝而深邃的天空，一股斑斓而绚烂的风光，一世妩媚而温馨的阳光，倒是忘记了初冬的存在。我们走过弯曲的成都街景区，这是条不知被多少日子穿越过的光阴小路，留下了多少时光与脚步的故事。古色古香的房舍流动着阳光的魅影，几盆菊花黄灿灿地在路边努力释放着它最美的活力。

小桥、流水、人家，在亭桥相依的河畔，红叶、老柳、残荷、蒹葭、白鸽，天空和白云都干干净净地落在水面上，澄净无尘，水汽氤氲，倒影成诗。小河上架有各种游乐项目，玩得最多的是水上秋千桥。儿子看得兴起，也加入到挑战的队伍之中，在晃晃荡荡的桥上走过，玩的是勇气，走的是毅力。想想，谁的人生不是在晃荡中走过来的，只要你坚定信念，困难一定会被克服。

听说，心情好的时候，世间万物皆生情味。可不是，这阳光下的风，也温柔得像情人的呼吸。多么奢侈啊，此时，整个白鹿仓，好像都是我一个人的，慵懒地行走在民国街上，看来来回回的“长安号”“白鹿号”绿皮有轨电车，我便成了这大千世界里最幸福的人，享受着浅冬暖阳的恩泽。那种暖，轻柔而执着，像极了春天的温度。从百乐门里传出“浮云散，明月照人来，团圆美满今朝醉，轻浅池塘，鸳鸯戏水”的浅吟低唱，仿佛穿越到20世纪大上海的十里洋场之中。

转得有点累了，腿有点儿绵软，我向儿女们提议，去“白鹿罐罐茶舍”喝茶。此时，音乐与清茶最相宜。

要去茶坊，需要穿过民国街古建筑群和青石廊桥。下午三时的气温正爽，体感熨帖，茶台是露天茶场，正合心意。茶席有二十多桌，游客爆满。清一色藤条圈椅，坐下去，人像是被一双温软的手环抱，紧绷的筋骨立刻松弛下来。我们要了份套餐。老树潽洱是我的最爱，女士养生茶是给女儿的，在众多茶饮中，儿子挑了泾阳茯茶。茶点辅料足有十多个品种，三人各取所爱调配好口味，乐哉悠哉地品着茶，吃着茶点，沐浴着冬日的暖阳。仰头，眯眼看着树叶间隙露下来的阳光，这画面太安宁、太恬静，就像微风拂过草地，说不出的惬意，宁静。好一段悠闲自在的时刻，看着茶叶在杯中熬煮，上下翻转，我指着茶杯对儿女们说：茶，不过两种姿态，沉和浮。饮茶人不过两种姿势，拿起，放下。人生如茶，沉时坦然，浮时淡然，拿得起，也需要放得下。人生就像一杯茶，不能苦一辈子，但要苦一阵子，在又苦又甜的茶里，才能领悟到生活的本质和哲理，人生要想有所成就，就得用好现在的大好年华。

在白鹿仓里度清闲，美食是千万不能错过的。白鹿原自古便是物质丰饶、土地肥沃的地方，传说有一只雪白的神鹿，柔若无骨，欢欢蹦蹦，舞之蹈之，从南山飘逸而出，在开阔的原野上恣意嬉戏。所过之处，万木繁荣，禾苗茁壮，五谷丰登，或许真的是因为有白鹿经过，这里连年丰收，就连大旱之年白鹿原也会有一半的收成。如果说景区内的百余种美食哪种最能勾起游人的胃口，那非𰻞𰻞面莫属了。𰻞𰻞面是陕西关中地区的传统风味面食，因制作过程中有𰻞𰻞的声音而得名。老陕人端一大碗宽得像裤带的面条，上面再由绿葱花红辣面经滚烫的热油一泼，那香味便传遍了整条街道。将军油饼也是白鹿仓必品尝之美食，传说北宋名将狄青为了体恤将士，亲自做油饼犒赏将士，将士们为感其恩将此饼称为将军油饼。粉汤羊血、炒凉粉、冒饸饹、蜜枣甑糕、坑坑馍、乾县豆腐脑等陕西小吃，让游客有享不尽的口福，品不完的美味。

古朴厚重的关中建筑白鹿仓，充满了浓厚的生活烟火气息。 对于像我这样从小生活在关中的人来说，行走在白鹿仓的街道里，仿佛回到了记忆里的那个小村庄。

时间过得飞快，不觉间已日落西山，如果不是晚上还有事情，流光溢彩的夜间灯光秀是不会错过的。

至味清欢

一转身，已是深秋，时间似乎在不经意间就让季节变了模样。家乡的秋天，是铺开在眼前五彩斑斓的山水画。秋风、秋雨、秋果、秋叶，酿造了一坛坛甘甜的美酒，迷惑了整个风情小镇，醉倒了秦岭一座座山川和群峰。秋天，是家乡最美的季节。秋风缱绻，天高云淡，如诗如画，几笔水墨便勾勒出了天明山的轮廓，浓艳淡抹点缀着的颜色，便是故乡峒峪秋天的真实写意。

在故乡的日子里，我看到了多年不曾见过的美丽。村东的峒峪河两岸长满了各种果树，有苹果树、杏树、桃树、柿子树、樱桃树，但以柿子树居多，偶尔也会有一两棵枣树夹杂其中。看到红透的柿子缀满枝头，黄灿灿的玉米，一排排一串串挂在各家门前，幸福荡漾在村里每个人的脸上。出门往东，走过一条水泥村巷，沿着流年的小路，踏着轻盈的碎步，越过秋天的小径，沿途都是风景。带着儿时的回忆，寻寻觅觅；曾经走过的山山水水、沟沟壑壑，此时都在脚下。突然间觉得，欣赏美景何必跑到天涯海角，眼前熟悉的风景，足以让我体验繁华后的平静。原来生我养我的故乡，才是安放心灵最妥帖的地方，才是疲惫后最美好的归宿。

秋天是个让人浮想联翩的季节。我喜欢红叶漫坡的群山，喜欢万物素净的姿态；河水流淌，韵律如歌。当十月的风吹过脸颊，沐浴着秋天的阳光，陪着父母在田野里走走，听着他们的絮叨，终于明白生活中的得失、成败都是过眼烟云，只有现在、只有陪伴才是人间至味的清欢。

吃罢饭，父亲非要拉着我去看涨水后的峒峪河。河水翻滚，河边雾腾腾一片，落叶铺地，老柿树伴着秋风挺立于河的对岸，朝着我们摇头晃脑，心里满满的都是惬意。今年雨水多，有些工作无法去做，于是才有更多的时间陪在父母身边，也许这一切都是老天安排好的，我只要欣然张开双臂，接纳便是了。河畔老柿树下，花公鸡来回觅食追逐，路边的女贞叶绿得发亮，河堤边落满了梭子形金黄色的槐树叶、扇子般的银杏叶。远处橡凹沟村后山坡上层林尽染，漫山红遍，那一树树的红叶，随着秋风缓缓起舞，仿佛一团火球，燃烧了整个山坡。田地里是刚探头的麦苗。一边是新发的翠绿，一边是生命的谢幕。空山新雨后，天气晚来秋，峒峪村秋天的美景，就这样热闹、欢快地交替着。

对秋天的偏爱，是从家乡村北朝坡红叶漫染开始的。

秋意浓浓，时间无声，却写满了人世间至味的清欢。从小就喜欢秋天的朝坡，满坡的柿子树如士兵布阵般矗立着，有上百棵之多。患有哮喘病的宝来伯，儿子常年在外地打工，家里只有他一人。每当柿子褪去柿花、长成乒乓球般大小的时候，他就哼哧哼哧地从巷子走过，来到朝坡捡拾青柿子，然后一个个地埋进水渠里。等过个两三天，青涩的柿子经过地下温热泉水的浸暖，就变得甜甜的了。宝来伯年龄大了，总是记不住埋柿子的地点，暖熟的柿子当然就进了我们这帮熊孩子的肚里。他乐此不疲地埋，我们开开心心地刨，这种快乐的游戏，在每年的秋天都会重复上演。满眼的红柿子，如灯笼一样，骄傲地挂满枝头。只一眼，便深深地爱上了，这是一种大人们无法体会的甜蜜和幸福。如今，宝来伯已去世多年，村里再也没有人给我们埋青柿子吃了。别说青柿子，就是熟透了的红柿子，也没有人愿意去摘着吃了。如今，那些陪伴着我们度过饥饿年月的柿子，可怜兮兮地长在树梢，最终一个个落在地上摔得稀烂，看着让人心疼。

夜，拉开帷幕，风，透过窗隙，屋里已经有了几许寒意。窗外的月亮和星星，眨巴着调皮的眼睛，瞅着我铺在桌子上的书页。一盏灯火摇曳，半杯清茶暖心。此时，我坐在秋夜的静寂中，酝酿着一段文字。巷子里到处胡窜的夜风，挤进窗户，吹乱了我的思绪；唯有那杯母亲默默放在桌边的热茶，陪我走进唐诗宋词。记忆中，无数个春夏秋冬，仿佛都未曾被岁月封存，此时一件件、一桩桩涌入脑海，带着院内树木摇摆的心事，在每一缕旧时光里，回想着小时候一家人生活的点点滴滴，不由得开心地笑出声来。

风过花留香

时节过了白露，窗外已经有了些许凉意。秋天的清晨，说是天高云淡，说是露从今夜白，说是金秋气爽，说是寒从今时有，但无论说什么，天气的确是凉了。

今年气候有些异常，在这繁华的古老都城，秋天的身影却是躲躲闪闪，似乎羞于见人，神龙见首不见尾，前几日的那场秋雨，着长衫长裤，还感觉有点寒凉，等雨住天晴后，却是秋阳高照，气温又翻回夏日，热了起来。

穿过明城墙，走进那条古老的顺城巷，脚落在青石板上，啪啪地响，足音回荡在古巷子里，也是清幽、飒爽的。

秋日的早阳，拉长了我的影子，碎金一样的阳光，从疏密的树叶缝隙中泄漏下来，筛落了层层斑驳，倒映出秋天的安静。环城公园里黑色鹅卵石路边的栾树梢头，开满了金灿灿的小喇叭花，远远望去，似一树黄金，晨风一吹，城墙根绿色的草坪里，铺满一地金黄，雅致而古朴。

和我一样在清晨悠闲散步的游人们走在这里，空中栾树花儿纷纷落在肩头，像冬天里的雪花，扑来入怀，既有诗意又很唯美。那一树树即将成熟的红石榴，一个个精神抖擞地爹在枝头，悠悠地向游园人袒着笑脸，摇头晃脑地在秋风里荡着、漾着，既能养眼，也能养心。

护城河岸边那几棵粗壮的樱花树，褪去了春日的娇艳，这时更显得端庄而大气。树下的美人蕉红得热烈，黄得纯粹。旁边的枫叶也悄无声息地变红了，就连城市里很少见到的乳白色苏花，也来挤在其中凑着热闹，各种颜色的花儿相互依靠，相互争斗，在秋风中，就像游移浮动的花海。那花瓣，那枝叶，一朵朵，一片片，将古城下寻常百姓的寻常岁月，亦点缀得满是繁花，既不失和谐也不无美丽。

“奶奶，公园里咋会这么香啊？”一个穿着碎花裙子，扎着马尾的小女孩拧头对后面跟上来的奶奶说着。她踩在脚下花花绿绿的滑板车，快速地从我身边滑过，小身子矫健而潇洒，漂亮中自带帅气。

“是桂花开了。”奶奶好像是给她说着，也好像是给自己说着。

我站到桂花树下，仰头望着一朵朵小桂花，静静地闻着它浓浓的香味。一阵风吹来，那桂花树枝轻轻摇晃，好像在向我点头问好，对着随风飘扬在空中的桂花，轻轻地吹一口气，它就慢慢地舞上蓝天，把香味带向远方。

树树秋色，树树桂花，灿烂的金色，鲜艳的金色，快乐的金色，如诗的金色，如画的金色，它们美妙而洁净，夺目而绚丽，神秘而恬静，在绿叶的掩映下，朵朵都开得旺盛，开得热烈，一团团地簇拥着，一丛丛地紧抱着，既似月夜天上淘气的星星顽皮地眨巴着眼睛，又似银河里捣蛋的玉兔揉碎了一池的珍珠，给大地戴上一圈一圈金色的桂花项链。那株株紧挨海棠的桂花，在昨夜秋风中散落了一地的花瓣，亲亲热热地与大地相拥，一朵桂花开，便知秋来早，一朵桂花落，便知秋已凉。折身依坐在桂花树下，闻着沁人心脾的花香，心旷而神怡，任香气把绿草熏陶，任阳光把河水染醉，间或又轻轻浅浅地在青砖城墙上打上标点，然后透过缝隙在树影间婆娑，便洒下一天新的气息。我贪婪地吮吸着桂花的清香，久久不愿离去。

秋天是思念的季节。看着那祖孙俩远去的背影，我也想起了我的奶奶。记得小时候，我们村北边有一面坡的树林，每到秋天，当红彤彤的柿子挂满枝头，奶奶就会牵着我的手，提一个竹笼到那林子里捡拾树叶。黄的是杨树叶，红的是柿树叶，绿的是柳树叶。奶奶把这些树叶捡回来，用剪刀剪成牛，剪成马，剪成兔子和小鱼的形状，然后用糨糊粘在旧布上，这些城里娃难得一见的手工玩具，让我能从秋天耍到冬天。

看着落在地上的桂花，弯下腰捡拾起几枚花瓣，我要拿回去酿一壶浓郁的桂花酒，待中秋月圆之夜，邀来我深爱的人，对着那明月举杯，共赏一场浪漫的秋之夜。

我渴望秋天的浪漫，我喜欢秋天的柔情，但我更爱在秋天里和阳光一路前行，看繁花尽现，看落叶飘零。在秋高气爽、云淡风轻的日子里，在幽静惬意的时光中，借得一份安宁，偷得浮生半日清闲，我觉得那是一件最美好的事情。

在秋日的清晨，在一园桂花弥漫的香气中，在春夏秋冬四季的轮回中，我一边体味秋天，一边感悟人生，我真的希望今生能多一些从容，少一些计较。我期望每一个人都能遇见阳光，遇见美好，遇见如诗如画的风景，每天都能有个好心情。

初　春

抑或是清晨，抑或是午后，抑或是夜晚，我常常一个人，有时漫步在建国门和长乐门之间的环城公园里，有时行走在幽深曲径的古城墙下。

西安的这座城墙，既不傍山也不临海，它威威武武地守着西安城，护着西安人。西安人嘴里的城，也就是城墙里的那一块天地。西安人总是以“我们有六百年的古城墙”为傲。西安人骂人时也总用“脸比城墙还厚”来解气。

城墙外的环城公园里，初春的暖阳依旧如昨日般灿烂，天空蓝得没有一丝丝的杂质，好比孩童的小脸一样可爱。

几位老者，围坐在半米高的水磨石圆桌旁，摆开楚河汉界的象棋摊子，两军对垒着，搏杀着。认真而严肃。执棋者不准反悔，观棋者不许言语。那位鹤发童颜坐在最外圈的老者，头上顶着黑色毛呢礼帽，鼻梁上架着一副圆圆的石头眼镜，嘴里叼着根暗红色的玛瑙嘴子旱烟锅，一边“观”棋，一边“吧嗒吧嗒”地抽上几口，等烟锅里的旱烟叶子完全变成灰色的烟灰时，“嘣嘣嘣”地在老北京布鞋后跟磕几下，然后“噗噗噗”地把烟锅杆吹通，再把铜烟锅头伸进褐色的烟袋里美美地挖几下烟丝，用大拇指按瓷实，“哧”地划一根火柴点着，头顶又是一圈一圈的青烟，袅袅地升腾了。

秦腔是西安人茶余饭后的最爱，西安的男女老幼，在工作之后累得筋疲力尽时吼上一段，立时便心胸舒畅，关关节节的困乏便一股脑地褪去了。在建国门环城公园，每日午后都有几摊在吹拉弹唱、生旦净丑末地上演着。你的《下河东》，他的《铡美案》，不似擂台又似擂台地对唱着。反串唱段是考验演员最基本的唱功和嗓子，也是观众最爱挑剔的角色。

挤进足有上百人观看的自乐班场子里，五十多岁的“胡凤莲”和七十多岁的“田玉川”，这时表演得正带劲呢。女演员“胡凤莲”手执一米长的木棍，交叉弯曲着双腿，羞羞答答地，偷瞄着沉沉入睡的，坐在凳子上随渔船左右摇摆的“田玉川”。“……女孩儿拉少年我理上不端，我这里用手儿将船摇，摇，摇，摇转，叫相公你醒来我有话言……”声音清脆婉转，一句一板里都充满了“胡凤莲”的无奈和为父报仇的英雄气魄。正值年轻气盛的“田玉川”在小船晃动中猛然醒来，瞅着眼前美丽而腼腆的姑娘那副楚楚可怜样，男人的保护欲立刻战胜了他此时逃难的窘境，在听“胡凤莲”如泣如诉的述说后，立刻从怀中掏出传家之宝“蝴蝶杯”慷慨相赠。年老的男演员，把在特殊环境下赠送信物私订终身，和想以此物来求知县父亲为他们澄清冤屈的那种复杂的表情和心境，都表演得淋漓尽致，一点儿也不逊色于专业的年轻演员。

公园更深处，高高的银杏树枝梢上新筑着鸟窝。有两只矫健伶俐的灰雀儿，看上去像是一对。它们夫妻一前一后，迎风飞翔，在暖暖的初春里以不同的身姿上下欢舞，来来回回不停地往返着。去时嫩黄色的尖嘴里会长长地鸣叫，回来时嫩黄色的尖嘴里衔着树枝一语不发。当它们飞累了停驻在枝头休息的时候，相向而立，亲热地啁啁啾啾着，既像是在描绘着新家的模样，又像是在商量着其他的心事。

“草长莺飞二月天，拂堤杨柳醉春烟。儿童散学归来早，忙趁东风放纸鸢。”一位年轻的妈妈，指着空中缀着的各式风筝教小儿背着清朝诗人高鼎的《村居》。风筝是从护城河对面的外环休闲广场上起飞的。这里的天空简直就是风筝的海洋，品种多样。有长长的金色巨龙，有振翅高飞的苍鹰，有精明神武的孙悟空，有蠢萌蠢萌的朱八戒，有憨厚老实的沙和尚，还有小儿喜欢的熊大熊二和光头强，他们在空中和谐相处，不再为一树一木，一城一池争执得动斧动枪。

因为空中有了风筝，也就有了仰望天空的人。突然，一只金光闪闪的绢绣蝴蝶冉冉升起，飘入天际，一位穿着燕尾服年轻帅气的小伙子，单腿跪地，手捧一团鲜花，对站在面前美丽的姑娘微笑着，指着空中徐徐飞舞的风筝说：“亲爱的，嫁给我吧，我会让你幸福到永远。”原来空中蝴蝶的两只羽翼上，印有几个红色大字“我会毫无理由的爱你一辈子”。许是感受了浪漫的求婚仪式，我也醉在了其中，真想借这缕春风，将心里的轻快放起，任它在蔚蓝的天空中翱翔。或者蘸一笔水墨，把此时的开心高扬，让它带着爱情，穿越初春，跨过花季，在古老的城墙外这片满是馥郁的花丛里、竹林间，捡拾属于各自的故事。

在城墙下卧着的由许多不规则鹅卵石铺就的条条小道上，在公园花红柳绿、莺歌燕舞的角角落落里，你悠悠地来，他悠悠地去，每个人脸上都写着惬意、自然、悠闲。花坛里紫叶李枝头缀满乳白色的花朵，开得鲜艳，花蕊中心那一粒粒紫红小点如星星般眨着眼睛，活泼中不失灵动。一阵微风吹过，花瓣随风飘洒而下，落在游人的头发上，脖颈里，手心里，如洁白雪片般富有诗意。

穿过小径，进入一片绿草茵茵的草地。小草还嫩，叶子呈乳黄色，仿佛你只要轻轻一碰，就能弹出一桶水来。附在它身上的枝条儿，一拃高的样子，轻轻地、微微地仄着身子，似睡似醉又似醒的样子。我缓缓地俯下身子，舍不得用手触摸它，总怕弄疼它纤小的身躯，只是用欢喜的眼神瞅着它，但由鼻翼中呼出的气儿倒吹得它袅袅飘拂，如细影儿灵巧，如清泉般甜美。

初春的城墙外，红了梅花，绿了柳枝，白了玉兰，黄了银翘。护城河这时可是野鸭的世界了呢。它们有的浮在水面，自由自在地游弋着；有的相互追逐，弄得水花乱溅。最调皮的是领头的那只，它时而将肥嘟嘟的大屁股露在外面，倒栽在水里寻觅着食物，时而又扇动翅膀扑腾着，随性而动，总之，就数它最不安静了。另一只同样矫健的灰鸭，对它的恶作剧很不开心，随即猛烈地划动着亮黄色的鸭掌，很快地超过先前那只淘气的领头鸭，它又成了新一任的领头鸭，“嘎嘎嘎”地向岸上高叫着，炫耀着胜利。鱼鳞般的波纹一圈圈地随着这群野鸭的嬉戏缓缓地向后退着，退着……

春江水暖鸭先知。坐在环城公园东南城角的一块石条上，体会着初春的温柔，我将身儿搁置于它们嬉戏、打闹，营造出的这一派欢乐祥和、热气腾腾的景象中。

樱　花

站在阳台北望，作协院内那树白得晃眼的梨花，差不多开过一个星期之后，在前天的那个雨夜，凋零了。但紧跟着怒放的，是高桂滋公馆门前的这树紫荆花，她们繁密得如天上星星般打打闹闹，拥拥挤挤，不可一世。在满院的工作人员和前来办事的人们的赞美和惊叹中，她也悄悄地凋谢了，留一片碧绿在枝头，抒写着属于她的春秋。

同样植根在作协院内这独独一株的樱花，却在昨夜，迅猛地开放。突如其来，势不可挡。她以丛花式开放，我为什么要说她是丛花，是因为她每一朵花朵都挨得密集，挤得实在，而且又没有半片叶子，粉嘟嘟的串成一溜，羞答答地贴在枝身。

我觉得一株樱花开得再怎么热烈，也没有大片同时盛开来得干脆。下了楼，脚儿不由自主地被双腿领到了东门外的环城公园。

适逢周末午后，公园里游客也真的很多，他们各自为伍，自约为伴，练拳的、唱歌的、跳舞的、吹箫的，五花八门。我心系护城河沿的那些樱花，穿过鹅卵石铺设的林间小径，绕过一片银杏树林，踱过修剪成圆球状的海桐篱笆，就到了樱花林前。

同样生长在此处的樱花，但她们却不是同一时间开放，首先开花的那一株，已经浓艳得如大片飘零的云朵，有点懒散萎靡，但旁边靠近林子中间的几株，枝头缀的却满是花蕾，粉嫩而含蓄。花看半开，酒饮微醺，才是最好的状态。我静静地站在护城河边的樱花树下，抬头欣赏着它傲娇的花容美貌，得出的结论是：比梅花的层次要大，没有桃花的妖娆，花朵如伞形密集式一层一层叠加，缀满枝条，初开时没有绿叶衬托，盛开时如粉红色云彩灿烂。

樱花自然赏得，但赏花之人也是一景。一位坐在轮椅上的母亲，面目慈祥而可爱，她艰难地抬起胳膊，用颤颤巍巍弯成秤钩子状的食指，憨笑着在大女儿的鼻子上轻轻地刮了一下，女儿既是撒娇，也是高兴地搂着母亲的头，亲了亲母亲满是皱褶的脸。我一直立于旁边，看着她们母女三人。

“你们真幸福。”我羡慕地说着。

“我妈以前是教师，可喜欢我们了，只要谁表现好，就以刮鼻子奖励。”

“刚才就是给你的奖励。”

“是的，妈妈以前总是说，好孩子是需要鼓励的。”

“你们姊妹俩，就是鼓励出来的好孩子。”

“好像是的。”大姐立刻接过我的话，对着妹妹笑着说。

“不过，我父亲却很严厉，他的口头禅是‘棍棒之下出孝子’。”

“那你们经常挨打吗？”我周身立刻紧缩了一下。

“没有，因为妈妈教我俩‘小杖则受，大杖则走’的道理。”一直未言语的妹妹终于说话了，“如果父母在盛怒之时，用大杖打子女，子女不走，打伤孩子，岂不反而使父母痛心吗！”

“有妈妈心疼教导的孩子是块宝。”

“妈妈养育我们的小，我们就要陪伴她的老。”

“这就是中国孝道，小有所养，老有所依。”我在心里默默地念叨着。

老太太好像听懂了我们说的话似的，慢慢地点着头，看着两个女儿，开心地笑着。

我突然间想起了我的母亲，她虽然没有多少文化，但我们小的时候，也都是她的宝，她也是这样呵护、疼爱我们姊妹的，让我们不知道少挨了父亲多少棍棒。

我主动走上前，提出给她们三人在樱花树下，拍张合影留念，记录下辛丑三月末这个阳光明媚的美好时光。

走过树荫，沿着樱花小道，脚下软软的，那是香气还未消散的花絮。樱花开了，又落了。我好想留住三月，留住三月樱花绽放的美丽季节，留住那一朵朵花开的美好和一个个真实的情景。但我知道，春去秋来，花开花落，逝去的将不再生，可生命还得继续，有花开，就有花落。

抬起脚，迈开步，香气追随在我的身后，樱花在我脚下飞舞，好像重演着当年樱花在枝头飘落的回忆，而这回忆，正好是我对流年的回忆……

十多年前那个樱花开放的三月，我和闺蜜杜宁，相约到交大校园共赴一段花事。她带着她十二三岁的儿子，我带着我十五六岁的儿子，那天真是巧了，两个孩子心有灵犀，居然在穿着上撞衫了，都是蓝色条绒衫衣、牛仔裤，就连鞋子也差不多一样。孩子们有共同语言，尽聊些歼击机、航空母舰之类的军事话题。我和杜宁也有说不完的悄悄话。交大校园的樱花南路和北路，是最佳赏花之地，道路两边，五步就有一株，株株相连，樱花开时，那紧锁的心扉，也豁然敞开，如按响三月的门铃，微微奋笑，远远看去，樱花枝如拱桥般罩在头顶，很是壮观。真如身边一对小情人说的：交大的樱花，一点也不逊色于武大的樱花。

一阵微风吹过，花瓣儿分离枝头，有的在空中翻飞沉浮，飘飘逸逸，有的在风中翻滚坠落，纷纷扬扬，犹如樱花雨般凄美。她们不夹带丝丝的留恋，飘得潇洒，落得豪爽；她们不会为谁流连，不会为谁驻足。我感叹她们倾国倾城的容颜，也感叹她们如此的薄命，她们的花期，从盛开到凋零只有短短的十六天，但她们却将美诠释得如此清丽、透彻。

樱花片片飞舞飘落，直到枝头换得绿意盎然。一年，一年，生生世世，世世生生，辗转轮回，轮回辗转，看遍万千灯火，飘过千百枝头，荡过无数街角，即使化作春泥，来年却又是繁花一树。

花　语

每日午后，当读书读得疲乏了站在书房阳台上，远远望着对面张学良公馆内缀满枝头的粉色垂丝海棠时，心中就像长了小草，痒痒的，总也经受不住春色的诱惑，遂弃门而去。

出门左拐，就是城墙。城墙内还是满目萧条的景象。冬青死气沉沉地蹲在墙角路边，叶子深重呈墨绿色。杨槐树枝黑黝黝地向上伸张，怒虬如强盗，没苞，没叶，显得干瘦，冷清。

然而城墙外却是春意盎然的另一番景象。

在长乐门外环城公园广场上，百余人的新疆舞场子热闹得如同年节。随着音乐的节奏，不管是美艳的妇人，还是丑陋的男人，这时都显得活泼而可爱，拧腰扭脖子，击掌撩花裙，旋转，再旋转，再旋转。在你担心她要转晕倒地的时候，却又忽地摇身战栗，直至肩膀，再到指尖，身体灵活如小蛇般自由扭动。随着奔放豪迈的音乐，头戴白色小花帽、手腕系着铜铃的老者，昂首挺胸，腰背挺拔，抬手间铃儿当当，如驼群缓缓而来，举手时搭箭引弓，又如千军万马奔驰而过。

我是乐盲，感觉不了舞者的乐趣，只是看看热闹罢了。

惊蛰后，春意就越发地浓烈。那围绕着护城河岸边的迎春花已褪去它美丽的外衣，长成了万千绿色的枝条，紧跟它脚步盛开的是金黄金黄的连翘，一串一串密密的，不留缝隙地挂在枝间，我嫌它太过烦琐，感觉压抑，甚至连它的颜色都觉得艳丽得夸张，瞅了一眼就背着手，走了。突然间，一声巨响传来：你不能以貌取花，吾虽无花容，但却有花品，吾是早春的使者，在其他花儿怕冷还未醒来时，就日日夜夜守在这里了，零下五十度也照样开放，前天的倒春寒就是最好的例证，耐寒耐旱是吾的本性。

猛然回身并无一人。原来这是连翘对庸人的申诉和不屑了。

桃花，是春天公园里最引目的花魁，也是最讨人喜爱的花朵。它大方得体，芬芳满园，苞蕾花朵相间，松弛有度，不挤不散，舒服极了。那树姿态万千的白色桃花前，游人围得最多。请原谅我的孤陋寡闻，未见到这树桃花前，我是不知道有白色桃花的。现在，欣赏了白色桃花的淡雅清纯，看到了白色桃花的高贵冷艳，还有倒映在脚下绿色护城河水中那碧如三月的精灵，轻吟浅唱，缓缓流淌。行走在公园的满庭春天里，行走在桃花的诗意空间里，就那么软飘飘地缭绕在身边，牵动着我的每一根神经，沁入我心。坐在离它不远的石凳上，闭目深呼吸，嗅到的是桃花的微香。在我不动声色的神情里，我知道，它那温柔曼妙努力绽放的身姿，总是为悦己者传递着它高洁的花容。确实，它真的很美，很美。

白丁香，是毛紫丁香的变种，与紫丁香的主要区别是叶片较小，花形呈圆形或心形。花密而洁白，花香素雅、清淡，既可观赏，又可入糕，它高贵的香味，洁白的花团，含羞的娇容，让人疑心它是来自天国之花。一树白雪，一辆童车，一个宝宝，一条青石小径，一位穿着红色衣裙的年轻妈妈，在暖阳下斜首侧目，一幅亲密完美的初春母子游园图便永久地保存在我的手机之中。

正是三月草长莺飞的好时节，花坛里紫叶李开得鲜艳，枝头缀满乳白色的花朵，如星星般眨着眼睛，活泼中不失灵动。一簇簇一堆堆一嘟嘟地紧挤着，它们争相伸着脑袋，映着笑脸，睁着明亮的眼睛瞅着树下的每一位路人。一阵微风吹过，花瓣随风飘洒而下，落在游人的头发上，脖颈里，手心里，绿草间，如洁白的雪片般富有诗意，又如珍珠般铺在绿毯间，似花匠留下的画布。那片片落花的飘零，让人不忍直视美丽的短暂，但那新添的鲜嫩绿叶，又是生命的另一种延续。

梅花，在这个花的世界里，注定是不会缺席的。冬有蜡梅，春有红梅、粉梅、白梅。梅花瓣层层叠加，厚如棉毯，柔软舒服，碧绿的花茎上顶着花蕊，如七仙女的花伞般透亮，鲜嫩。要问我最喜欢哪种花，一时间真说不出来。身处在这个花的庭院，每到一处，就有一树花期，总让人眼花缭乱，醉在其中。但静下心来，回过头再想想一路看过的各种花儿，好像还是那树静立于墙根下的白梅，更让我留恋。它争奇而不斗艳，恃娇而不邀宠，娴静而不多语，默默地迎着阳光，朝着月光，不管你来，还是不来，它都鲜鲜亮亮地开放着。

“妈妈，晚上公园没人了，花还开吗？”

“开啊。”

“那谁来看它，它又为谁在开？”

“为自己开，为春天开，为黑夜里的眼睛开，为晚上的精灵开。”

“我就是黑夜里的眼睛。”

“儿子，心里亮了，黑夜也是亮的。”

“精灵，精灵也喜欢花吗？”

“喜欢，精灵是花儿的朋友。”

“我也想做花儿的朋友，每天都来看它。”

“好啊，来，妈妈抱着你，和花儿拉拉手，你们就是朋友了。”

“妈妈，我听会了一句诗‘梅花香自苦寒来’，我也要像梅花一样坚强，好好学习，做有用的人。”

“儿子真棒，你一定行。”

梅花树下，母亲抚摸着坐在推车里双目失明的儿子，眼里流着泪，笑了。

到凤翔沟去

一

春末夏初的时候，听说初玄先生在杨庄的凤翔沟整了个院子，就悠悠闲闲地开着车去了。

将头扭向窗外，看着绿得泛青的麦苗和小草，随风东倒西歪地摇晃着纤纤的身姿，还有那紫叶李在经过雨水的冲刷后，精神头旺盛地爹着干净亮丽的叶子，快速地向后退着。

格桑花开得也艳，红的、粉的、白的，还有紫色的，一并儿排列在路两边傻笑。

过了杨庄街道，在石佛沟的田间小路上，打开车窗，空气里飘着淡淡的泥土香。 远处原上几片晚开的油菜花黄灿灿地铺在那里，相互簇拥着、追逐着，点缀在青青绿绿的田野间。 原下墨绿的麦苗长势正旺，在黄和绿中间偶尔还裸露出一块褚红色的土地，三种颜色相互交错，一幅亮艳艳油旺旺的画面便映在眼前，随着地势坡度的起伏，犹如一条条彩缎飘在远处。

车轮滚过一幅幅山水画，摄入相机中的任意一道都是绝美的风景，那片黄和绿的相映是春末夏初的美照，不需要任何美颜和修饰，不需要任何泼墨和润色，便是诗里的淡妆浓抹总相宜。

初玄先生的房子还没有收拾停当，但已有了雏形。原木亭子青石茶台摆在靠檐墙的一角。坐在摇摇晃晃的竹板秋千上，荡起一串串欢喜的笑声，仿佛一下子回到了儿时，回到了盛满我淘气撒欢的峒峪村那个小院子里。

那棵皱褶满身的老杏树，静静地立于院子一角，不言不语，用黑乎乎的眼睛悄悄地瞅着我们，树枝上缀满羊屎蛋般大的青杏，一颗两颗三颗四颗五颗……我抬着头，总也数不清的。

后来听说，这棵老杏树叫明心树。恍恍惚惚间我好像明白了，人世间的万事万物，哪能都弄个明明白白，只要心中有数就行了。

二

国庆和中秋撞了个满怀，让七天假期又长了一天。朋友圈里的旅游景点都是人潮如织，行路如小脚老太太挪动三寸金莲般细碎缓慢，我无意去凑那种热闹，但也不想就这样窝在家中，正好有深圳文友贺学军的来访，便相约十多人到凤翔沟初玄先生的凤凰书院一游。

位于长安区杨庄街道的凤翔沟，在初玄先生的笔下已经大名远扬，让一个寂静了几十年的小山村一下子火了起来，平日里车来车往，人来人去，竟成了周围文友们的打卡之地。

好多次，我都想坐在初玄先生山中的这处院中，看山，听雨，发呆，想爱的人，悟前世今生的事。

这次终于如了我愿。

在秋雨绵绵中，我来了。

远远地，就看到了那烟雾萦绕的山脚，横着一片灰暗古朴的村庄，村庄中余烟袅袅，村庄外则是那郁郁葱葱的杨树林。我曾在那片树林里放肆地跑过，跳过，笑过，也曾在那里一个人默默地流过泪，往事便如昨日般进入梦境。

这村庄，这树林，这烟雾，仍如一幅散着光阴的风景画。下了车，眼前雨雾迷茫，忽觉时光倒流，天地连体，浑然间仿佛现实与梦境渐渐融合，无数个夜里我梦中拥有的小山村，无数个我彻夜难眠念叨着的小乡村。我来了，我真的又来了。

感受着只有在乡村的土地上才有的秋雨的神韵。手托雨伞，听雨滴在伞面上跳跃，这颗不静的心也会不由得跟着舞动。斜伞仰望，那颗颗冰清玉洁的雨滴如粒粒圆滑的水晶珍珠，曼妙地从天际随风飘落。丢掉雨伞，闭上双眼，任雨丝滑过脸庞，清清凉凉的，恹恹中又产生了一种既熟悉又陌生的感觉。

我，情不自禁像小孩子般将雨伞在手中转了一圈又一圈，雨滴向四周飞溅，仿佛是一个圆圆的水帘圈，突然间在秋雨里重新找回了童年的顽皮和欢快。

柔软清新的旋律，梵音袅袅的乐曲，把我们引到茅草结芦、芳草萋萋的凤凰书院。这种雨中婉约的意境，犹如淳淳的清泉，融入秋天，融入我心，融入每个友人的心田。随着初玄先生的招呼声，伴着绵绵秋雨的温湿，左老师时而幽怨时而哀伤的埙声，晓冬时而激昂时而流水的箫声，我醉了，醉在了这方小小的天地里。

屋外，秋雨朦朦胧胧。雨滴，敲在横亘于八卦池边的石瓮上，落在开得正艳的黄的、白的、红白和那独独一株豆绿色的百日菊上，飘在溢满书院香气芬芳的桂花树上，瞬间弹奏出了一支属于秋天的情趣进行曲。

我独自坐在雨中的凉棚下，红炉煮茶，听雨听风。我听到了生活的味道是深长的。我听到了往事的来去是甜蜜的。我听到了故事的曲折是变换的。我听到了人生的道路是坎坷的。与其说这是愁，这是喜，倒不如说这也是今生必有的美好经历和必尝的人生滋味。

雨不大却下个不停，这场秋雨似温柔的春风，飘落在身上，冲洗着我心灵深处的那份伤感。

今天的雨格外清新，享受着这份在城市中难有的悠闲和静谧，此时此刻，仿佛除了秋雨，这个世界与我无关。

这时，我感觉我像一个暮暮垂年的耄耋老人，在经历过太多的沧桑后，方感悟到日子平平淡淡才是最重要的，所有的荣誉和成就、失落和争执，都只是暂时的，人生都有坐下来休息的时候。

一片树叶落到眼前，我拾起它，捏在手中。“落红不是无情物，化作春泥更护花”。

这，也许是我对生活的期盼和寄托吧。

凤翔沟的春

位于长安杨庄的凤翔沟，我已经去过好多次了。

春夏秋冬四季，他总有不同的景色，吸引着我。

甲子槐月，我第一次去那里，就爱上了那个幽静美丽的地方。

一个小极小极的村落，星罗棋布地分散着村民的老房子。 可惜的是大多数土木结构的房屋已经坍塌，成为废墟，即使有的还在努力和风雨侵蚀做着抗争，已经摇摇欲坠的，还尽量保持着百年老宅昔日恢宏的尊严。 古砖灰瓦，雕楣刻脊，青石狮子门墩的四合院，斜仄在一隅，只剩下四堵胡基土墙倔强地支撑着困乏疲惫的身躯。 屋顶青瓦上布着的青苔，写满了它的古老和沧桑。

冰河早已解冻，严寒早已褪去，绿是春天的使者，早早地，她把春来报，把一封封缀满希望的信笺用春风递向人间。

又逢辛丑槐月，凤翔沟的春来了。

我，来了。

当车子刚一拐上杨庄的村道，看到窗外满眼的绿，满眼的翠，我心澎湃。 那拔节的麦苗正在使劲，那金黄的油菜花开得正艳，那刚翻过的赭红色土地正在歇息，这三种颜色的交替展现，使这里的春天更加妖娆而美丽。

杨庄湖安静地躺在村东，“水光潋滟晴方好，山色空蒙雨亦奇”，宋朝大诗人苏轼的这两句诗突然间就冒了出来。一湖的明媚和澄净，水清冽得让人心疼。 昨儿夜里，落了一夜的春雨，轻轻地，缓缓地。 并不像夏日的疾风暴雨，来势汹汹。 也不如秋雨的缠缠绵绵，久而不去。 更不似冬雪般寒冷刺骨，让人怯火。 这春雨，像湿漉漉的烟雾，轻柔地滋润着大地，湖边挺拔擎天的杨树，新绽开的绿叶沙沙地随风摇摆响动，还有那硷畔黄灿灿的棠棣花开得热闹。 湖边泊着的小车里，跑下一调皮的孩童，还没站稳脚步就扑向湖边，惊得大人尖声呐喊着追向小儿。

按约定的时间，我们几人来到了凤凰书院，早有主人初玄先生笑眯眯地等在门口，把大家引到明心杏树下的青石茶台前。 听他说，当时就是看上了这棵婆娑了半个院子，皱皱褶褶的老杏树，才决定租下这所院子的。 此时，杏花已落去，羊屎蛋般大的青杏缀在枝头，一个、两个、三个……我总爱抬头数那杏子，但却总也数不清它的，临了却满口生津，含着一嘴唾沫，惹得他们笑话我，酸杏没吃着，还把脖子仰得酸疼。

初玄一边给我们泡茶一边说，吃过饭，上山。

山，是凤凰山。因了村后的这座山梁形似一只凤凰躺卧，故名：凤凰山。

而镶嵌在凤凰山山下窝窝里的村落，这块如簸箕肚的沟地，是凤凰飞翔的地方，村子也就叫凤翔沟了。一条瘦路，蜿蜒在村后，路旁山涧焕发着翠绿的新枝，地上埋没小腿的野草，厚实茂密得如同铺着绿毯。小巧如米粒般大小的蓝色婆婆纳野花，缀满一地。那绿茸茸的细叶，嫩生生的野生胡萝卜苗，都在散发着春天的清爽，在这山花烂漫时，她把春来报。伸手摘一片嫩叶，透过阳光能看到汁液在网状的叶脉中流动。

春，便装在了凤凰山的口袋中。

小歇在山中的青石上，微风从山涧吹来，一阵阵清新、幽香、淡雅的花香和泥土的气息扑面而来。

在春雨的抚养下，在春风的吹拂下，满山满坡的紫堇花开了，一朵，两朵，三朵，四朵，五朵……连成一片，簇成一堆，最终织成一地花海。面对眼前如此妩媚的春天，烦恼没有了，萎靡没有了，满山满谷都是这群人的笑声和手机拍照的咔嚓声。我走在最后，不是因为我年老，也不是因为我体衰。我是要静下来，静下来，把春天的气息写成童话，把春风的温柔和满山满坡的翠绿写成一首最浪漫的爱情诗，并细声地、慢慢地，读给他——我的爱人，让他和我同频共振，感受这份甜蜜和美好。

寻着水声，顺着山路上行，在小路的右手侧，有一眼清澈透亮的山泉水，叫龙凤泉。山泉开始是在山腹内移动的，不见天日，到此处从地下浸透流出，在这个有落差的小潭边冲出地面，倾泻而下汇集成一汪清泉，名曰：龙凤泉。许是此龙凤泉附有山的灵性，许是此处附有山的神秘，在龙凤泉不远处，生长着一棵形状奇特的杨树，由两棵根茎组成，一棵根从一米高的坎畔伸出，半部分埋藏在泥土里，半部分裸露在土壤以外，横躺着足有两米长短，在顶端呈九十度折弯面布有龙眼、龙嘴、龙须、龙鼻的模样，如龙头一般。一节根从坎下向上生长约五十厘米处九十度向右伸出和上一节合二为一，成为一棵，在树根中间斜着有根断裂的树枝，断茬处惟妙惟肖酷似凤头，有尖喙，丹凤眼，布满周身的绿苔又恰似羽毛，逼真而活泼，村民便把这两棵树称为：龙凤树。往日周围人有不顺心的事，拿不定主意的事，就会在初一、十五时，烧香祈祷求拜，亦有灵验，日久便成神树，护佑着一沟的村民。

站在山巅，远望春天的田野，麦苗像片片绿海，分散在村子周围。纵横交错，规规矩矩排列着的杨树，刚刚吐出嫩芽。我惊异于这些杨树和别处的不一样，这里的树叶，呈现的并非春天特有的嫩黄或浅绿，反倒酷似秋日的微红而略显深沉。

当一行人还沉浸在凤翔沟无限美好的风光中时，最为儒雅的初玄先生，指着不远处那片绿油油水汪汪的野菜，说："走，撅蒲公英去，这时的最嫩、最好，凉拌煎炒均可。"

品　花

如果你没有去过位于杨庄的凤翔沟，那将是最大的遗憾。如果你想不留此憾，那快去吧。那里，正是最美人间四月天，那里，正是山花烂漫时。

在城里家中窝了一天，总感觉烦闷难耐，吃罢午饭，一帮爱好文学的朋友，相邀着就去了初玄先生在凤翔沟的山舍，吃着香茶，聊着文学。

初玄先生去年在杨庄的凤翔沟村拾掇出一座山舍，整日里便成了西安文艺界雅聚的地方，常常有三朋四友来往，非常热闹。

正是农历四月，城外天显得极高极高，也极清极清。田野酥软软的，草木茂盛，野花遍野。点缀农舍前后的蒲公英，一点一点的淡黄，乳白色的花伞，随风一吹便四野飘落，连同人的身心也有了几分荡漾。远远看着杨庄湖边的杨柳，树叶绿得有如从天际倾泻而下的绿漆，鲜艳而曼妙。柳树叶子从树梢倒垂而下，直抵脚地，犹如美人儿披着秀发面山而立，惹得我不由得近前去看，去摸。柳叶似打了一层蜡一样光亮，而叶片皮下的脉络像是流动着的绿色汁液。

午后的一池湖水，时而清澈见底，时而出其不意。有时是一幅抽象画，从不同的角度欣赏，就有不同的感受。有时是一纸华丽的篇章，有品不尽的妙词佳句，让你回味无穷。

湖面因了水蒸气的氤氲，朦朦胧胧的烟雾晕了整个湖畔。绿水从远处山壑间随风荡来，便见光滑的水面骤然间有了波纹，像放射了电波一样，一个圆圈套着一个圆圈，一个弧线连着一个弧线，密密的，细细的，一直飘到湖心，荡到彼岸，扑在湖边后又折身往回游去，刚才还整整齐齐的波纹这时不再是光滑整洁的弧线，而成了一条一条的曲线，在湖面上来来回回地跳跃着，嬉戏着。

到凤翔沟，凤凰山是必去的。

听初玄先生说，凤凰山一年四季景色各不相同。春秋冬我都来过，唯有夏日未曾识得其面目。

春天随着落花走了，初夏披着一身的绿叶在暖风儿里跳动着来了。茶过三巡，太阳光稍微有所减弱，就有友人急不可待地提议上山。对于喝茶，我是没有热情的，早晨的一杯茶水，能让我失眠到第二日凌晨三四点钟。对于上山，我却是情有独钟的。从小在山里长大，对大山有着特殊的亲情和喜爱，每次来这里，我都要上山去走走，感受一下大山独有的气息，汲取清新空气，濯洗受污的肺。

时值初夏，各色野花渐次开放。红的、紫的、粉的、黄的，像绣在一块绿色大地毯上的灿烂斑点。其中，最耀眼、最繁密的还是紫色的野豌豆花。它紫而不艳，端庄如美妇；淡而不素，朴拙如少女。成片成片地铺在眼前，美了整个凤凰山林。这里犹如一个硕大的植物公园，但又比公园人工修饰的草木来得自然，来得从容。脚下到处都是紫色的野豌豆花藤，弥漫了道路，占据了田野。偎依着怒放的繁华，人颜儿立刻损色许多，往日自诩美女帅哥的我们，都不再言语，只是拿起手机拍照，向未能前来欣赏的伙伴发着视频，炫耀自己此时与大自然融为一体的美好心情。

“相顾无相识，长歌怀采薇。”这里的“薇”，就是指野豌豆，它的嫩茎和新鲜叶子可食用，在困难年月，它曾是人们餐桌上的救命食物。苏东坡先生犹喜食之，在他的笔下，野豌豆算是一种珍贵的美味。当年被贬黄州，精神和肉体备受折磨，他便托好友从四川捎来野豌豆籽种于居舍旁，以飨肠胃，缓解思乡之情。

改革开放初期，随着一部分人先富起来政策的出台，我家便贷款养了十多头奶牛，每逢周末暑假期间，我和三个哥哥的主要任务就是割草。不管是风和日丽的春天，还是阴雨连绵的秋天，甚或是雷阵雨频繁的夏天，在峒峪村周围的沟沟峁峁间，我们几个的身影从未缺席过。记得有一次，我和二哥每人担着两个竹笼，一大早就去峒峪河的十亩坪村，那里山太陡路太窄，往日是没有人去的。当然，野草肯定比山外平地丰茂。那天，我们俩寻到了一大片鲜嫩的野豌豆蔓，密密实实的如人们刻意种植的一样。二哥欣喜地扔下水担，跪在地上挥舞着镰刀极速地割着，一堆一堆地放在身后。不到半小时，草堆如柴垛般整齐地排列起来。等他回过头看着这些战利品开心地大笑时，突然间倒在地上，昏迷不醒了。我急忙跑到他跟前想扶他坐起来，但无奈劲太小，根本扶不动他，我吓得哭着喊着，希望能有人来救救我哥，但空山寂静得如同死了一般，无人路过。情急之中我摘下野豌豆荚塞进二哥嘴里，也许是香味唤醒了二哥饥饿的肠胃，他醒来了，看着哭成泪人的我，故作轻松地说："哥刚才做了个梦，梦见吃豆角了。"我指着身旁的野豌豆荚说："你真的吃了。"二哥躺在地上缓了缓后慢慢坐起来，抱着我说："二哥没事，是高兴得太过了。"后来我才知道，二哥是因为没吃早饭饿得低血糖，低头割草时间又太长，突然站起来晕倒的。我真的后悔，不该把自己的黄白色馍吃了，还把二哥的那个黑面蒸馍也吃了。那天他因心疼我，竟把自己饿晕了。

远山的清风带着微微的暖意把我从回忆中吹醒。头顶布谷鸟的叫声，也把我拉回到现实之中。眼前的凤凰山静静地卧着，轻轻地散发着初夏泥土温和的气息。深绿、浅绿、鹅黄绿交相呼应，远山如黛，近处如翠。身体被绿山和野花包围着，总感空气清新、心情舒畅，香气四溢。

站在一串串一嘟嘟簇拥着热热闹闹盛开的紫灿灿花丛中，感受着金黄色的夕阳透过白灰色的云朵，呈现出淡红色的朝霞与火红色的云彩，变化无穷，美不胜收。凤凰山初夏的野豌豆蔓又密又绿，一望无际的紫色花丛里混杂着各种小虫，发出各种不同的声音，有合唱、独唱、四重奏，它们不需要指挥，不需要歌谱，它们是天生的歌者。

日近黄昏，厚厚重重的云雾盘踞在天空，夕阳只能趁一点点缝隙，迸射出一道道绛色霞彩，宛如湖中的金鱼，翻滚着金色的粼光，那些被阳光撕开的云朵似乎是孩童涂了颜色的海岛山川。对面山丘上正在吃草的羊群，那些往日看上去极普通甚至有些脏兮兮的它们，这会儿在逆光的照射下，浑身像勾了金边，瞬间变成了金光四射的黄金羊。羊群身后的山巅，这时也披上了金色的光芒，翠绿和金色相呼应，一副绝美的油画登时呈现眼前，我陶醉其中，简直有种窒息的感觉。

夕阳虽然没有朝阳炽烈，但比朝阳矜持，虽然没有朝阳鲜亮，但比朝阳红火；晚霞虽然没有朝霞灿烂，但比朝霞浓艳，虽然没有朝霞明快，但比朝霞凝重。在这片紫色花藤的护送下，夕阳缓缓地沉下去了，它似乎怕勾起我无限的离愁，在我将身儿置于花海中享受它的惬意时刻，安静地离去了。

在山下村口的石头上，初玄先生八十五岁的老娘一个人静静地坐着。看着我们一行人走来，远远地就笑眯眯打着招呼。阿姨红光满面，慈祥得如同菩萨一般。我走过去挤坐在她的身旁，她立马拉住我的手说：“这会山上的豌豆花开得正繁，就和你们年轻人一样，恰到好处。”我瞅着和善如母亲的阿姨，听着她简单而又充满哲理性的话语，一时竟语塞得说不出一句话来。

“恰到好处”，多有意思的词语，既生动又鲜活，既有韵律之美，又是传神之语。是啊，人生难能“恰到好处”。在文字中不增不减，把握好意境的满和缺，文字的火候才能“恰到好处”。在生活中不骄不满，拿捏好人生的度和寸，才能“恰到好处”。

在那桃花盛开的地方

春暖花开，和风习习，天清气爽，碧空如洗，我的白色小车行驶在环山路上，高高低低的树木，参差不齐地绽放着嫩芽，鹅卵黄娇滴滴嫩绿绿的新叶，随风摇曳，枝条飘动。路边的小草泛出了绿色，鲜活光亮，迫不及待探出小脑袋，摆动着阿娜的腰肢。

清水头村，王莽桃园，桃花相会，约来诗人，在花红柳绿中，寻一份诗心；在桃花朵朵中，吟诗赋月，一朵花开，便能绽开一个春天。大地逐渐丰盈，日子也鲜活起来。看她把诗吟，聆他把埙奏，听长笛悠悠，抚千年古琴，美哉悠哉，春心荡漾，人面桃花相映红。

阳春流年，高台美景，红毯铺就，海蒂诗会，投身彩池，长桌竹藤，相向而坐，款款吟诵，深池土壁，两层台阶，自然舞台，壁土地面，五彩绘画，神秘神奇。春风解花语，缘是友人来，在春天的信笺里，写满了桃花的缠绵与深情。在花下饮茶，光阴便是含香的，在原野里漫步，心儿便是开阔的。在日子的守候里，有份快乐与恬静，穿透心扉，有份记忆，温暖满心头。

任你思绪自然纷飞远方，驰骋终南，任你闭目回忆童年趣事，就在眼前。你方唱罢，他登场，乐此不疲，诗情满天诵，画意整池读。

古杏树下，芳草萋萋，杏花微雨，松木桌凳，随意简约，彰显本色，原始生态。望一眼远山若黛，终南朦胧，古居民舍，红瓦白墙，吼一声秦腔秦韵，气吞山河，高亢激昂。老缸排阵，小草纤纤。吸一腔清新山风，满腹酣畅，白花绿叶，素净简雅，惠风和畅。诵一律古韵新诗，缠缠绵绵，温婉柔软，慷慨豪迈。美景如诗如画，江山如此多娇。

“去年今日此门中，人面桃花相映红”，一扉柴门，一爿石桌，一白衣少年，低头轻吟。崔护犹在，姑娘何去。时光里，默默访佳人，思念的羽翼，随着阳光和泥土的芬芳慢慢伸展，华丽清寂、优雅曼妙地升腾。“人面不知何处去，桃花依旧笑春风”。他惆怅，她抱憾，有情人终未成眷属，爱情自古多缠绵……

土门峪村，桃花扑面，树随坡势，栉比鳞次，红得鲜艳，粉得妖艳，红粉相映，美不胜收。远处眼前，美景各异，油菜金黄，碧桃紫红，垂柳窈窕，玛瑙奶白，樱花粉红，繁密簇拥，朵朵盛开。

见过桃花盛开的桃园，却没见过数量如此之多，花群如此之大的桃花林，仿佛天上王母娘娘的蟠桃花也聚集到了这里。每一朵娇艳的桃花,每一片娇嫩的花瓣，既像一首首清新的小诗，也像一篇篇优美的散文，更像一幅幅绝美的画卷。穿行在桃林间，彩蝶飞舞，蜜蜂穿梭，轻吟低唱，嘤嘤嗡嗡，和风吹拂，朵朵花香，沁人心脾。抬头望天，桃花遮面，低头看地，落花蒲团。远远望去，淡淡薄纱，飘浮山坡，弥漫桃林，霞光轻雾；移步近物，浅浅粉红，漫山遍野，排列整齐，婀娜且多姿。而那些向上绽放在枝头的嫩芽、枝丫间的桃花，在微风的鼓动下,翩翩起舞，竞相争艳。一缕缕粉红的薄雾浮游缠绕在粉红的花间，粉红的花又颤动绽放在粉红的雾间，使桃林山坡氤氲成一片，天是红的,地是红的,人也变红了。陶醉在这粉红色的花雾间，犹如停憩在天际仙境间，风光旖旎，春意盎然，如痴如醉，心旌盎然。

远处风车因为无风，风叶呆呆地爹在木屋头顶，静静地给游人诉说着它的憋屈。风车、木屋、油菜花、桃树、杏树、苹果树，平安相处，静谧和谐。

二郎塔高高耸立于二郎山上，二郎庙不知所踪，只剩遗迹。环塔漫步，心静似水，远观近看，雾气氤氲，清风悠悠，艾草芬芳，紫荆朵朵，山花烂漫。倚树赏花，望月怀友，自是一份清雅。人生，山一程水一程，与温暖同行。在那桃花盛开的地方，有位佳人，她在丛中笑。桃花本无争春意，奈何她来弄枝头。桃花不言，下自成蹊，徜徉桃林，微风亲面，任花瓣飘落于怀，任水滴洒落于心，就这样乐此不疲，流连忘返。

岁月流经大雁塔

四十年前一个大雪纷飞的早晨，我穿件旧花棉袄，外面套件还没有干透的布衫子，坐在父亲拉枋板的架子车上，来到西安交大附近的皇甫村。

那时大哥在交大商场给一位鳏居的老人打工，卖烤红薯。

第二天周末，红薯早早卖完了，大哥和父亲拉着枋板，到北池头村的农贸市场去卖。

我戴着大哥新买的红羊毛帽子和棉手套，暖暖和和地坐在架子车上东瞅西看，还不时用手指着从身旁急速而过的小汽车。大哥看我高兴，说："离这儿不远，还有座大雁塔，等卖完枋板，带你去参观参观。"

"大雁塔是个啥，有小汽车跑得快吗？"我问。

大哥吃了一惊，扭过头，用弯曲的食指在我鼻子上轻轻地刮了一下说："你个小笨蛋，大雁塔不是汽车，它跑不动，是《西游记》里唐僧和孙悟空取经回来翻译经文的地方，外国人都来看呢。”

我在心里想象着大雁塔的模样，会不会和我们公社社长住的房子一样，也是两层楼，玻璃窗子，挂着花布窗帘。

这儿离大雁塔确实很近，父亲将架子车绑在路旁一棵大榆树上，我还没有灵醒过来，大哥就背起我向大雁塔走去。

“大雁塔在哪儿？”

“向前看。”

顺着他手指的方向望去，不远处一座上边小、下边大的“砖房子”挡住我的视线。我的第一印象：这砖房子没见过，真高。

大雁塔周围的环境不怎么好，三面都是村民的菜地和庄稼地，东边是一片苗圃，苗圃周围种着花椒树，阻挡闲人进入。只有院墙外向北有一条柏油马路，并不宽展，只能容两辆小车同时通过。马路两边的房子也是土坯房，一小间一小间地隔着，以照相、卖明信片的居多，偶尔夹有一两家小旅馆。两边人行道的土路上，摆满了小吃摊点，两条长木凳上架一张木床板，再铺一张蓝颜色的塑料布，辣子酱油醋摆成一溜，几个小方凳子随便地摆着。经营小吃摊的不论男女都戴着黄颜色护耳棉帽子，穿着蓝色大棉袄，黑色大棉裤，还冷得缩头缩脑，手里不是抱个大罐头热水瓶，就是双手筒在油腻腻的袖子里。看见客人来，急颠颠地招呼着。大哥用两毛五分钱给我买了一碗稠酒和两个肉包子，让我坐在火炉旁边吃边喝。我傻不愣登地问他为啥没给他和父亲买吃的，他们说不饿。可惜我当时年龄太小不懂事，只顾着自己吃了。刚吃喝完就对大哥说："走，到大雁塔里边参观吧。"

大哥牵着我的手站在路中间，指着大雁塔的尖顶子，说："站这儿看看就行了。"

路上的车很少，偶尔才会有一辆公交车通过，我嘴里嘟囔着："这就是大雁塔？大雁塔就这样？门在哪儿？唐僧和孙悟空从哪儿进去？"大哥害怕路上来车，护着我说："大雁塔的门在南边，进去得买门票，等哥发了工资再带你进去看，先在外边看看。"

在我的眼中，大雁塔就是一座用青砖砌的高楼，而且楼顶越来越小。当时我还没有去过我们老家的县城，不知道县城里有没有这种高楼，反正我们公社没有，当时我的感觉是：大雁塔不好玩，还没有我们公社腊月会人多，热闹！

四十年前，正是改革开放初期，百废待兴。

四十年后，我进城了，住在距离大雁塔不远的地方，并目睹了它天翻地覆的变化。北广场的音乐喷泉属亚洲第一，每级水池有七级迭水，与大雁塔七层相印合，喷泉声、光、水、色有机交融，夜晚的音乐喷泉，更是绚丽动感。涌动的水柱犹如纤纤少女，在音乐的伴奏下翩翩起舞，款款曲调各有特色，时而慷慨激昂，时而灵动婉转，时而深沉厚重，时而谐趣俏皮，美妙的音乐和诗文朗诵与喷泉表演相得益彰。如果你在现场，感受到的只有震撼。

又是冬天，又到周末，天空晴朗，锃蓝锃蓝，没有杂云，没有雾霾，父亲穿着新式的大红丝绸唐装，母亲则穿一件黑色的羊绒大衣，我和父母、大哥，再次来到大雁塔，来到位于大雁塔南广场的大唐不夜城，游走在贞观文化广场万国来朝的雕塑前，感受着大唐王朝四海臣服、万国朝拜的盛世景象，唐历史文化浮雕和刻有唐诗的开元通宝石刻都充分体现了大唐文化之勃兴和繁荣。贞观纪念碑是大唐不夜城的地标性雕塑，青铜铸造的唐太宗李世民威风八面地跨在膘肥臀圆的高头战马上，意气风发地抖缰勒马欲前行，仪仗队、吹鼓手和文臣武将紧紧相随。父亲和大哥不约而同地谈起了四十年前我们参观大雁塔的那个冬天，那个让他们连两个包子都舍不得吃的年代。大哥的眼圈红了，说起四十年前没能让我进去大雁塔参观，当天晚上他躺在床上偷偷地哭，埋怨自己不该为了省五毛钱让我遗憾的话，心里感到酸楚和难过。我和大哥搀着父母，走进大慈恩寺遗址公园，这里是游客和居民休闲的好去处，三五好友找一处安静的茶室坐下品茶论道，也可在凉亭下听秦腔爱好者的自娱自乐。父亲从小受爷爷的熏染，喜爱秦腔，年轻时是村里自乐班的导演兼主演，小生须生都很在行。陪父母坐下，大哥要了壶龙井和一些小甜点，悠闲自得地边喝边欣赏秦腔的豪迈和高亢，看着父亲用手敲击桌面打着节奏陶醉其中的样子，我便向自乐班主借来话筒，让父亲也唱一段《二堂舍子》，过过戏瘾。

现在的西安是网红城市，特别是每年春节的夜景、花灯装饰更是闻名遐迩，具有“西安年·最中国”的美誉。离开大雁塔时，正好碰上陕西电视台采访外地游客，当问到一位成都游客为什么选择来西安，来大雁塔旅游时，她说：“大雁塔是公元652年玄奘法师从印度取经回来，唐皇帝为保存这批珍贵经文，在大慈恩寺内专门修建的这座大雁塔，具有不同于其他建筑的历史使命和意义。西安不光有大雁塔、小雁塔，还有很多名胜古迹，兵马俑、明城墙，西安又是十三朝古都，西安深厚的文化底蕴，美食、历史、民俗，在这座城市都能感受到、品尝到、体验到，我喜欢这里，以后还会再来。”

“我们走在社会主义的康庄大道上……”远处一位大爷用激昂浑厚的声音唱着，在场的人都不约而同地瞅了过去。

疫情期间的环城公园

今天是居家的第二十一天。网友们把武汉由羽毛球馆改建成的医院叫“方舱医院”，把治愈病人出院叫“出舱”，把居家自行隔离戏称为“禁足”，还蛮有意思的。

前几天还能出去，今天下午小区门前的路被铁板封死了，街道办的通知下到了小区，每天每家只能出去一人采购，两小时之内必须回来，进出小区都要测量体温。

这次疫情，让我很焦躁，总嫌它太过漫长难熬。每天除了关注疫情，再就是关注“停学不停课”的各类消息。女儿今年高三，高考对于每个家庭都是一次考验。中国政府网今天对大家关心的高考政策有了最新回应：教育部将密切关注疫情的发展变化情况，会同相关部门审慎研究今年高考是否推迟以及相应方案。

在家已经闷了一个星期，蔬菜水果最多够我们娘俩食用两天。听说病毒在二十五度以上存活时间很短，趁着中午太阳好气温正高，戴上口罩手套出去采购。女儿叮嘱快去快回，不要在外逗留时间太长。

太阳真好。暖暖和和的，用“春光明媚”这个词形容此刻，再合适不过了。往建国路的路已被封死，只能往顺城巷方向去。出了巷子也没有看见卖菜和水果的，所有门店都关着。东门草坪上“新年快乐”几个红色大字很喜庆。城墙灯会的各式灯笼挂得到处都是，花花绿绿的很好看，长乐门广场里十多位老人都戴着口罩晒太阳，一位大爷闭着眼睛摇头晃脑地拉着哀哀怨怨的二胡，是秦腔《游西湖》里的《鬼怨》一折。我从小就对秦腔有兴趣，现在听到这种曲调韵律感觉很有特色，遂停下脚步跟着二胡唱了起来。

在东门城墙下住了二十多年，环城公园里去的次数并不多，总想着那里是情侣谈情说爱的地方，是老年人锻炼身体的地方，是孩子们游戏逗乐的地方，我和这些都不沾边，也就没有理由去了。公园门口广场上人还是不少，有老太太打着瞌睡在晒太阳，几个老头围在一起悠闲地下着象棋，有的在打扑克，只是往日的旱烟锅子这时候都别在腰里。真稀罕往日里自由出行的日子，真怀念往日里跳舞唱歌的场面。

登记身份证、电话，测量完体温后，从偏门进了环城公园，往日人挨人的公园这时空荡荡的，只有我一个人。护城河边的迎春花开得正艳，枝条长长地垂吊着黄灿灿的连成一片。我问这些不舍昼夜开得如此灿烂的迎春花，是为谁在开放又是在迎接着谁的到来。护城河堤坡上的小草还没有绿起来，柔黄柔黄的紧紧贴着地面，从上往下看好像是铺了一张金黄色的毯子。

环卫工人正用水管浇着草坪，这里的草绿油油的，冬青枫树被修成各种造型，以前也曾来这里散步，但都是匆匆走路，没有认真仔细地观察过，今天的环城公园属于我一个人，可以慢下来，再慢下来，用心去感受大自然的气息。公园里的设施真的很人性化，在健身器材旁边，居然安有一台直饮水机，可以投币也可以微信、支付宝扫码付款，热水凉水都有。我仔细地阅读了它的取水方法，可惜没有水杯，不然就要亲自试试。刚浇过的草地泥土气息氤氲在空气中，闭着眼睛长长地吸一口再缓缓地呼出，惬意而美妙。草坪里的小草也被修剪得平平整整，真想像小狗一样躺上去打个滚，舒展一下被困了多日的筋骨。周围一切带有生命的植物感觉都很亲切，延伸在草坪中间的鹅卵石小路曲曲折折弯来弯去，看看周围没人，我干脆脱了鞋子提在手上，直接走上去，垫得脚掌生疼，但痛中又透着舒坦。竹林里的竹子长势很好，密密麻麻地拥挤着，把头伸进竹林，鼻子凑近竹叶，一股清香立即沁入心脾贯通全身，整个人都觉得轻松了许多，真想就这样一直待着，直到地老天荒。

从东南城角转过弯，太阳正好，心情也大好。那条水泥条凳上坐着两个四十多岁的男人，口罩挂在耳朵上，脱掉外套晒着太阳，悠闲自在地吃着花生米喝着小酒，一人手里一根黄瓜嚼得正香，我从他们背后偷偷拍了张照片。在他们背后，一位阿姨和叔叔踩着音乐跳着国标舞。尽管舞场只有他们两人，但也跳得优雅从容。

我将拍的几张照片和自拍发到闺蜜群里，引来了她们的羡慕和责备，催促我注意安全、赶快回家。我回复：等春天真的来了，请你们踏青。

问山房

进入 10 月，天气就没好过，雨总是淅淅沥沥地下个不停。

逢周六，天气好转，太阳高挂东天，不热不冷，天高云淡。好姊妹相约，进了终南山，朝着那处早已听了多次的“问山房”而去。

许是半年多没到过秦岭了，总觉得远山和近舍都飘飘忽忽的，云雾在山间来回地游荡，忽高忽低，忽东忽西。

空气清新透亮，没有一丁点的杂物，天蓝得似染过一样顺滑、澄清，那洁白的棉花云堆在头顶，享受着秋天独有的静谧和温馨。

在一处老房子前停下车，大门紧锁，一只黑白相间的小狗朝我们汪汪地叫着。房檐间直直垂吊着黄亮黄亮的玉米棒，木格窗旁挂着半干的红辣椒串，院畔的大丽花开得妖艳，红的、粉的，朝着太阳的方向尽情地绽放着。这熟悉的画面，让我想起了峒峪村老家，小时候我生长的地方。

沿路几乎没有看到村民，大部分房子都空着，庭院杂草丛生。年轻人进城打工，有的在城里买了房子，村子里只留下老人和老房，守着老村，守着寂寞。

问山房在佘家湾村的最顶头，紧挨着山。

大门头我曾在闫群的文章《执玉山房》里见过，看着很有艺术风范，属于让你看一眼就忘不了的那种气势。

问山房的女主人马姐听见驻车的声音，“吱扭”一声拉开木门，笑笑地招呼我们：“来了就可以，还带这么多东西，怪沉的。快，进屋。”

进了山门，院内林木幢幢，小桥流水。一个偌大的鱼池里，红的、黄的、红黄相间的金鱼自由自在地游嬉着。头顶的木瓜已经泛黄，星星点点地坠在枝头，树叶已经落得差不多了，似乎山风一吹，随时都会掉下砸到你的头上。我戏谑丽娜说：“假如有一个木瓜砸到你的头上，你会不会也像牛顿一样发现万有引力？”她说：“那我就把木瓜吃掉。”

大家都笑了。

谢老师领我们进了厅房，并排四间，门后生着炉子，暖暖的。闫群是这里的常客，和谢老师夫妇很熟，她对我们说：“这里是谢老师和马姐接待访友、喝茶弹琴的地方。”

整个院子曲径幽幽，青瓦铺设，别有洞天，拾级而上，竹编的房子是餐厅和厨房，一张八仙桌四把木椅子摆在左边靠窗位置，右边红木茶台上一字儿并排摆着黑色的陶瓷茶碗茶壶。人字形竹编屋顶下吊着一只硕大的用藤条编织的灯罩，古朴而奇特，典雅而别致。

马姐说，问山房的所有设计、装饰都是谢老师亲力亲为，一点一点拾掇起来的。

顺着木篱笆小径向里是一座木房子，棕色榻榻米上摆有茶台和铁艺取暖炉。茶具是白如羊脂玉的瓷器，一壶四杯，干净而清爽。

墙外百日菊开得畅快，好像在和山上的黄菊花争艳斗美，谁都不甘逊色服输。柿子红艳艳地挂在树梢，这时正是桂花飘香的季节，路边野花的香气自然比不上它的傲娇和芬芳。

我喜欢秋天银杏叶的金黄，片片攒动，你拥我挤，随风起舞，如金浪般起伏、飘荡。多少次我都渴望有处属于自己的园子，春有蔷薇夏有莲，秋有银杏冬有梅。那将是多么的惬意和美好。

板栗已经成熟，勤劳有心的马姐捡拾后煮熟放在冰箱，有客人来就拿出一把，和酱香红透的五花肉烧在一起，入嘴即化，香气直至喉咙。酸辣白菜清脆爽口，辣得过瘾，酸得带劲。手工蒸馍一个不够还得再咥半个。门前地里现采的香菜，撒在西葫芦肉末丸子上鲜香诱人，让减肥的她们直喊：先吃饱这顿再说。

小花狗点点一直跟着谢老师，寸步不离，山上山下欢实地来回跑着，看不出一点点的疲累。我真心疼它那细如筷子般的小腿。谢老师说：“点点现在玉体不适，前几年生宝宝时没处理干净，胎盘瘀血成了大肚子婆。等再过几天天气好点，就抱它下山做手术。”目光如炯的谢老师穿着一件墨绿色高领羊绒衫，戴着一顶黑色小圆帽，盘腿坐在炕上，一双手温柔地抚摸着点点，满眼满脸都是心疼。“点点来我家已经七年了，早是家里的一员，虽然不会说话，但时而乖巧时而顽皮，很是可爱。尽管它年龄大了，手术需要二三千元费用，但还是要做。”

十年前，谢老师携同夫人马姐，从热闹喧嚣的含光门家里来到这，守着乡村的花开叶落，看着门前的日出日息，享着烟雾蒸腾的云卷云舒，听着山间的泉水叮咚。日月交替，晨箫暮琴，心性自然平和、多爱。

茶过三盏，我们邀请谢老师抚琴。

一曲如泣如诉的《枉凝眉》，荡气又回肠，他把古典和现代结合得没有一丝丝的违和感，在情感传递的同时蕴含着一种别样的滋味在心头。《二泉映月》既舒缓又哀怨，听得我偷偷地掩面而泣，拭着眼泪。难怪有位指挥家曾经说过：“这首曲子应当跪着聆听，坐着站着都是极不恭敬的。”我想，要弹奏出如此曼妙流畅的乐曲，只有常年处于清静的秦岭山中养成特有的心净、心静、心境才有可能。

不觉间已经是下午三点，告辞时我问谢老师为什么把这里叫“问山房”。答曰：问天地人心，问山水日月，问众生百态。

洞见，洞见

天气晴好了两天，又阴沉了下来，到处都是灰蒙蒙的，影响得心情也不畅快了。

初玄和左明心两人，这几年把少陵原畔的窑洞炒得热闹得不行，诱惑得我总想去看看，却是七错八错的没有机会，这次借着丽娜在窑洞的《格律诗密码》讲座就来了，一来听听我自认为比数理化更难的诗歌写作，二来也借此机会见见许多好久未见的好朋友。

从我家到初玄的窑洞，坐车得折腾好几次才行，早晨六点半起床，等赶到地铁站已八点多了。不过我不怕，丽娜这个磨叽的人，虽说她是今天开坛主讲嘉宾，也不可能比我快的。

果然她没让我失望，刚出地铁韦曲南站就迎面碰上她。

我们和小侠姐乘的车一前一后地停在窑洞外的停车场。

“明心这个懒家伙，把一瓮的莲花硬是养得干拉拉的，没一点生气。”小侠姐性格活泼开朗，刚一看见明心，就骂着。

“我错了，我错了，等明年夏天，我让它再活过来。”明心一脸傻笑地求饶着。

一片片火红红的爬山虎，一串串黄澄澄的玉米棒子悬挂在明心工作室的外墙上，衬得白墙蓝砖门脸的窑洞既简单古朴又大气美观，用蓝砖砌垒的小城墙护栏旁蹲着一个青石雕刻的石兽，似牛又似马，憨劲十足，膘肥体健，眼睛注视前方，头高高地昂着，四蹄匍在胸前，一副随时准备奔跑的姿势。

“采菊东篱下，悠然见南山”，这是初玄和明心平日里给我吹嘘的他们位于少陵原畔淳风观上的窑洞的开阔景象。可是今天，南山我怎样都看不见，只是崖畔黄灿灿的菊花真的开得正艳，参着机灵的小脑袋静静地听着道观里飘出的袅袅梵音。

菊花，乃花中隐士也。它有着梅花的傲气，有着兰花的品行，有着竹子的风骨，故“梅、兰、竹、菊”被文人雅士推崇为四君子。

我明白了，怪不得明心和初玄特地让丽娜今天来开坛讲解诗歌，原来菊花和诗歌是最美的伴侣，最好的意境，最切合的场景。

洞见开坛了，初玄先生作为主持人，把长安的文化底蕴给听众抖了个底朝天。我诧异于他的好记性、好学问，不管是历史文化，还是古人今事，都能滔滔不绝地顺嘴就来。中间休息时我调侃他，不要把长安派卖得太厉害了，我老家蓝田还有大诗人蔡文姬、王维呢。他说，蓝田和长安自古都是友好之邦。

窑洞门前褐红色防腐木八角亭子被命名为“明心亭”。亭内亭外，座无虚席。我凭栏而依，品着大红袍，伴着轻曼柔和的古筝乐曲，听着《诗经》《离骚》《楚辞》《元曲》……谈诗、论道、品茶、观景，我实在想象不到，人世间还有怎样美好的日子可以与之相比的。

灰暗的天气这时好像也变得明亮清澈，往日的失落也会因此而平静，抛却生活的琐碎，尽情地享受这秋日樊川道窑洞边的惬意。抬头看天，太阳正被薄云缠绕着，隐隐地露出一缕淡淡的白光，努力地穿透云层照射出来。远处天际间浮现着一片金光，似弯月般悬挂东天，绽放着微弱的暖意照在每个人的身上。

崖畔下铁笼里，那只矫健的雄孔雀来回地踱着优雅细碎的步子，高兴时开开屏潇洒臭美一番，展示展示它五彩斑斓的羽毛。初玄说孔雀的叫声特别难听，可是一个上午它一声没叫，估计也是被头顶高台上丽娜讲解的“诗是一味决明子，清肝明目，养心养眼”的绝妙词句感染了，不忍打破这美好的秋晨。一只肥嘟嘟的鹅两只翅膀估计因为战败受伤而支棱着，显得有点笨拙。“关关雎鸠，在河之洲。窈窕淑女，君子好逑。”自古男子爱美人，站在横搭着的木棍上帅气的芦花大公鸡，尾巴上的羽毛又黑又亮，大红冠子端直地竖着，英姿飒爽地傲视着只顾低头觅食的几只母鸡。

听说今日的洞见论坛，已经是第十六期了，丽娜是唯一的一位女性开坛嘉宾，她讲得卖力，大家也都听得认真，在平平仄仄、仄仄平平中，两个半小时一眨眼就过去了。要不是下午长安还有一场文化活动，估计她讲到晚上都有可能。

我问明心和初玄，为什么把论坛叫“洞见”，答曰：一日，两人在窑洞中闲聊，明心说，如此美景，岂能辜负，利用窑洞，何不开坛，请有智之士自拟话题讲经授道，邀众友同见智、共增闻。凡讲解者，可大可小不应拘泥。两人一拍即合，于是想了好几个名字，都觉不妥，忽一日明心梦中有“洞见”二字在眼前盘旋，遂定为“洞见”也。

游唐顺陵记

天宇大道两旁的石榴花开得浓烈热情，树上的新叶嫩绿油亮，枝头的花瓣绚烂娇艳，红绿相间，似这个季节的两种韵味，一半清凉、热烈，一半繁花锦簇、绿叶成荫，它们以自由且热情的生命状态，日夜盛开，既陪伴了时光日月，又赠予了人生一程又一程的风景与美好。

大抵是两年前，也许是三年前，在乘车去机场的路上，曾看到立于麦田畔的顺陵石碑，便一直就有拜谒的想法，但因各种各样的原因，可能是自己太懒，也可能是平日事情太杂，以致咫尺竟成天涯。

从未想过，相隔千年的你我，会相遇在热浪滚滚的夏日骄阳之下。

无须言语，只在目光相交的一瞬间，顺陵与我便有一种“似曾相识”的熟悉与亲切。

阅遍中国五千年历史，因子而贵的母亲是有很多的，但因女而贵的母亲，唯武则天母亲杨氏这独一位了。

顺陵是一代女皇武则天的母亲杨氏的长眠之地，位于咸阳市渭城区底张镇韩家村东。书上说，顺陵是女皇武则天为了抬高自己的身份，将父亲追尊为“忠孝太皇”，母亲为“忠孝皇后”，杨氏墓则改称“顺陵”。顺从天意、鼓舞民心，便是对顺陵的解释。而我，则有个人的认知，尽管武则天贵为天子，但她也是父母的女儿，为人子女理应孝顺父母，你护我小，我伴您老。为了表达自己对母亲的孝顺，武则天把咸阳洪渎原上的“杨氏墓”改为“顺陵”。

顺陵与我之前去过的昭陵、乾陵都不同，它没有依山为陵，只有一座高高矗立的墓冢。我站在司马道的起点，竟有些不知所措。这条道笔直地向前延伸着，能看到尽头东西两侧的门阙和顺陵墓冢。道旁树木参天，郁郁葱葱的枝丫伸向天空，在杜鹃鸟“算黄算割”的鸣叫中，犹如故人重逢般热烈。我矩步方行，慢慢向前行走。闭上眼，幻想着当年那一场极尽奢华体面的葬礼，精美的石人、石兽整齐排列如士兵般飒爽，礼乐唢呐声声缥缈空灵，九十二岁的杨氏在女儿及众儿孙披麻戴孝的簇拥下，被一步一步地抬向她人生最终的归宿，留下最后的哀荣在身后，让世人凭吊、瞻仰。

中国古代祭祀有三大神兽：天禄、麒麟、辟邪。位于顺陵神道两侧的一对石刻天禄圆雕，昂首端立，神态镇静而威猛。肩部和前腿两边相接处长有双翅，翅上刻卷纹。四肢雄健，长尾拖地。天禄为瑞兽，其头似鹿，又名“天鹿”，因头长一角，又称“独角兽”，身似牛，蹄似马，尾垂下与座连接，背生双翅，这是神话中鹿的一种变形，可能是取禄（鹿）的吉祥之意。有学者认为，鹿是一种吉祥的动物，换上牛身，取其忠厚善良，勤恳不怠；换上马蹄，使之日行千里，夜走八百；再增添双翼，能凌空而起，飞向任何一个地方。天禄是守护陵园最理想的神兽，因此，这对天禄被武则天安置在此，守护她的母亲。

千百年来不畏风雨，始终守护故土之下主人安危的天禄，它身上那斑驳的痂痕，是岁月留下的印记。我想，它的肚内一定深藏着许多不为人所知的故事，在我的凝视中，它雄伟、静穆、无言。无言地站立了上千年，却无时无刻不在向人们诉说着历史的沉浮演变。站在它的脚下，躲过耀眼的强烈阳光，指尖顺着那线条流淌，蜿蜒出精美的花纹，我仿佛可以感觉到，当年工匠们落刀在它身上的力度和封存在每一处线条内的生命力。就在这一刻，我忽然明白，原来我和它，可以用这样的方式对话。我们抚摸过同一寸土地，享受着同一片蓝天，只不过，我比它来得晚了千余年。

“这么大一个天禄，它的重量有多少，古人是怎样把它运来的呢？”同行的陈老师一脸好奇地问导游。“一个就七十吨呢！”美女导游接着说，“这里还有一个神奇的传说呢。传说武则天当年为了在顺陵前列置大批石刻，征集了很多能工巧匠在富平山采石。虽然找到了理想的石材，但运输却成了最难解决的问题，武则天眼看陵墓竣工日期将误，龙颜大怒，立降圣旨，不按时完工，斩。有一天晚上，村民给牲口精心加草添料，喂饱喂足，谁知天亮后它们都汗流浃背，气喘吁吁，躺在地上站不起来。当村民心惊胆战时，忽然传来诏令‘巨石已到’。原来是天上的牛王和骡神施用了神力，牵走所有的牲口，连夜将石料运到陵园，方使建陵百姓逃脱了杀身之祸。”导游看着大家听得入神的样子，擦了擦脸上的汗水继续说：“其实，这些巨石并非是牛王和骡神运来的，而是百姓用圆木在冰上滑行的办法，把选好的石料一面磨平打光后，在寒冬季节，路上隔十来米打一口井，泼水结冰，前拉后推运到这里的。”

我诧异于顺陵的陵墓为什么不在司马道的正中央，旁边怎么还有片空地时，导游说：“武则天的母亲，是他父亲的续弦，父亲殁后和第一位夫人合葬在山西。作为大周皇帝，杨氏的女儿武则天自然希望父母能够生同寝死同穴，但又因当时的各种原因未能如愿，她就为父亲做了声势浩大的招魂仪式，将父亲的灵魂千里迢迢招回来，既不是陵墓也不是衣冠冢，只是魂灵所在，也就没有墓堆封土，留一片空地权当父亲的陵墓了。”

顺陵四周的空气极好，成排成行的绿树遮天蔽日，无边无际，人工种植的草皮嫩绿青翠，似天然绿毯般平展展地铺于眼前。空气中连一丝杂尘都没有，干干净净，清清朗朗。我一遍遍走在司马道中，轻轻地来，轻轻地去，我怕一不小心，惊扰了顺陵千年的梦境。并不古老的水泥路面，在我脚的移动下，发出轻微的呻吟，让我想起戴望舒笔下那个像丁香一样结着愁怨的姑娘，她可是曾经的你，或者我。

从小在乡村长大的我，与田野为伍，与庄稼为伴，看惯了菜花黄，见惯了麦成浪，听惯了牛叫狗吠，闻惯了稻甜麦香，未想在诗酒年华的时候远离村庄到城里念书工作，再也没有亲近过庄稼麦苗。今天，竟然在空港新城这片皇天后土地，再次看见麦田，一行行，一片片，嬗变为金色千重浪，犹如天然调色板，在大地上绘出美丽的画卷。当微风徐徐吹来，金黄色的麦子如波浪般起伏，仿佛一群美丽的舞者，金灿灿的在蔚蓝的天空下翩翩起舞。想着过不了几天，收割机就会在金色的麦田里轰轰隆隆地纵横穿梭，一辆辆满载着幸福的麦车，在辽阔的麦海航行。机器声，欢笑声，回荡在金浪滚滚的麦田里……麦子又一次丰收在望，那些麦田的守望者，还有什么能比丰收更让他们喜悦、满足的呢!

炙热渐渐退去，白云慢慢散开，我站在外城往里张望，那一尊尊的石狮、石羊被夕阳余晖紧紧围裹，似从天界下凡的武士，那高扬的头颅和犀利的目光，仿佛刚刚接受了无上光荣的使命，精神倍增地守护着这位幸运的母亲。

当我再次挪身至高大的天禄神兽前，云雀在头顶翻飞、盘旋，它们开心地放声高歌，那啾啾的鸣叫声婉转嘹亮、悦耳动听。在云雀和大自然的陪伴下，我带着愉悦的心情，和顺陵说声“再见”。

秦王陵随想

六月的天空，湛蓝透亮，明媚澄清，头顶飘过大片大片的云朵，空气中散发着野花的清香。 放眼望去，远处群山葱茏，触及内心的是清爽翠绿，不惹繁杂。 近处一片嫣然，映入眼眸的是现世安稳，岁月清欢。 阳光灿烂，穿过随风舞动的树叶，洒下一地斑驳的光影。

在这炎炎夏日，随同宝鸡市金台区文旅局走进李茂贞夫妇合葬墓——大唐秦王陵。 江南才子山东将，陕西黄土埋皇上，说到大唐秦王，好多人可能一下子就会想到秦王李世民，不过此秦王非彼秦王。 李世民初封秦王，后登基为帝，庙号唐太宗，葬于咸阳礼泉，是为昭陵。

既然是几天前就约定好的行程，那就享受今天的美好，尽情地释放自己。 当一众文友都在埋怨阳光太过狠毒时，我撑开遮阳伞，戴上凉帽、墨镜，从从容容地离开空调大巴。 心想，既然来了，就不要惧怕烈日，勇敢地迎着炙热的阳光，去瞻仰他们，去凭吊他们，去了解他们的生荣死哀吧。

大唐秦王陵背靠陇山，脚登渭河，三面临沟，东隔金陵河与贾村塬相望，西隔长寿沟与紫塬相望，塬下既为自西向东穿过宝鸡市区的渭河。秦王陵位于宝鸡市金台区陵原乡陵园村北坡公园顶，距市区仅两千五百米，是唐末传奇人物李茂贞及夫人刘氏“同茔不同穴”的合葬陵寝，距今已有一千一百年的历史了。秦王陵占地两百亩，现在开放了八十亩面积，由山门、司马道、献殿、祀殿、两座地宫组成。走进陵区首先撞入眼帘的是一对石雕精美的华表，华表后是一百五十米长的司马道，两侧置放着三十四尊石人石兽像，石像没有被铁栅栏围护。导游告诉我们，现在看到残缺不全的石像是出土文物，光滑完整的是后期复制品。从表面看，残像虽然状态各不相同，但亦能看出当年磅礴的气势和雕刻的精美，有的雕刻线条已经被千年风雨侵蚀得模糊不清，但其面部模样和身躯的厚重依然还在。

秦王陵的占地面积和以山为陵的建制方法，以及华表、司马道、石像群，都是僭越帝制规格的，在封建王朝时代绝对是其罪当诛的。要想知道这座僭越规格的陵墓奇怪之处，就得先了解李茂贞本人了。据资料所载，李茂贞生于 856 年，死于 924 年，享年 69 岁。他原名宋文通，出身市井，投身行伍，在镇州博野军中(河北蠡县)以军功升任队长；又以军功迁神策军指挥使，进入中央；886 年因军功被唐僖宗封为武定节度使，并赐帝姓李，名茂贞，字正臣。30岁时治洋州（今陕西洋县），在护送唐僖宗回銮的路上，奉命追杀凤翔节度使李昌符，因战功被封凤翔和陇右节度使；890年34岁封陇西郡王。光化年间，封岐王；893年，封秦王，兼兴元尹、山南西道节度使。唐亡后，李茂贞没有投降后梁，而是割据自守，使用皇帝仪仗，册封夫人刘氏为皇后。后归附后唐，进封秦王，既为王，墓即为陵，规格等级也就如此高大了。

秦王陵地宫是东西双列，夫东妇西，方位对称形制相同，而且夫人地宫的种种建筑规制、装饰的精巧过于夫君之墓。这样的形制在中国周以后的历史上非常罕见。墓室是平面方形，券顶都是砖块叠涩四十五层收出穹形，绘以星图，既像天象，又是很巧妙的防盗措施。导游说，如果盗贼从券顶挖开，哪怕碎一块砖，整个叠出来的券顶就会全部坍塌，把墓室埋死。墓室清凉，我们所有人都平心静气地一边听导游讲解，一边感叹古人的睿智，感叹我辈的不如。

出了墓室，重新回到地面，感觉一下子又热了起来，刚刚还14℃的凉爽劲被墓室外38℃的热浪袭退，各人随手拿着的各种工具都当扇子来用，这样便苦了同行的男士们，只能用包包挡着直射的阳光，跟着导游向刘氏墓室外的天象图走去。近年因为疫情，游客稀少，越朝里走，林木越密，鸟声愈浓，越发衬得陵园幽静。地上小草翠绿，定时专人浇灌，松柏成林，枝叶茂密，形成一株株天然大伞。

行走在繁茂的松柏林间，随处散见的石雕，颇具晚唐五代之风。在我心间的三寸天堂里，既感受着大唐匠人智慧的超凡、心思的缜密，也感慨着盗贼人心的不古。殁后的他们本该是入土为安，却愣是被后世人频频破壁而入，打扰掠取。任你当年有多么威武，多么叱咤，曾经多少的烟云往事，都辗转在月复月、日叠日的年轮上重叠，在来来回回一圈一圈的旖旎里，不管曾经激荡出怎样的风雨岁月，都将是一去不复返了。

仰头望向天空，云朵渐渐散开，阳光还是很强，天气燥热，防晒措施都已做到最大。回头立定，再看司马道两侧，石像被阳光紧紧围裹，似从天界下凡，肃穆静默，空中蝶舞，云翳洁白。石像身后松柏林间，能看到迎着骄阳盛开的紫色小花，繁密的小叶夹杂在人工种植的绿生生的草皮间，格外妖娆，却极少有人注意它，观赏它。

在心疼它们会不会寂寞的时候，我的脚步就不由得慢了下来。看着眼前的每一抹颜色，每一种植物，都是属于人世间的生命。秦王夫妇和他们诸多的人俑和宝物，早已不知去向，想那往日奢华的日月再也不会重来了。既然一切都不会再来，那我们这些活着的人，就应该活得从容一些、淡定一些。不一定每天都充满欢喜，但一定要努力着欢喜，即便是只有陋室一间，简餐一顿，也要有享受美好生活的心态。只有心静得如一壶清水，才能享受生活的一壶香茶。愿我亲爱的家人和朋友们都能过好当下的每一天，珍惜每一个幸福的好日子，微笑着走向更美好的明天。

凤凰古镇

当我们并肩走进柞水凤凰古镇的时候，天空飘着蒙蒙细雨，有点冷。

仿古雕刻门楼颜色鲜艳，牌匾名和两边镌刻的对联由著名文化学者肖云儒先生题写，修建时间应该不长。

一座圆形拱桥横亘在社川河上，把古镇隔成了现代和古代两种风格。

桥头卖香椿的大妈用期望的眼睛瞅着我们走过来，又用失望的眼神送着我们走过去。

这座位于商洛市柞水县一千四百年高龄的古镇，街道由青石板铺就，街边是徽派古民居风格的建筑，白墙黛瓦，古铜色门板，店面多以经营当地土特产为主。苞谷酒就腊肉，是镇安、柞水人的标配。

二十年前，去镇安小妹家，我们不知道苞谷酒的厉害，十个人有八个被主人请来陪酒的邻居撂翻了，昏昏沉沉睡到第二天中午才醒来，从此再不敢沾小妹自家酿的包谷酒，却好上了腊肉这一口，每到镇安、柞水吃饭，竹笋炒腊肉必点。

街道冷冷清清，游客很少，大多数商店都关着门，即使开门的几家也是门前冷落鞍马稀。我坐在一家干菜店门前的小凳子上和女老板扯着闲篇，小女人并不像想象中那样失落，热情地给我递来一把红薯干。我怕胃酸，接过来拿在手中，并不吃。她却以为我怕脏，于是又端来一杯清水，让我洗一下再尝尝。微小细心的举动使我感动，软绵绵甜润润的声音像唱歌一样让我喜欢，就不由得多和她聊了几句。

一根原木棍上吊着的白麻鞋和龙须草鞋引起了我的兴趣。小时候，在爷爷和父辈脚上常见的鞋子，这时却成了凤凰古镇的工艺品在出售。我爷爷人精瘦，个子高，身量轻。在从我们老家蓝田县许庙镇要扁担下兴安、走两河口的时候，就穿的这种龙须草鞋。其他人一天穿一双，他却三天只穿两双，一趟半个月时间，总是比别人省五双草鞋。爷爷常说，省下的就是挣下的。我不知道当时一双草鞋能值多少钱，他一年又能省多少双草鞋，但我知道爷爷说过，过日子就要细水长流。

近年来，每到一处，我都喜欢参观古老的建筑。

从西安到凤凰古镇，只要两个小时的车程，我硬是用了二十年，才第一次来到凤凰古镇。流连在古老的街道里，看着两边雕刻精美、用土漆油染得明净光亮的木格窗户，厚重结实的核桃木大门和石雕花卉的门墩，脚便不由自主地上了青石台阶。

走进百年老店孟家客栈的吧台，一张八仙桌前摆着两把黄花梨木雕花太师椅，身处这种地方的确有种穿越的感觉。主人告诉我们，过厅的耳房里，还有一个老式的雕花大床，是清朝顺治年间的。

房间内没有开灯，光线有点昏暗，但床顶正面横梁上雕刻的龙凤呈祥图案看得很清楚。撩开木床隔帘，黑亮亮锃锃光，一米五宽的木床板四周用六十厘米高的隔板围着。古人也真是浪漫，隔板外床头和床尾方向，各嵌有一把黑色带扶手的雕花圆椅，估计是夫妻俩说秘密话的地方。夫妻面对面相望两生欢，多好的创意，多好的意境，多好的夜晚。我能想到的是她和他慢慢变老后，坐在椅子上，回忆着他们在这张床上曾经有过的那些温馨美好的时光，是多么的惬意呢。

我是俗人，对钱有一种热烈的着迷。

丰源钱庄的黑底金字招牌远远地吸引了我。五间门面，三进三开，高大的、青砖到底的瓦房气势恢宏，房檐、椽头的瓦当，包括院中天井、下水道口都是古钱币形状。天井里，一溜排着的三口大缸里养着金鱼，水能生财，年年有鱼，必要时这几缸水还能灭火。

在堂屋门口，一个凿成银锭型的石槽做了主人的花盆，里边很用心地种着铜钱草，也与钱庄有关。从这些细节可以看出，主人对风水很是讲究。

吃喝拉撒是每个人的日常，估计是中午吃的饭不合胃口又受了点凉，平时文文雅雅的我，这阵子因为内急，眼睛便不由得在院内旮旯拐角乱瞅。

一块挡在杂物储藏棚前刻着楷书大字的青石古碑撞进了我的眼帘，正快步走着，被同伴拉了一把悄声说："那不是洗手间。"我拧过头狠狠瞪了他一眼，没好气地说："看宝贝。"

搬走石碑前围挡沙堆的砖头，擦去石碑上蒙着的尘埃蛛网，蹲在石碑前仔细辨认着已经不太清晰的文字，原来是一块光绪十七年仲夏由地方绅团乡保立的禁赌碑子。由此可见，当时在凤凰古镇赌博盛行，同时也体现了凤凰古镇作为旱水码头的繁华盛况。看来，赌博这种恶行，早在清代就引起了地方的重视。

我暗暗替这块珍贵的石碑惋惜，在凤凰于飞的古镇，摆错了地方。

如丝似柳的春雨淅淅沥沥地飘着，伴着湿润的风，从庚子年前就笼罩在人间的疫情在这时也抚平了几分。

清明后，一场透雨让古镇背后的大梁山和面前的凤凰山上的兰花焕发了新姿，同兴和酒肆门前青石台阶上摆了很多用塑料袋连根带土包着的山兰花出售，一个彪汉站在卖兰大姐面前啃着豆干打趣，十元一株的兰草他要用三元购买，大姐嘴一撇，用眼睛瞟了他一眼揶揄道："把你钱大的，一看就知道是个只会抽烟吃酒，不会欣赏兰花高雅的主。"最终，彪汉以每株五元的价钱把大姐二十一株兰花全部买走。大姐缩头耸肩抿嘴对我一笑，把钱装进口袋。

两人皆大欢喜，各自开心而去。

脚下，是湿漉漉的青石板街道。

我能感觉到细密的雨丝带着潮气打在脸上，似有还无的清爽湿润。 脚下紧走几步，吹来阵阵微风，让我体会到的是雨中穿行的惬意，突然想到了王维的诗句：山路元无雨，空翠湿人衣。

秦岭魂

贾平凹先生说过，秦岭最美是商洛。

金丝峡就是位于商洛市商南县境内的一个5A级旅游景区。

过了太子坪村，小车沿太金路行驶十多公里，就到了金丝峡森林公园停车场。

受疫情影响，景区沿路的农家乐基本上没有营业，看着一家家装潢考究、大门紧锁的场景，我们一行除了叹息别无良方。

尽管太阳火辣辣的，工作人员仍然要量体温，验绿码，查口罩，每一项都做得非常认真。 没有耽搁多长时间，我们一行人就从陆督门进入了景区。

景区外气温直逼34℃，炎热难耐，景区内却凉爽清新。 近处是水，清澈透亮，小鱼儿摇头摆尾好不自在；远处是山，郁郁葱葱，小鸟儿声似天籁好不快活。

白龙湖本是为了拦截泥石流、调节下游瀑布流量而修的人工湖，现在却成为金丝峡境内的乘船游览景点。游客可以步行沿山间小道走陆路，也可以从白龙湖乘竹筏子走水路到对岸的灵官殿。我们乘坐的竹筏子，由一位十六岁左右的小伙子撑着。别看他一脸稚气，动作却很老练。上船后，他先招呼游客坐好，并讲了一些乘船规则，然后搬一把小木凳，坐在船尾。两手握桨，一条腿往后弯曲，一条腿向前蹬直，慢慢地用左手摇桨，让船头做一百八十度转弯。看着他不紧不慢、不急不躁的样子，我真怀疑他是一位老船手，而非一个少年。船到湖心，大家都经不住四周美景的诱惑，忘了他刚才的叮嘱，站到船头拿起手机咔嚓咔嚓拍照。他一边划桨一边像是自言自语地说："出来游玩，安全第一，不能只顾美景而忘了家里还有亲人期待你平安而归！"我坐在离他最近的地方，诧异于他的老成，便和他聊了起来。他说自己从小在汉江边长大，本来水性就好，划船又是他们这儿男人都会的手艺。趁今年疫情缓解后学校还未开学，来这里临时打工，每天可以有一百多元的收入。自己给自己挣学费，减少父母亲的负担。真是穷人的孩子早当家啊！我偷偷给他拍了一张照片，准备回家教育我那整日过着养尊处优日子的儿女。

坐在我对面的一位大姐，一直听着我俩的谈话。这时，禁不住问那少年："你父母怎舍得让你出来受这份罪？"

少年既不惊讶也不生气，脸上看不出一丁点的反感，正儿八经地说：“你不经历一遍父母走过的路，怎能知道他们的辛苦！”

话音刚落，坐在船头的鱼老师立刻站起来，给他竖起两个大拇指：“哲理性很强，至理名言。”

一船十几个人都把眼睛瞅向少年。他却镇静得出乎所有人的意料，依然双手前后交换着用力划桨。大姐扶了扶墨镜，说：“小伙子，长得很帅啊……”

“人不在长得帅或者不帅，只要你心地善良，成为一个对家庭和社会有用的人，那才是真的帅。将来的路也会越走越宽。”又一警句惊呆一船人。

眼前这个少年随随便便的语言，便使我们瞪大了双眼，我心里暗想：这孩子，吸秦岭之精华，孕秦岭之精灵，育秦岭之精神，守秦岭之精魂，将来肯定大有作为！

早晨七点半在商州市区的酒店吃过饭，到现在已经四五个小时了，大家肚子都饿了，就在岸边小吃摊上随便吃点当地小吃。

守摊的是婆媳二人，婆婆不善言谈，只是很麻利地给我们盛饭调味。媳妇很年轻，大概二十七八岁，个子高挑，衣服穿得合体干净，头发用一根黑丝带绾着发髻盘在脑后，戴着口罩，露出一双灵动的大眼睛。一边把饭端到桌前，一边给我们介绍着饭菜的特色。铁板烤豆腐，磨浆用的是山泉水，自家窝的浆水点卤而成，很好吃；油炸小土豆、野菜浆水鱼鱼、树叶神仙粉，每一样食材都来自秦岭山中原生态的绿色食品，没有任何添加剂。

在我们吃饭的当口，她给每个人水杯里添满开水，并叮咛说，热天上山爱出汗，不能喝凉水，容易导致身体太阴，虚脱。同行的商洛鱼老师近年来一直致力于文旅创作，每到一处都和当地人交流，他一边吃着凉皮一边和年轻媳妇聊天。

年轻媳妇看看年龄最大的陈老师，觉得他登山可能有些困难，就指着眼前青山叠翠、绿荫葱葱伸向天边边的登山台阶说："山很高，台阶不少，攀登不容易。要不我给你们介绍一下那座山吧！山顶是祖师爷张三丰潜心修道，赐得倚天剑的'石燕寨'。石燕寨是道教圣地，三面都是悬崖绝壁，只有北面一条很窄的山路。寨子由五大台阶垒成。第一台阶崖陡壁峭，两面悬空，是南天门；第五台阶是玉皇顶，传说祖师爷在成仙之前，在石燕寨练功，接济百姓，山上还有祖师庙。上山路虽然景色优美，空气新鲜，到处都是野果山花，但三千九百九十九阶台阶让大多数游客望而却步，最要命的是自古上山一条道，游客们汗流浃背地爬上去，还得颤颤巍巍地走下来……"

鱼老师笑眯眯地看着她说："美女的介绍堪比专业导游。"

一直没说话的婆婆自豪地说："她啊，是大学毕业回乡创业的。凡是每天来我们摊位的游客，不管吃饭不吃饭，都免费供应开水，还义务讲解附近几个景点。"

听了她热心地讲解，我们放弃了登顶"石燕寨"。在吃饱喝足感谢并告别她们后，向金丝峡景区内最狭窄的青龙峡而去。

行走在蜿蜒曲折、溪潭珠连的原始悠深峡谷之内，听着潺潺的泉水声，看着幽幽的青山林，整个身心都沉浸在清爽愉悦中，往日城市里所有的喧嚣、烦恼，这时都抛到了九霄云外。

在这个炎炎夏日，我们一行既领略了金丝峡的美景，更感受了金丝峡人金子般的心，他们是秦岭最美的人，是秦岭最坚韧的魂。

夏走鞄子梁

早上八点半，车子出了商州城，拐上高速公路，向洛南急呼呼地驶去。

公路沿着山势弯来弯去，好像总有盘不完的道，绕不完的山。两边是茂密的山林，郁郁葱葱。从车窗望去，那透亮的天，就像望不到天边边的蓝色海面上漂泊着几艘洁白如雪的帆船。闭上眼睛，仿佛整个身心都是空的，只有车外那片蓝天纯洁、清爽。

下了高速，在乡间小道上行驶了一个多小时，经多次打听，终于来到位于秦岭深处的洛南县石坡镇李河村。

六月天，上午十点已经骄阳似火。一行人绕过村里东一户西一户的房子，跃过房后已经结籽的油菜地，终于看见一条蜿蜒盘旋的小路横在面前。

这是一条原始山路，路面不足一尺宽，犬牙般交错着铺满青色的岩石皮，和被来来往往行人踩得圆溜溜的鹅卵石。路边几乎没有树木，游人都是无遮无挡地暴露在大太阳底下。 倒是路边的酸枣刺、野藤蔓和狼尾巴草长势旺盛。

太阳肆无忌惮地烘烤着山谷，也炙烤着我们，空气中蒸腾着野花、小草的清香，耳边回响着幽幽的鸟鸣，还有身后那只不知何时跟上来的黄狗。

天热得难受，擦汗的纸巾都能攥出水来。 好不容易走到一排用暗黄色石头垒成的一米多高的石墙跟前，上边是一片平地，崖畔有两棵正结着青皮核桃的树。 大家紧走几步折到树下，卸下背包，大口喝着矿泉水补充能量。黄狗也走累了，卧在我们面前吐着长舌，可惜没有食物喂他。 翻腕看看手表，上午十一点半，反正不急，就多休息一会儿。 我是农村长大的，从小爱爬树，这会儿手脚痒痒，便噌噌噌地如猴子般上了那棵粗点儿的核桃树。还真是，站得高，望得远。 收入视野的是翠油油、绿旺旺的灌木树林，似油画般展在对面山间，山下白墙红瓦的房子错落有致，各居一隅。 门前粉的、白的、红的木槿花也正开得艳丽，即将成熟的麦子如黄毯子般铺在远处。这里是鞑子梁的第一道山门遗址。

翻过同样用暗黄色石头垒的一米多高石墙的第二道山门遗址，已是中午十二点多了。 大家都感觉辛苦，走得比刚才慢了许多，说话的劲头也减少了许多，只要看到山路边有遮阴的大树，就扑过去喝水、歇息。 大树大歇，小树小歇，总是舍不得走出荫凉，把身体暴晒在太阳底下。

同行的一位摄影的朋友喘着粗气告诉大家："翻过这座山头，再往上走二百米，就是第三道山门，过了第三道门，鞑子梁就到了。"

喝饱水，擦干汗，刚才湿透的衣服也不再粘在身上，大家又吭哧吭哧地继续往上爬。经过一个九十度的拐弯，进入一堵两米多高的石头墙，眼前豁然开朗，原来是到了一处群山环抱的老村落里。这村落自然不是山下的现代建筑水泥瓷片楼房，而是用石头垒起来的似艺术品般的石头房子。

"鞑子梁，石板房，石板底子石板梁，石板柱子石板墙，石板猪圈石板廊……"因了这首盛传在洛南的民谣和这个"石头房"的神奇传说，我们一行人顶着毒辣辣的太阳来这里一探究竟。

石头房子四周绿树郁郁葱葱，门前屋后有杏树、桑椹树、苹果树，还有叫不上名来的野花野草。这些石头房子已经看不到能够居住的安全房舍，当然也就没有袅袅升起的炊烟。几处石头房子都是顺山势而建，门前的台阶、墙体、房顶上的瓦片，都是就地取材用石板搭建而成。进出、连接房屋之间的小路也用石板砌成。有正房、厢房、厨房、鸡鸭窝棚、牛羊猪圈，所有的建筑材料都是石头，有深褐色的、杏黄色的，中间偶尔还夹杂着深青色的，有十多厘米厚的长方形石块，也有三厘米薄的石片，相互层层重叠整齐地排列着，这些历经百年不曾倒塌的石头房舍，看上去简单而结实，美观而粗犷。

在村落最中间位置有一处看起来比较宽敞雄伟的房子，听说是当时鞑子梁部落首领居住的地方。从石头垒砌的两米多高两侧带有石柱的第一道门楼进去，左手是三间厢房，里边还有村民生活用过的木板柜、木犁耙、木斗和马瓢。右手是用整个石头凿成的足有十五平方米贮存雨水的石窖。过了二道门，是一片更平坦宽敞的大院子，正对面是一排五间的石墙、石顶、石台阶的正房，从安全性和规模来看，这里应该是部落首领议事的地方了。正房左右各有三间厢房，是部落首领孩子和贴身护卫的住所。正房门楣上饰有两个雕花护爪，两扇木门被一把生锈的铁锁把守。我戴着一顶粉红色贴丝花的折叠礼帽，穿着豆青色针织短袖，描眉擦粉涂口红，十足的洋派模样，站在屋檐下吊着的一只竹笼旁拍照，竟然没有一丁点的违和感，反而将现代和远古融为一体，古朴而优雅。

田野还在，嫩生生的小草旁若无人地生长着，硷畔的桑椹正是成熟的季节，伸手摘来一把倒入嘴里，酸酸甜甜的，只是染黑了双手。野杏还是青的，如鹌鹑蛋般大小，咬一口酸得人龇牙咧嘴，只好扔得老远。

坐在石碾休息的时候，同行的商洛朋友介绍说："鞑子"是历史上对蒙古民族和游牧民族的代称。在秦岭深处腹地洛南"鞑子梁"这种规模庞大的独特石板房民居，与当地传统的土墙木楼阁两层民居相差甚远，的确让人不可思议。据说：当年一股厌倦漂泊、兵困马乏的元兵残部行至洛南，羡慕当地汉民族安居乐业的和平日子，便在远离土著人的这处僻壤山梁上就地取材，用满山遍地特有的石板修门楼、筑墙体、做瓦片，建造成坚实耐用的石头房舍。他们扎根在深山，开辟荒地，繁衍生息，从此告别了连年征战、居无定所的游牧生活。故而当地人便将这里称为“鞑子梁”。这个传说能从元朝诗人杨宏道“马蹄踏破洛南川，回首山城一片烟”这一记录元军入侵洛南的诗句中得以印证。

历经八百余年沧桑，几乎被时间遗忘的这处石头房舍群——“鞑子梁”，已随着时间的更迭，历经风风雨雨倔强地留存于历史的长河中，在悠悠岁月中叙说着那段和当地汉人和谐共处的不为人知的故事。

当我的思绪还穿越在这片如碉堡般的石头墙石头房间，想象着远古的游牧民族为逃离刀光剑影、鼓角铮鸣的战场而偏居这里时，陈老师扬了扬手中捡来竹篾编织的牛笼嘴说：“赶紧下山，太晒了。”

把美丽带回家

总感叹岁月像一张珍藏的老照片，当我们想起来的时候，才发现它已经被时光晕染得褪色发黄了。总感觉父母就像门前挺拔的大杨树，当我们想起陪伴他们出去走走的时候，才发现他们已经年岁已高，腿脚不灵活了。

利用国庆学校放假，简单地收拾了几件衣服，儿子开车，载着我和父母，朝他们惦记了多年的白浪街去了。

最早知道白浪街，是在贾平凹先生的《散文自选集》看到的。先生写了一条极小极小的街，这头看不到那头，走过去，似乎并不感觉这是条街道，街道十分的单薄，北边的房沿河堤筑起，南边的房后就一片田地，一直到山根，只是两排屋舍对面开门的街道，这，就是白浪街了。如此简单几句，先生就把白浪街写得神气百倍，不由得吸引了我和同是作家的父亲，想前往游览一次。

白浪街属于商洛市商南县下辖的一个镇，与河南省南阳市淅川县荆紫关镇、湖北省十堰市郧阳白浪镇交界，是一脚踏三省的地方。 三个省的人门对门住着，左邻右舍亲如一家，乡音和习俗却各不相同。 我们是下午四点左右到达白浪街的，街道游人不是很多，操着各自的语言。身着鄂、豫、陕警服的警察，都在界碑旁值勤安保，他们围坐在一张办公桌上，记录着各自的工作日志，如果不是警号不同，任谁也不相信他们来自三个省份。

白浪街的装板门老房子已经拆除，现大多是贴瓷片安玻璃门的二层钢筋水泥楼房。 一座三间黑瓦白墙，中间竖着两层台阶马头墙的徽式建筑位于街道中心，很是显眼，门头挂着“三省客栈”的招牌。 本想尝尝这里三省汇集的美食，看完菜谱，觉得湖北饭店的菜品一般，陕西饭店已经关门，我们就在河南的荆紫关饭店里要了四个硬菜，结果端上来的菜却引不起食欲，粉蒸肉太甜，焖排骨母亲咋样都咬不动，烩豆腐盐太多，倒是神仙粉酸辣可口。 儿子打趣说，这是我老家许庙的特色菜，却跑到这里来吃，不值当。 饭菜不尽人意，父亲像是看出我的失落，自言自语地说：“饭卖大家，各有各的喜好。”

吃完饭，父母拉着儿子给他们拍照留念，我独自溜达在白浪街上，看着身边来来往往喜笑颜开的游客，看着家庭群里儿子发来父母笑得灿烂开心的照片，今天所有的郁闷，突然间都释然了。

旅途行走，重要的不是风景和美食，而是心情。 只要有亲人陪伴，能满足父母的心愿，和儿女一路同行，一切的美好就都在途中，都在行走的心情里，都在家人的笑脸上，都在内心的轻松中。

在白浪街，最大的收获，是从路边石堆里，捡到了一块三色交叠的三面石，颜色有黑白金三种，呈三棱三面直立状，和三省界碑亭子下立着的水泥界碑石形状很是相似，我戏谑此石才是天设地造的奇石尤物，一个石面各代表一省，算得上宝贝了。

车从商南出口下高速，换成了我开车。刚开始时道路还算可以，虽然在群山间弯弯曲曲盘来绕去，但总还是平平坦坦的柏油公路。公路一边是葳蕤翠绿的青山，一边是滔滔流淌的丹江。车子忽左忽右，一会儿昂首爬坡，一会儿顺势而俯冲，开起来还蛮有驾驶的快感，在导航显示只剩下十五公里路程的时候指示左转。拐过一个急转弯，公路便成了乡间的水泥路，狭窄了不少，坑洼不平，两车相向会车还是很困难的。前边一辆农用车突突突的冒着黑烟，慢腾腾地开得忒慢，任凭你把喇叭按得炸天响就是不让路，大好的心情立时就随着路况的变化不好了。嘴里没说，心里却气得不行，脚底下也就暗自鼓劲，车后扬起一道飞尘。父母儿子都知道我在和烂路较劲，各自把扶手死死地攥紧，由我把车开得一脚油门一脚刹车的颠簸。

浪完白浪街，回到商南县城，躺在酒店软乎乎的床上，我为下午的狂野而自责内疚。烂路有烂路的风景，我却茫然未顾，欣赏不到翠绿绵延的群山和丹江水岸的风景。如果当时能用一种随遇而安的方式去接受田园风光，以一颗平和的心态去欣赏乡村风景，能享受亲自驾驶车辆和父母儿女同行这一程山水，那将是一种怎样的幸福和快乐啊！ 其实，无论何时，无论何地，无论走过何种道路，无论经历过什么，这都是生活中的风景，是生命的沉淀，是人生最好的遇见和安排。 四季轮回，人生路上，背上行囊，谁不是这天地间的过客，风餐露宿，雾霭山岚，坎坷曲折，都是必须的经历。 一路风光，一路感悟，原来残缺也是一种美丽，把美丽带回家，就是人生最大的幸福。 想通了，心情就好了，心境就闲淡了，在窗外哗哗的流水声中入眠，真的是一种享受。

第二天清晨，我在丹江岸边沿江公园的鸟鸣声中醒来。 酒店向南开着一扇小窗，拉开窗帘，阳光斜斜地照进房内，落在新铺的地毯上，窗外，一颗颗晶莹的露珠，清清峦亮地悬挂于草尖之上，那么纤弱、璀璨，用它的纯洁，折射着日月和岁月的铅华。 这是一串串心情的念珠，一颗颗生命的露珠，在为岁月低吟浅唱。 我将头探出窗外，几位洗衣的大嫂赤脚在河里，“嘭嘭嘭”地用棒槌有节奏地敲打着衣物，这景象多年不见，猛然看到依然亲切。

一条路

也许是喝了点酒，也许是很久很久我们没有一起回到峒峪老屋里，陪父母坐坐了。吃罢火锅，父亲拉着我们几人，非要聊天，尽管上眼皮和下眼皮直打架，但我还是硬撑着，和父母说过去、道现在。临睡时，弟弟提出，第二天开车拉上父母，去渭南吃羊肉泡馍。

中年的我，在夜深人静时，有时会回首一段往事，任时光阑珊而过，任岁月匆匆流逝，如梦似幻，如烟飘散，但一切都不会随风远去。我有时会静静地不慌不忙，不急不躁地生活着，淡然从容地过着自己的人生，让生命在岁月中安然悠然，脑海里尘封着的或是一份温暖，或是一份忧伤，只是在三十多年后的雨夜打开，虽然经过了时间的沉淀，岁月的酝酿，但我依然感觉到满满的馨香和幸福。

老屋建于20世纪80年代，八间两层，水刷石墙面，绿色防锈铁栏杆，一二楼挑檐全贴着墨绿色瓷片，玻璃双开门窗户，这样阔气的楼房，在当时可算得上是蓝田县境内的豪宅了，穷惯了的一家人，也的确是“扬眉吐气”了。

1985 年，父母就带着家人，在渭南市汽车站开起了饭店，刚开始的时候，我在老家上学，每遇节假日，就坐班车去渭南。初三时，父亲接我到渭南解放路中学上学，老家就剩下奶奶一人。每遇节假日，我又从渭南坐班车回老家陪奶奶。

那时从渭南回一趟老家是很艰难的。班车每天早晨九点从渭南出发到蓝田县厚镇乡，下午两点从厚镇返回渭南。

记得有一次，一大早我就坐镇上拉羊奶的拖拉机到厚镇去渭南，因为来得太早实在没地方去，就坐在一家商店门前台阶上。刚开始时还精神着，但等的时间太长竟睡着了，等醒来时班车早已开走了，我急得直哭，幸亏遇到邻居长民哥，他把我带了回去。第二天再去，不知是我运气太差，还是老天爷要和我开个玩笑，整整一上午，我从厚镇街道东头走到西头，又从西头走到东头，来来回回不知走了多少趟，直走到下午两点，才坐上了去渭南的班车。

从渭南到厚镇虽说是公路，但并不是水泥或者柏油路，一条不到十米宽的土路，坑坑洼洼的弯曲着盘旋在渭南塬上，从厚镇到渭南要翻三道塬，每道塬都奇陡无比，公路两边不是庄稼地，就是让人害怕的几百米的深沟。

我不敢坐在靠窗的位子。那天两点发车，直到晚上十一点才到渭南。班车坏在路上，前无村后无店，司机气得直骂：啥烂怂车，三天两头坏！但骂归骂，车还是要修的。他光着膀子，把上衣铺在车底钻了进去，咣咣当当修了半天没修好，只好捎话让另派车来接乘客。

新来的司机是个三十多岁的小伙子，当乘客们刚上车，班车就忽地一下冲了出去。行进大约二十分钟就开始爬坡，像使足了力气的样子，极不稳当，随时都有溜下沟的可能，车的速度也慢了下来，大声地吭哧着，一车人都紧张得死死地抓住扶手，大气也不敢出，司机咬紧牙，双手旋转着方向盘，忽左忽右，车依然往前走着。过了阳郭街道，班车猛一转弯，便向塬底盘旋而下，车溜得飞快，全车人就一起向左边挤，忽地，又一起向右边挤，路这时也变得窄了，车轮齐着路边，路下又是深不见底的沟渊，车上乘客大都眼睛闭上，心悬在半空之中，有的人晕车吐在车里，有的人嗷嗷大叫。不知过了多长时间，感觉车身平稳了，睁开眼睛一看，班车已经到了四号信箱。

贫穷的日子总有各种各样的贫穷，幸福的日子都是一样的幸福。

多少个春夏秋冬，多少个季节更替，三十年后，开着自己的小车重走这条路时，心里五味杂陈，感想颇多，往日的点点滴滴又与时光撞了个满怀。

“落叶独寻流水去，深山长与白云期。”过去那段贫穷的日子却有好的心情，那种为生计发愁的岁月似乎也是经年的心事，散落在红尘陌上，在时光的研磨和流逝里，已经变成过往云烟，落地为尘。往事有的被我写成记忆的诗行，那些曾经的人和事，总是在今时想起，我总想忘却，不料竟变得更加深刻。

现在的公路，是新修的双向四车道柏油马路，宽阔而平坦，车开起来，如在雪地里光滑漂移。导航显示，从厚镇到渭南只需半小时，行驶在初秋稍凉的微风里，柳叶似少女秀发垂着，树影婆娑，淡淡的阳光，光影斑驳地从树梢投下，给世界带来温暖和光明。

以前的庄稼地被绿化树代替。秋日的景色，还像春天时的颜色，满眼郁郁葱葱。红的枫树、黄的栾树、绿油油的冬青以此铺开。闫村村民统一新修的大门前，秋日的芦苇已经开花，清柔松软，一株株，一簇簇，一片片，白茫茫的在风中飞扬摇曳，秀姿绰约，风情万种，既如羽毛如飞絮，又如淑女般素净飘逸，飞舞中透着灵气，柔顺中隐含傲骨，以她妩媚的妖性醉倒了秋风。

看着窗外，我对父亲说："现在日子好了，农民也会享受了，村里再也见不到困难年月充饥的柿子树和核桃树了，就连这不能吃不能喝的生长在河边的芦苇，也被移植到门前花坛里，有专人养护，成了一道风景，且这芦苇，好像也懂得它存在的伟大意义，在这风景如画的村庄里，日复一日地，舞出它自己独有的、绝美的风采。"

"专心开车。"父亲叮嘱我，"不要乱看，好风景一路都是。"小车奔驰，窗外视线所能触及的，是九月的浅秋。瞅一抹恬淡，拥一怀秋色，织一绢花锦，在滚滚岁月的车轮上满载流年的秀美山川，细细品味时光中这最美好的风景。

突然想起余秋雨先生的诗句：秋风起了，芦苇白了，炊烟斜了，那里，便是生命的起点和终点……

蜀河，蜀河

一条汉江，横亘在那里，提携了巴山和秦岭，连接着南方与北方的黄金水路。

一条汉江，在安康市旬阳县以东五十三公里处接纳了蜀河，日日夜夜滔滔不息地向长江奔去。

两年，或者三年以前，从微信朋友圈中看到很多关于蜀河古镇的照片，就心心念念地想去走一走看一看这个神秘而古老的楚首秦尾的陕南古镇。但日子总是迭着日子，琐事像被淘气的小公羊牵绊着一样而不能投身其中。今年十月中旬，受安康图书馆李焕龙馆长的邀请参加蜀河古镇“长吟图书馆”启动仪式，才得以如愿，在周末将这个思念已久的情人拥入了怀中。

到蜀河古镇时已经下午四点多了，车停在镇政府院中，心却留在街道边的两排古典建筑房子上，下车时太着急一不小心崴了脚，遂蹬掉高跟鞋换上运动鞋，在“荣誉市民”陈长吟老师的带领下，迫不及待地踏进写满汉江历史的蜀河古镇。

这里，曾经是鄂、陕、川三地物流交汇的重要中转集散之地；这里，曾经是物流畅通，带来各地文化交融，商贾纷至沓来之地；这里，是修建会馆，各地乡党拉帮结派、倾听乡音之地；这里，有著名的黄帮黄州馆、陕帮三义庙、回帮清真寺、船帮杨泗庙，还有本地帮的火神庙。有诸多井形的青砖铺就千年巷道，有踩着编织居民幸福生活的汉江石条，有通往古幽深宅长满湿漉漉苔藓的层层石阶，更有抒写蜀河悠悠历史的古老庭院和人文痕迹。

脚踏在黄州馆古老而庄重的土地上，仿佛听到乐楼里出将入相的铿铿锵锵伴奏下演绎着的戏剧人生。看着青砖黛瓦、白墙红木构建起古香古色重檐楼阁的南派建筑，墙壁砖上都刻有“黄州馆”楷体三个字，这些砖当时都是在湖北黄州烧制成后用船运送过来，专供黄州馆的建造，也就相当于皇帝御用的东西，由此可见建造黄州馆耗资之巨大。想着这里曾经灯火通明的阁楼上，各色商人谈笑风生你来我往的祥和场面，我大气都不敢出，生怕我们这群不速之客穿越时空的脚步，惊扰了他们的兴趣。讲解人员说，黄州馆门前的台阶共九阶，由五重檐建造，寓意九五之尊，但在封建社会等级森严的情况下，这种殊荣只属皇家拥有，而当时建造会馆的设计师以他们的大智慧巧妙地取名为“护国宫”，既成功避免了冒犯皇家礼仪，也充分显示了这里客人尊贵的身份。

晚饭后，乘着皎洁的月色，我一个人悄悄地再次来到汉江边，享受着属于我自己的美好时光，吹着绵软的汉江风，沐着头顶明晃晃的月光，望着洁净的不带一丝杂云的夜空，心中忽然生出些许情愫，“南有乔木，不可休思。汉有游女，不可求思。汉之广矣，不可泳思。江之永矣，不可方思”。原来长久思念的人儿在这蜀河与汉江之畔，原来我向往的是和汉江边的你谈一场风花雪月的恋爱。我不能辜负和你在诗经里的约会。今夜在汉江边，我和你共赴一场花前月下卿卿我我，浪漫而真情的相会。此刻潺潺流动的汉江水和抛着妩媚眼神的月光，是否叙写着我们千年以前的深情，柔和的月光把今夜映照得安静而祥和，静静的汉江水没有一波浪涛，一片碎银似的月光铺满江面，明月瀚瀚，天水一色，我软绵绵地依偎在你的怀中，把心中最温柔的情话贴面悄悄地耳语给你，任你小心翼翼地揽我入怀，轻抚我的脸颊，亲吻我的嘴唇，在圆圆的明月下，你我沉醉在这浓浓的爱情之中……

清晨起来，推开窗户，一股清新的空气扑入怀中，惦记着昨晚没去成的骡马古道，遂敲开同伴的房门，相约着朝外走去。

来得太早，街道上行人并不多，只有几个摆摊卖早点的乡民推着独轮车往街中心走去。

骡马古道在 316 国道刚进入镇子的路边，由青石台级铺成，宽不到一米，每阶只能放一只脚。拾级而上，头顶是葱绿的藤蔓和叫不上名的野花，台阶两边有水泥浇铸的涂成仿古灰色栏杆，林间不时有鸟鸣声传入耳中。一位五十多岁的大嫂拿着扫帚扫着台阶，看见我们，微笑着侧身让路，在她休息时，我们聊了一会儿天。她说她每天早晨天蒙蒙亮就来打扫古道，让古道以干净整洁的脸面迎接游客的到来。上了一百多个台阶后是一片十多平方米的平地，一根二十厘米左右粗的石柱上撑着凿有竖向条纹的碾盘和四个石凳供游客休息。在铺满绿色苔藓的悬岩壁旁还有一个石碾，石碾的木头推柄上长着一层毛茸茸的白色附着物，好像是刚刚露出头的木耳或者蘑菇吧。前几天刚下过雨，一股黄色的瀑布从山顶掉了下来，急急慌慌地向山下撞去。来到瀑布跟前，抬头仰望，山顶被密密实实的树叶遮罩着，只有几缕亮光从树梢的缝隙间钻了下来。离瀑布不到一米处有一潭泉水，清澈透亮，潭的顶部用木板棚盖着，泉面没有一点杂物，伸手掬一抔泉水净脸沐目然后再喝几口，甘甜爽心，浸润肝肠，浑身便轻盈了许多。泉水四周绿意盎然，野草茂盛，黄色的野菊花开得热烈。坐在泉边，对面山上青砖黛瓦的民居零星地撒在雾气缭绕的山头，如同某位画家刚刚完成的水墨画般美丽。置身于此，往日的烦扰喧嚣都付诸汉江水中，随着江水永不回头地缓缓流去了。

古道两边的建筑全是清一色的土木结构的房子，看上去苍老而沉稳，古黄色的土墙坦露着被岁月和风雨侵蚀过的斑驳，诉说着它与古镇千年的历史。精致的木格雕花门窗油漆已经脱落，趴在门缝向里望去，院子久不住人荒草蔓长，增添了老巷的凄凉与无奈。青石路面引着我们在巷道间绕来绕去，犹如走进迷宫一般，一会儿上台阶，一会儿又往下走，曲曲弯弯纵横交错，眼看前方没有道路，走到尽头脚下却又是一溜台阶引你而下，拐过一个九十度的弯，映入眼帘的是如丝绸般铺在远处的汉江水和萦绕在一座古建筑顶上袅袅上升的烟火雾气，原来是杨泗庙到了。

杨泗庙建在蜀河古镇古渡口上的山崖边，视野开阔，依山势而建，面向汉水，是供奉船工始祖杨四爷的庙宇。该庙建于乾隆年间，其名为庙，实为船主和船工集资在蜀河口修建的一座古雅壮观的议事、来往聚会、休息场所——船帮会馆，因其内供奉船工始祖杨四爷（一作杨泗），故取名“杨泗庙”。古时蜀河是汉江上游重要的水上交通要道，属陕南最大的物资集散地之一。南货至此北上柞水龙驹寨码头，然后再到西安，北货至此装船南下至老河口到武汉等地。陆路阻塞水运兴盛，晚时船楫绵延数里百余艘，此处江急滩险事故多发，各类船只到此停驻，必到杨泗庙祭拜杨四爷求其斩除水怪，平定水患，保佑以汉江水为生的渔民和行船来往平平安安，一帆风顺。

在杨泗庙外有石龟驮碑一通，面临汉江，据传有镇水降魔之效，此龟已有二百余年，在 1983 年汉江涨水时不曾至龟脚。大门右侧有一古洞名曰朝阳古洞，现洞口已封，该洞修建于乾隆年间。道光元年名医汪海峤曾在此隐居，编纂成《唱医雅言》一书。适逢农历九月十五日，是奠拜诸神的日子，在杨泗庙山墙外塑有一座神像，几位大叔大婶虔诚地跪在神像前焚香燃蜡磕头祈求平安。一串鞭炮响过，我也双手合十跪在杨泗爷脚下，求他保佑中国大地风调雨顺，人民安居乐业，求他赐福给我和我的亲戚朋友们：四季平安，身体健康，家庭幸福美满。

站在杨泗庙大门前，我好像看到不远处的汉江里，一群裸露上身的纤夫，他们个个双目圆睁，额头脖颈，青筋暴涨，身子前倾，双腿用力地向后蹬着地面，声嘶力竭地喊着号子，吃力地拉着货船。

穿梭在续写着蜀河历史风云变幻的百年古镇里，青石铺就的街道没有规则伸向四周，每一条小巷里都有他神秘的故事，每一处建筑都叙说着它曾经的辉煌。

紧挨黄州馆的王公馆是一处三进阶梯式徽式四合院，相传由冯玉祥部下的团长王福久修建，所以取名王公馆。听说当时建造王公馆时的一砖一瓦，都是没有经过修饰的原生态的。 它一共有三道门儿，三个院落做台阶式分布依次向后延伸，也是依山就势建造而成。 王公馆门楼顶端两边的墙壁用青砖雕刻着五福临寿和兰菊图案，屋脊上的雕刻更为精美，左右角脊上各有三个吻兽，仿古椽头绘有精美图画，圆筒瓦当排列整齐，高挑的门楼雄伟气派，一看就是那种高门楼的大户人家。 在门楼上，现在还可以清晰地看到王家当时的家训：富而不骄已长守富，贵而不矜所以守贵，天子重英才，文章教尔曹，万般皆下品，唯有读书高。 从这里可以看出王家很注重教育，要求后代一定要以读书为重。

在其他人休息的间歇，我一个人走了进去，在第三进房子门口，一位穿着红黑相间格子上衣，黑色灯芯绒裤子，满脸慈祥的老奶奶站在门口，看见我啥都没说，顺手递给我一个凳子说："坐吧。"院子硷畔边有用旧搪瓷脸盆和泡沫盒子种的蒜苗，绿油油的长得很旺，灶房和山墙拐角的鸡窝里，几只母鸡已经卧下了。我问老奶奶家里还有些啥人，她说，现在就她一个人住在这里，儿子和媳妇在市里（安康）做生意，孙子在西安城里上大学。她说，这座房子是土改时分给她家的，她今年八十三岁了，耳不聋眼不花，牙齿一颗也不缺，身体一直硬朗，在这间屋子里她已经生活了六十多年了。院子打扫得干干净净，房子里家具也都擦得光亮光亮，青砖铺着的灶台抹得锃亮，灶头楼顶木椽上挂着十几吊熏肉，刚烧过的炕洞里还冒着青烟。看见我探头往屋里瞅，老奶奶不好意思地说："屋里啥新式家具也没有。"用了几十年的一个木板柜和正房中堂位置摆着的一张八仙桌，桌子后面的墙上挂着已经发黄了的神轴，黄铜神龛里燃着三炷香。她说每逢农历初一、十五，早晚都要祭拜先祖和各路神仙。

我有个习惯，每到一个新地方都喜欢到农贸市场去转悠转悠，这次也不例外。看见炸得金黄金黄的油酥散子馋得不行，花十二元钱买了一包边走边吃。木头架子上放着乳白色的豆腐中夹着翠绿青菜的菜豆腐，那熏得焦黄的腊肉和刚从地里拔来还带着露水的鲜嫩小葱，那白格生生的农家手工泡制黄豆芽和还在活蹦乱跳的汉江小鲫鱼，都勾引着我的胃口，因路途太远携带不便，我只能看看罢了。

回到酒店还不到七点半，其他人还没起床，我便偷偷地钻进厨房，让师傅也给我们做一道菜豆腐烩菜。师傅是个好人，一口便答应了，并且还悄悄地问还想吃啥，我说："如果再有碗玉米糁配浆水菜，那就更好了。"师傅瞪了我一眼，用揶揄的口气说："你们城里人就是怪，咋净爱吃这些粗粮呢？"

这顿早餐，我吃得最多，也最香。

吃过早饭，要离开蜀河古镇了，停车场正好在汉江边上，望着清黄分明的江面，蜀河和汉江交汇后，手牵手心连心静静地缓缓地流淌着，既没有涟漪，也没有波浪。此时的汉江乖巧得像个孩子，睁着明亮的眼睛凝视着身边层林尽染的秦岭和巴山，氤氲的雾气迷漫在两岸的山上，像一条条乳白色的绸带一样，飘在郁郁葱葱的松柏和已经略显红色的枫叶上，飘飘荡荡慢慢升腾。对面蜀河边，几位大嫂裤管绾到膝盖上光脚伸在水里，坐在石头上洗着衣服。她们身后的河滩地里，垂柳因水分和阳光照射充足而长得粗壮，枝条曼妙如少女秀发般垂在地面，长长的，柔柔的，一阵微风拂过，柳条随风摇摆，婀娜多姿，如浣纱女的罗裙般显得妩媚而妖娆，树下田地里绿油油的青菜和萝卜长势旺盛，几个乡民正弯着腰在地里锄草松土。脚下江面上零零散散地漂着几艘打鱼的木船，湿漉漉的空气随风吹拂在脸上凉飕飕的，让人感觉特别舒服，陈老师问我有啥感受。我说，明年五月还来。

第一缕阳光

我十五岁那年，曾和父母一起登上了华山，用脚步丈量过它的躯体，在东峰山上亲眼看着华山第一道霞光跃出地平线。我三十岁那年，也曾和几位文友登上太白山巅，在大爷海看见第一轮红日撞开黑色的天幕，徐徐升起。我五十岁这年的4月16日清晨，在延安杨家岭的山峁顶端，我看见了第一缕阳光的出现。

我明明早已对每日照常升起的太阳司空见惯，可为什么当我站在杨家岭这片热土上，面对这里的第一缕阳光，还是会眼含热泪，心潮澎湃呢?

因为，太阳给予大地无私而伟大的馈赠令我感动。阳光，是温暖，是希望，每一个清晨，第一缕阳光敲碎漆黑的夜幕，黑暗随即在阳光的照耀下消失溃散，一轮冉冉升起的红日，便宣告了新一天的来临。花草树木、世间万物都紧随这第一缕阳光从沉睡中醒来，为新的一天欢呼雀跃。在杨家岭生活、领导中国人民和一切反动派做斗争的毛主席和党中央的领导者们，不正是我们新中国的第一缕阳光吗？ 在整个中华民族都被黑暗笼罩的旧时代，他张开臂膀，用巨大的双手，撕开了黑夜的幕布，将光明和希望传递给整个中华大地。

延安杨家岭这地方我太熟悉了，多年前因工作原因曾在此停留过半年之久，从小学课本上，看着毛主席的画像长大的我，怎么可能不知道延安杨家岭这个圣地呢？ 参加工作后，更是多次来到这里，或参观，或学习。 可即便这样，我仍是对讲解员刚刚讲到的，“延安每天升起的第一缕阳光，是最先照到杨家岭的山峁上，照到毛主席当年居住的窑洞上，然后才扩散到其他的地方”的神奇景象而感到震惊，我的心猛地一悸。 杨家岭啊杨家岭，你何尝只是接引了延安每天清晨的第一缕阳光啊——如果说嘉兴的红船是共产党诞生的摇篮，那么延安杨家岭便是共产党人走向成熟的舞台，是新中国太阳升起的地方，是照亮整个中华大地的第一缕阳光。

杨家岭位于延安城西北 2.5 公里处，原名五家坡，最早村里仅有杨、郑、武三姓五户人家。 明朝嘉靖年间，杨姓人家杨兆考上进士，曾担任过青州知州、绍兴安抚史，直至兵部尚书一职，在任期间深得皇帝器重，死后葬于五里坡村，当时墓前有十亩地大的陵园，遂将村名改为“杨家陵”，因“陵”与“岭”谐音，党中央迁来后改“陵”为“岭”。 一百年前，一个朝霞满天的日子，当中共“一大”在从南湖驶出的红船上召开后，中国人民希望的阳光便升腾起来了，一棵嫩芽便在中国大地萌发，“过上好日子”的理想便在每个人的心里播下籽粒。春夏秋冬，四季轮回，不管经历何种艰难险阻，这颗跳动的脉搏始终不歇，初心不改，踏着泥泞，越过沼泽，翻过雪山，走过草地，咽下树皮，迎着每一天的第一缕阳光，砥砺前行。中共“二大”“三大”“四大”“五大”，还有 1928 年在莫斯科“六大”的相继召开，它们不断强化着共产党领导穷苦人民翻身做主人的坚定信念。

当我再一次走进杨家岭革命旧址院内，首先映入眼帘的是树木成林、环境清幽的山山峁峁，引我入院的是四季常青的松柏树上不断传来的鸟鸣声。当看到介绍“一大”到“六大”胜利召开的石碑，那些熟悉的名字和所记载的内容让我的心情极不平静。回想鼓角争鸣、硝烟弥漫的战争岁月，中国共产党人为中国人民不再受外国列强的欺侮而不惜献出生命的英勇精神时，两行眼泪不由得流了下来。和我并排站着的是位福建大姐，她胸前戴着党徽，手里拿着红旗，默默地、静静地看着。趁其他人不注意时她悄悄地塞给我两张纸巾，一边用手做着拭泪的动作，一边用闽南话跟我说着什么，尽管我听不懂她说的话，但是我能感觉到她也和我一样激动。肩膀上下颤抖，呼吸急促。接过纸巾拧过身，我回她一微笑，便向院内最醒目的建筑“七大”会址——中央大礼堂走去。

之所以说它最醒目，是因为它的气势比周边任何建筑都要高大雄伟，在杨家岭这山沟沟多是土窑、砖窑的院里，只有它的模样具有西洋味道，是矗立在院内唯一的一座中西合璧的建筑。

礼堂里的摆设仍然保持着1945年中共“七大”召开时的旧貌。墙上插着的二十四面红旗代表党的二十四年艰难历程，V字形木质旗座代表着胜利，“同心同德”四个大字，代表着党的坚定信念。看着这些既简陋又庄严的旧物，我轻手轻脚地走到中间一排，静静地坐在靠墙的一把连椅上，仿佛自己也是当年七百五十五名代表中的一员。回顾自己作为蓝田县履职五年的人大代表，在过去的时日里所做的件件桩桩事情和老一辈代表们相比，不由得惭愧、害羞。低头沉思良久，越发将身儿仄得更紧，越发显得渺小。在现代条件优越的今天，我又能为人民和社会做点什么呢？想起在庚子年全民抗疫中，我所做的那些微不足道的事情，竟然还得到了党和政府的表彰，顿感脸儿烧心儿跳，无地自容，逃也似地离开了大礼堂。

站在毛主席旧居窑洞前，看着那些没有屋檐的窑洞，耳边回响起他老人家用湖南家乡话说道：“拆了吧，我们是不会向任何侵略者低头的。”原来，1938年11月20日，日本的飞机轰炸了延安城，毛主席和中央领导人从凤凰山转移到杨家岭一位老乡的窑洞里，进门时，屋檐太低主席个子太高需要低头弯腰才能进入，他站在门外指着天空轰隆隆响的飞机说：“虽然古语有，身在屋檐下不得不低头，但我们就是要和他们战斗到底，不做亡国奴，永远不低头。”直到现在杨家岭建造的所有窑洞，就都没有了屋檐。仰头望天，苍穹间那缕温暖的阳光，永远属于世界万物的，属于万千花草树木的，属于最广大的劳动人民。作为延安精神的重要缔造者之一，新中国的第一缕阳光毛主席，也正是这样在人民群众当中前行，在人民群众当中闪耀。

延安啊延安，您是中国的第一缕阳光。这片毛主席和党中央领导人曾经生活战斗过的高原热土，是您孕育了延安精神，永放光芒。是您孕育了万万中华儿女，铮铮铁骨，自强不息，艰苦奋斗。也是您孕育了新中国，傲然地挺立于全世界的目光之巅。您是新中国的第一缕阳光，也是您引领新时代的阳光从社会的最基层，一路蓬勃，一路昂扬，一路向上，将新时代的阳光灼灼于整个华夏。

昨日还黄沙漫天的延安，今日却艳阳高照，天蓝得像水洗过一样，干净得纯粹、让人心疼，没有一丝丝杂尘，阳光透过薄云温柔地洒在杨家岭的沟沟峁峁上，洒在南来北往的游客身上，舒服又惬意。沐浴着杨家岭这神圣的阳光，听着从山下中央办公厅旧址里传来游客高唱“东方红，太阳升，中国出了个毛泽东，他为人民谋幸福，呼儿嗨哟……”的歌声，我也不由得随着音乐哼起：“没有共产党，就没有新中国……”

在涠洲岛赏海上日落

台风在北部湾海域拐了个弯，没有光临广西壮族自治区北海市涠洲岛。我们的船票也从傍晚六点改签到下午两点半。

我们一行七人搭乘两辆出租车到北海侨港风情街吃完饭后，顶着大太阳抄小路向港口走去。

父亲心疼我左手拉着旅行箱，右手提着旅行包，硬是把包夺过去挎在自己胳膊上。看着他坚决的神态及走路稳健有劲的样子，我也就不再坚持要自己提包了，只是给走在他后边的侄子使了个眼色，示意其过一会儿接过来拿着。

中午一点半的太阳毒辣地炙烤着大地，马路边没有树，空气里没有风，令人燥热难耐。

母亲一边走一边用帽子给父亲扇凉，但父亲总是走得太急，母亲在小跑几步赶上后又埋怨父亲走得太快，父亲却回头摇手示意母亲不要扇了。看着他们两人一个疼爱一个埋怨的样子，真不知道该说他们谁对谁错。父母就这样你怨我、我怼你地吵了半辈子，过了半辈子。尽管二老平日里时常抬杠拌嘴，但他们谁都不允许我们姊妹几个责怪对方一句。有次我调侃母亲“只准州官放火，不准百姓点灯”。母亲则理直气壮地训斥我：“他是我一辈子的依靠，我得护着；你是他女儿，你得顺着。”

客船里空调开得太猛，冷得一船人都披上了外套。

我们坐在一层的经济舱里，座位与座位之间的距离很宽，双腿可以伸缩自如。父亲刚坐下就说：“轮船的经济舱比飞机的舒服，还实惠。”他有个习惯——无论乘坐什么交通工具都爱坐在靠窗位置，总喜欢观看窗外的风景。比如前天来时，乘坐早晨 6 时 20 分航班的我们，几乎每个人都困得一登机就睡觉。父亲却瞪着两只眼睛盯着窗外，从咸阳机场一直看到飞机落在北海机场，并且在去酒店的出租车上还喋喋不休地说着空中棉花云朵来回变幻的样子。

侄女上涠洲岛前就联系好了接我们的酒店老板，一个 30 岁左右的黑脸汉子。他是临潼人，算是乡党，刚接到我们就说：“我的妈啊，今把人能热死，刻利马擦（快点）上车，回屋凉快走！”千里之外听到地道的陕西方言，令人感到很亲切。

我们到酒店放下行李，顾不得冲澡，迅速换上泳衣，便急忙忙向海边跑去。

海水湛蓝，海风刮在脸上有些湿热。

海边沙滩上摆着一排长长的竹躺椅，上面撑着白红蓝彩条布伞，里边坐着的、躺着的是老人和一些穿着泳装的年轻人，他们一边休息一边看护着脚底同行人的拖鞋、遮阳帽和水杯子。海边并没有想象中又直又粗又茂密的椰子树，水泥路两边满是葳蕤的藤蔓，杂乱地缠绕在小孩胳膊粗的矮生树枝上，枝叶倒也翠绿清新。大红色的三角梅开得正艳，凡是眼睛能看到的地方都是红火火的，远远近近都是，人的心情便随之大好。我给父母每人二十元钱租了躺椅，让他们吹着海风，休息。我把墨镜摘下来戴在母亲脸上，父亲看了一眼笑着说："像电影里的外国女特务。"

这里的太阳离海面太近，六点不到太阳就开始下落。

虽然我不是生在海边，但从小就喜欢大海。我曾多次与它有着肌肤之亲，也曾无数次用心亲密地触摸着大海。不仅海上日出的壮观景象让我震撼，而且海上日落的景观也足以让我陶醉，令我向往。

我曾经见过高山上的日落，那是一种恢宏的美；也见过从小生长过的乡村间的日落，那是一种平静和气的美。但我从未见过大海上的日落，我能想象得到，那是一种让人迷恋、让人神魂颠倒、让人魂牵梦绕的美。

幸福的是，我马上就要看到海上日落了。

我脱掉白色镂空外搭，抱着充满空气的游泳圈扑进海里，侄女扶我躺在上边，舒服惬意得就像白云在蓝天上随意漂泊。

远处天边那块像圆乎乎红宝石的太阳外围是几缕金光，海岸边的鬼刺和绿色藤蔓被海风吹得沙沙作响。浪花拍打着乳白色的被海浪撞断的长短大小粗细不一的珊瑚石，刚劲的声音中又夹杂着几缕柔和的旋律，很像一群鸟儿在唱着欢送落日的美妙歌曲。

我静静地用双手搂着游泳圈两边黄色小鸭竖起的长脖子，两条白得像鲤鱼肚子的长腿悠闲自然地伸着，无拘无束，任由海浪把游泳圈拉来又推去，推去又拉来。任凭海风轻轻地吹、海浪轻轻地摇，我始终都是面向落日，看着金黄的霞光照射在远处的海上，红彤彤似绸缎般铺在海面。海水波光粼粼，夕阳的余晖抛洒在远处，黄的、红的，煞是好看。可惜的是，多日来，不管是在北海的银滩海上，还是现在涠洲岛的石螺口海面，我都未见到有海燕飞翔。

落日又滑下去了一点，海面上仅剩下一点红色“犹抱琵琶半遮面”般地躲在金黄色的云朵倒影后面，并不时地探着头，像火一样燃烧着云彩，一会儿似火狐狸般上下跳跃，一会儿又似红鲤般摇头摆尾，来来去去，去去来来。我这时突然想起了白居易的《暮江吟》：“一道残阳铺水中，半江瑟瑟半江红。”诗句与眼前之景颇为贴合。

太阳慢慢落下，天色也暗了下来。泡在海水中的游客们并没有因为太阳的落去而急于出水。他们三个一堆、两个一伙，依然悠闲地在水中嬉戏。

被太阳晒了一天的海水在这时候还是温热的，没有一点冰凉寒冷的感觉。

一对年轻的夫妇把不到一岁的小宝宝脱成光屁股，抱在怀里，让他感受着大海宽阔温暖的怀抱，感受着绵绵海水温柔的抚摸。小宝宝两只莲藕似的小腿胡乱地扑腾着，很可爱。

因为涨潮，父母把竹椅往后挪了好几次。天已经完全黑了下来，他们站在沙滩边睁着眼睛吃力地找寻着我们，但总是看不见，急得大声地喊着：“渭荔、渭东！和你姑赶紧出来！该回酒店吃晚饭了！”

背靠国界，面向祖国

东方发白，是在早晨的五点半，比西安早了一个小时。

吃完早餐，导游就催促大家赶快上车，说是早点去不受罪，免得中午气温太高，游玩不好。

早就听说过德天跨国大瀑布，但总是无缘一睹其真容，要不是因为台风改变路线不能上涠洲岛，德天瀑布本来不在这次旅行计划之内。

我们所乘坐的大巴车在 324 国道的崇山密林中急吼吼地行驶着，车内帅气的小于导游刚介绍完德天跨国瀑布的雄伟壮观，又说着 1979 年的中越自卫反击战的历史。他说着我们现在正行驶的这条道路就是当年许世友将军率领的东线解放军行驶的路线，他说着我们的将士当年在一无粮、二无水、三无弹药、四无后援的情况下依然奋勇杀敌的悲壮，他说着当年越南人民军用我国支援的整包整包的大米当工事墙垛的可憎行为，他说着我军与越军的伤亡人数之比为 8∶1 的无奈。刚才还吵吵嚷嚷的游客这时都被他的讲述吸引了。我看见父亲默默地擦着眼泪，他是为牺牲在越南战场的中国人民解放军伤心、流泪。

车外，群山如锯齿般排列着，横看成岭侧成峰，远近高低各不同。虽然海拔不超千米却郁郁葱葱，植被茂密得总也望不透，油汪汪的绿得晃眼，加上连日阴雨的洗刷，一切都干净透亮，无尘无染。透过玻璃看着窗外柔美明丽的风景，心里对那场战争的愤慨、忧伤和憋屈，得到了暂时的释怀和舒缓。

德天瀑布位于广西壮族自治区崇左市大新县硕龙镇德天村，属归春河上游。千百年来，它静静地流向越南，又倔强地折回广西，所以当地人也叫它爱国河。不管它曾经流向哪里，不管它曾经去了哪里，但最终在硕龙这个边陲小镇，它蓄积了远游后的所有力量，瞬间爆发，冲破千岩万壑的封锁，冲出高崖绿树的阻挡，一泻千里，如千军万马般雄赳赳气昂昂奔向中越两国边界。它是大自然神奇的造化，浩浩荡荡似银毯垂坠的归春河水从距中越边境 53 号界碑约六十米的山崖上跌宕扑来，落在潭中，撞在石上，飞流直下，水花四溅，似云似烟，水雾迷蒙，打湿眼脸。远望似锦缎垂天，近观如飞珠溅玉，透过头顶阳光的折射，旖旎盘旋，五彩缤纷。德天瀑布是东南亚最大的天然瀑布，它与越南的板约瀑布连为一体，中间由一块黑色的水泥界碑分开，挂于两侧，袅袅婷婷，携手而立，长年累月，一年四季，各自演绎着雄壮豪迈的歌曲。

因河水猛涨，平日里把归春河面犁开条条波纹的游船现在都由一条麻绳束着泊在河边。我原想请父母乘游船“出”一次国的，但很遗憾未能如愿。父亲一边看着瀑布一边说：“外国有啥好的，你看板约瀑布幅面既没气势也不雄伟，落差既不荡气也不回肠，就连声音都没有咱们的磅礴响亮，我才不去呢。”说话间很神气地睨着眼瞅了我一眼。我心想，这老头，咋和这归春河一样，都属于“爱国牌”的。

刚才还阴沉沉的天，这时却透亮了，阳光从云层里闯了出来，河面水色因远处群山环抱的映照，碧绿中透出幽蓝。周围来自五湖四海的游客说着南腔北调的语言，穿着各色各样的服饰，有的戴着口罩，有的露出满口牙，大家都举着手机，摆着各种姿势拍着照片。一位身材高挑、脸面白皙、化着淡妆的小姑娘穿着既简单又漂亮修身的白色连衣裙，一双水灵灵的大眼睛扑闪扑闪地望着河对岸越南境内的天蓝色彩钢临时房屋，满脸的胶原蛋白，圆润、甜美，衬托得三米开外穿着紫红色改良版中国风旗袍、臃肿的身上披着一条大红丝巾的五十岁大妈格外显眼。小姑娘站在迷蒙缥缈的水雾前自拍着。白露为霜，所谓伊人，在水一方，腰似春江如金带，低首秀发系玉湖，巧笑顾盼，眉目传情，人在景中，景在画中，很是好看。

水雾随风飘洒到脸上，凉爽舒坦。沿着树荫下的水泥台阶上到商业街道，文旅商店里卖的大都是印着越南文字的膏药、香水、果脯和檀木小把件。我和侄女凑到跟前，听着店主讲解膏药的特别疗效，刚举起手机准备扫码付款时，父亲轻轻拉了我一下并使着眼色，我随他来到人少的地方，他把手附在我耳边做遮挡状小声地说："不要买这些东西，中国好膏药多的是，干吗把钱送给外国。"我一时哭笑不得，但也不得不听他的"忠告"，叫上侄女他们向五百米外的边境走去。

中午的太阳毒得要命，大瓢大瓢的火焰泼了下来，火辣辣地，不分男女老少，都晒得黑红黑红的，面朝太阳如烤饼似的难受，戴着帽子捂得头胀，卸了却又晒得头皮发烫，身上的衣服前胸湿到后背，汗水浸得脸蛋生疼生疼，就连耳朵都被炙烤得像张红纸一样，眼睛被阳光刺得眯成一条细缝，或者被墨镜挡着看不清谁是双眼皮，谁又是水眼泡。我拉着年近八旬母亲的手，急急地向红色箭头所指的五十米处的游客中心走去。侄女他们年轻跑得快，早站在阴凉处向我们招着手，喊我们快走几步。

游客中心两边的赭红色木栏屋内卖着广西当地特色小吃和旅游纪念品，中间留有三间房宽的走道，游客可以站在走道里，望见一条黄白相间的警戒线隔开了的对面越南境内的群山。国外山势和国内山势没有两样，只是各自的山峰顶端都倾向各自的国土，大自然真是奇怪，连自然景观都不能脱离倾向自己的国家，也不能用道理讲清楚为什么会出现此种景象。我拉过父母，想给他们拍一张合影，但父亲却指着靠墙写着"禁止拍照"的牌子说不能拍照，得遵守国家规定。值勤的工作人员听了父亲的话后指着旁边的围墙对我们说：“你们只要不拍这里的军事基地，是可以拍照的。”

父亲认真地整了整衣服，卸下帽子捋着花白的头发，把背在身后印有毛体“为人民服务”字样的绿色帆布包拉到胸前，牵着母亲的手两人站得端端正正。我往后摆了摆手，示意父母走到国界警戒线最边边的地方，抬手指向越南。父亲很固执地站在离国境线三十米处对我说：“记住，任何时候、任何地方、做任何事情，咱们都得和外国保持一定的距离，就是拍照，也得背靠国界，面向祖国。”

苗王城的“翠翠”

对于贵州，我是生疏的，即便就是知道那么点知识，也都是从书本和电视上看来的。

沿着一条宽阔的青石板路走进苗王城，傍山矗立的是一个屋檐连着另一个屋檐的苗族特色建筑的寨子，我们恍若走进了黑色土瓦屋顶飘着袅袅炊烟和鸡鸣狗叫声汇成的一幅乡村图画中。

也许是现代人有意识地去雕琢打造旅游景点的缘故，扑进眼帘的全是现代化木板二层阁楼建筑，样式太新颖，反倒使人难以感受到苗王城昔日鼓角争鸣的峥嵘岁月。走过一个大广场，再往里便是山，便是崖，陡峭而巍峨，崖下是一条混浊的黄水河，上面有一副木板吊桥通向寨子的对面，这就是苗王城了。

街道是用石砖块按大小规则铺砌而成，有六米宽的样子，路两边穿着传统服饰的苗族阿妈们支起小摊，出售苗银挂饰和苗族服装之类的东西。

走过一座精致的雕梁画栋的风雨桥，七十多岁卖椒盐花生的苗族阿婆“翠翠”坐在桥头，面前摆着一个竹筐，里边盛着用塑料袋分装好的花生。头上戴的深蓝色和白条相间的民族帽子引起了我极大的兴致。便折了过去，在她的身边，来回转着圈地看她头上戴的帽子。她既不看我，也不理我，只是面带笑容，安安静静地坐着，皮肤黑中泛红，眼睛始终看着前方，双手交叉扶在膝盖上。这是一顶手工制作的苗家帽子，不用一针一线，仅靠纯熟的手艺将布条盘折而成，帽子有七十厘米高，里边放着阿婆用手绢包着的一包东西。经过她的同意，我用手摸了一下帽子的边沿，折得非常紧实，还带着阿婆身体的温热。我问阿婆，这么重这么高的帽子，除了戴还有其他啥用处。她回答说：苗族女人把帽子当包用，盛放一些出门随手带的零碎东西。说完，又不再理我，也没有向我推售她的花生。

苗王城里的房子基本上都是用石头盖起来的，每家门前也都是用石头垒起三米高的院墙，据说以前居住在苗王城里的村民，每天轮换着在院墙上巡逻护城。这里的建筑都很特别，一家挨着一家，很不规则，看着进了这家的门，出的却是另一家的院，每一家是一个独立的院子，又都相互紧连，为的是防御外敌的侵入。整座山寨打造成了一个军事城堡，里面的石巷错综复杂，如果没有熟悉地形的人带路，很容易就迷失了方向。等我欣赏完苗家阿婆的帽子。刚转了一个弯，就和陈会长他们走散了，给他打电话，说是在一个很深的台阶石巷子里，两边是两层的石头房子。我问旁边卖炸糍粑的阿姐，她说，这里都是石巷子石房子，她也说不清是哪一块。

那就自己随便转吧。

翠翠家是一处保存完好的典型苗家屋子，现在里面还有人居住。它是电视剧《边城汉子》的拍摄地。门口坐着一位四五十岁的苗家阿妈“翠翠”，面前一张方桌，桌上摆着苗家膏药，头上戴着用黑粗布缝制的帽子。帽子没有帽顶只有帽圈，穿着靛蓝色的上衣，黑色的袖边和领子上都是手工刺绣的图案。胸前戴着一个绣着牡丹花的黑围裙，黑色的宽腿裤子，裤边是和上衣一样的靛蓝色，也绣着五彩斑斓的图案，脚上的鞋子也绣满了图案，有鱼、龙、凤凰，这些动物都是苗族人所崇尚的神圣之物，也是能给他们带来吉祥的神物。我刚举起相机，准备给她拍照，她立刻用手挡在脸前，不允许我拍。我收起手机，走到她的跟前，问她为什么不同意拍她，她的回答让我很惊讶。她说：“你又不买我的膏药，拍一次照我的阳寿就会少一天，如果你买了我的膏药，我就可以用这钱供奉给药王祖师爷赐福给我，让我平平安安，健康长寿。”我很理解阿妈的说法，没有拍她，并且在心里默默地祝愿阿妈幸福安康地过好每一天。

苗王府的隔壁，是一家大型银饰购物商场。银饰是苗族女人最重要的饰品和婚嫁用品，苗族女人佩戴银饰最为隆重。只要提起苗族女孩，相信很多人都会立刻联想到，头戴明晃晃的两边对称的月牙银角、银冠、项链、银圈，身着银衣，手配银镯，脚套银链。这一身华丽夸张的银饰，不仅是当地苗族女孩的装饰品，也是她们生活中的必需品，苗族女孩几乎每人都拥有一整套银饰，这一身洁白光亮的银饰，在阳光下显得璀璨无比，听说一套银饰一般都在八至十斤，家里富裕的，可能会重达十二三斤，想想她们的这身装饰，对于一个体格瘦小的女孩来说，还真是一个“美丽的负担”。

商场的导购是一位二十五岁左右的苗族阿妹“翠翠”，她就穿戴了一整套的银饰服装，左手腕上戴了十多个银手镯，两只耳朵上各戴了三个耳环。她看我看得认真，也很认真地给我做着介绍，她说，苗银并非纯银，其主要成分是铜，含银量不高，苗银饰品都是苗族工匠手工打造，图案精美，富有寓意，长期放置不戴，表面金属会产生氧化，不过下次再戴时只需用软布擦拭即可光亮如新。苗族银饰工艺流程复杂，一件精美的银饰要经过二十道工序才能完成。她还说，著名歌唱家宋祖英是湖南苗族人，2015 年在法国演出时，杭州的一家公司免费给她提供十一套丝绸旗袍，但她拒绝了，最终穿着最有苗族特色的服饰，全身佩戴的都是苗族银饰，她把苗族最精湛的拉丝银饰工艺传到了世界各地，她当时戴的拉丝银耳环和“凤回头”项链，就是店里的镇店之宝。她一边给我介绍，一边把一对拉丝耳环和一条莲花吊坠项链给我试戴，并很麻利地从柜台下拿出一面镜子照给我看。她说：“阿姐长得这么美，佩戴上我们的银饰品，更有气质，更漂亮更美了。”听了这么多，我才明白了苗家阿妹给我这么细致地讲解银饰品的用意，我很佩服这位阿妹的现代化营销理念。 说真的，我也喜欢上了这两件银饰佩品，便买来作这次苗寨之行的纪念品。

不管是苗家阿婆“翠翠”、阿妈“翠翠”还是阿妹“翠翠”，她们都热情纯朴，说话声音甜美温柔，我喜欢听她们说话，也喜欢她们的服装和银饰。

对于苗王城里的三代“翠翠”们，她们用各自的售货方式，做着自己的生意。

留一城记忆在沱江水畔

岁月日复日，年复年，泊在时光的渡口，踏着轻盈的碎步走过清浅的日月，转眼间，又是一年五月，天空只是微蓝，而大地却早已绿意盎然。微闭双眼，感受凤凰古城的柔软与湿润，留恋于石板街道日月沧桑的路面，倚在江边吊脚楼的木栏杆上，嗅着空气中夹杂着的几许浪漫，几许温情，听一首曼妙缠绵的音乐，携一袖温暖清风，倾听流水的音律。江水悠悠，敞篷船从虹桥下袅袅荡来，凤凰从船里展翅待飞，看江岸行人从容优雅，心境舒畅，在天际水雾温婉的时光中，许我一片静美的天空，望白云来来去去，享微风轻轻漫漫。

湘西边城幽静深邃的青石路面，苗家阿姐的银饰扮靓了古宅深院，戴一串凤回头项链在纤脖玉颈，红唇浅抹，恬静晶莹，犹如清澈的沱江水般细谧，心儿便清澈无比。

我从古老的西安来，款款地赴一场与从文的约会，脚儿轻轻地徘徊在沈家小院，一缕缕诗意的情语在思绪间漫溢，和“翠翠”叙说着五月初夏的美好，岁月静好流年沉香，这份美好在心底如花开般缤纷，温润了沧桑的文字。

沱江的清晨，到处都是暖意融融，柔软的小雨轻轻漫过岁月的头顶，是他在时光的深处寻觅，是她在书写着时间的深情。我想要一场绝美的遇见，徜徉在五月的诗情画意中，意想在日子中慢慢起舞，那些从心里漫过的眷恋，在一城的记忆中铭记，旖旎了美好的光阴，静静地将那些曾经的过往隐藏在这烂漫的凤凰城里。你来我往的日子里，只为遇见你，我信步来到这里，足踩青石深巷小道，手抚千年古老椿树，便足够温暖一生。

时光的交替，让心中暗暗的多了一份惦记，在日子里静静地沉默，在木格窗内偷偷地听着心跳的旋律，温柔浪漫地回忆。沱江对面忽明忽暗的灯光，照射出一堵倾诉的隔墙，昔日相互依偎的一幕幕在眼前晃动，不经意间又走入了深夜思念的河畔。架子鼓敲动着心弦，吉他声犹记那心动的瞬间，水纹一波一波地荡漾着柔软的心房，思念的流水在时光中慢慢淌过，有了这一池沱江水的陪伴，便是我最美的守望。

斜躺在凤凰古城四楼的竹藤秋千里，捧一杯淡淡的菊花香茶，呼吸着清晨空气中泥土的芳香。享一处静谧，放一手纸鸢于沱江水畔，望远处绿意茵茵的山峦，似乎看到了昨天的你飘飘而来。突然间有些沉醉，伸出双臂拥你于怀，触摸风雨带给我的温度。回首忆想，多少人曾在我生命里出现，或驻足，或落痕，或擦肩而过，唯独是你，总是让我牵魂梦绕，凤凰古城里的你，这一池沱江绿水，你温情了我的岁月，斑斓了我的四季，我愿意把你在一城绿水中深藏，留一城记忆在沱江水畔。

匍匐在生命的旅途中，在越行越远的日子中，将那些美好的曾经写在你和我生命的文字里，然后深情地藏在时光流逝中。在傍晚落日的红尘深处，聆听脚下蔷薇花开的声音，我们牵手轻轻走过凤凰古城，浸润在心灵深处的灵魂总是在想，老去的虽然是你我的容颜，记忆却在这凤凰古城沱江边漫长的岁月中永不褪色，依然相信以后的将来，当我们共同回眸往事，依然是温暖如初，幸福如昨。岁月依旧无声，流年依旧芬芳，今生，我愿用一笔素笺描摹，感恩在凤凰古城沱江边所有的遇见！

南行记之一——仙湖遇兰花

早晨起来，推开窗户，又在下雨。

前几天在港澳游大巴车上，胖导游说：“深圳的天气预报，就像男人的嘴一样不靠谱，深圳的天气，也像女人的脸一样，说变就变。”在深圳的这几天，还真应了这句话，刚才还阳光灿烂，转过身就乌云密布，随之雨点便滴滴答答而来。

今天行程的第一站是仙湖植物园。

位于深圳市罗湖区莲塘仙湖路的仙湖植物园，东倚深圳第一高峰梧桐山，西临深圳水库，占地 546 公顷，我们这次来得正是时候，这里正在举办深港澳三地大湾区 2019 深圳花展。

花展期间，又逢周末，人潮如织，车水马龙。

票买了，进园了，雨停了，心宽了，空中透亮了；房导一个人跑了，老杜拍照了，老田头昏了，老伍乐坏了，说她醉氧了，雾霾和汽车尾气呼吸惯了，不适应这里的清新空气了；还故意逗她了，学雄鹰展翅了，学猿猱腾空而起了，以示自己身体的雄健了。

深圳人真会造景，让红得像火的火焰兰、蝴蝶兰、紫荆花都“爬”上了树，设计师用铁丝和铁钉把它们固定在粗壮的榆树上，两三米的树杆上，竟然有几种花卉在同时绽放生长，这种景象我在西安甚至其他地方都没有见过，也算是开了眼界。

仙湖植物园有六大著名景区，因时间关系，我们首先游览的是天上人间景区，这里是植物园蝶谷幽兰景区打造以“幽兰弥馥”为主题的兰花展，展览共设置了“中华兰韵”“天空之树”“兰亭仙幕”“兰香玫瑰”“幽兰仙谷”等十二个节点作品，向参观花展的游客展示兰科植物之美。兰花展共展出各类兰科植物一百三十余种，其中原生种近八十种，品类丰富、构思精巧，蝶谷幽兰景区的自然环境，令人大饱眼福。

穿过一道院门步入蝶谷幽兰景区园内，顿时有曲径通幽的神秘感，通道两边摆放着各种兰花，人工水雾每间隔五分钟喷射一次，雾气腾腾，湿润绵软地吹拂在脸上。人在雾中走，雾在身边绕，犹如身临仙境。一条长约二十米的通道，品种各异的兰花或安静地开在地面的石边、树丛；或温柔地依附在覆满青苔的枯树上；或攀爬在更高的枝丫上凌空开放。百余种兰花立体式呈现，移步换景、扭头景换，令人目不暇接。一朵朵黄色的小花静静地开在绿叶丛中不引人目，但那股淡淡的幽香远远地沁入心脾，让人不由得停下来深深地呼吸着，慢慢品味。兰花，没有牡丹的雍容华贵，却平添了一丝高贵；兰花，没有荷花的纯净洁雅，却留一丝余香让人陶醉；兰花，没有茉莉的清新爽洁，却自带一丝沉静与安神。它的平凡，它的庄重，它的清高，它的旷达，更加高贵美丽。

兰花是中国古诗文中常常被提及的花中四君子之一，提起兰花，让人往往联想到的是空谷幽香、与世无争、谦谦君子、坚贞不渝。清雅而高贵的兰花不仅是文人墨客的宠儿，也是园艺花艺界人士的最爱。明朝书画家孙克弘的《兰花》中的“空谷有佳人，倏然抱幽独。东风时拂之，香芬远弥馥”的画面栩栩如生地浮现在我的面前，真实而生动，幽美而温婉。兰花风姿素雅，芬芳清远，历来作为高尚人格的象征。在四君子梅兰竹菊中，与梅的孤傲、菊的风霜、竹的气节不同，它不仅象征了知识分子的清高气质，还彰显着中华民族沉稳内敛的风华。

对于兰花，我尤其喜爱。喜它那飘逸俊芳，喜它那绰约多姿，喜它那高洁淡雅，喜它那神韵兼备，更喜它那纯正悠幽、沁人肺腑的香味。

在这次的展览中，不仅有万代兰、卡特兰、树兰、文心兰和蝴蝶兰等栽培品种，还有玫瑰石斛、金钗石斛、鼓槌石斛、喇叭唇石斛、竹叶石斛、报春石斛、硬叶兜兰、火焰兰、虾脊兰、竹叶兰和鹤顶兰这些原生的兰花种类，能见到如此多的兰花，算是在深圳仙湖公园里额外的收获。

七个人的团队，这时候只剩下我和老伍、老田三人。因为时间关系，我们没能参观森林花石林、古苏铁林、古生物化石群等其他几个展区，把时间留给下午要去的中英街。

南行记之二——中英街

中英街是我们这次旅行的最后一站。

从仙湖植物园出来，在房导的指引下，我们先乘坐 308 路公交车到三家店，再步行不到一公里就到了中英街。

下车时，天空中又下起了蒙蒙的细雨，街道被五颜六色的花伞铺满，行人急匆匆地向各自的目的地奔着。而我们，却不着急，慢慢地享受着南方的杏花微雨，漫步在三家店的街头。

中英街位于深圳市盐田区沙头角镇，由梧桐山流向大鹏湾的小河河床淤积而成，原名“鹭鹚径”。1898 年刻立的“光绪帝二十四年中英地界第 X 号”的界碑立于街中心，将沙头角一分为二，东侧为华界沙头角，西侧为英（港）界沙头角，故名“中英街”。至今仍为“一国两制”的分界。

中英街长不足一公里，宽不够四米，街心以“界碑石、古榕树”为界，街边商店林立，有来自五大洲的产品，品种十分齐全。

进入中英街，不论内地来深旅客还是深圳居民（沙头角居民除外），都要办理公安部门签发的“特许通行证”。必须听从边防、海关人员指挥，排队验证出入。经过十五分钟的排队办理，我们就进入了中英街。

中英街一棵足有三四个人围拢才能合抱的大榕树，郁郁葱葱、苍苍茫茫，树下有一个由广东省重点文物保护单位立的黑颜色的碑石，上书：中英街界碑。

中英街第四号界碑旁也有一棵古榕树，这颗古树已有一百多年的历史。树干苍劲，枝繁叶茂，由于树根长在深圳一方，枝叶覆盖香港一方，因而构成一幅奇妙的景观，被喻为“根在祖国，叶覆香港”，成为许多文人墨客创作的题材。古榕树与第四号界碑形影相依，构成了中英街上一道自然与人文相互映衬的特殊风景，同时也见证了中英街的百年沧桑和屈辱历史。

据资料介绍，中英街共有八处界碑，这八块界碑中1、2号界碑是1905年英国单方面换石碑后留下的，3至7号界碑被日本侵华军丢掉，今天我们看到的3至7号碑是国民党政府同港英当局于1948年共同重竖。它们既是历史上中国贫穷落后、清王朝腐朽没落和外国列强侵略、瓜分中国的重要历史物证，又是中国改革开放、香港回归祖国并实行“一国两制”和中国走向繁荣富强的历史见证。八块界碑基本保存完好。但由于自然风化，有的界碑已经失去棱角，有的字迹已经模糊。1989 年 6 月 29 日，界碑被广东省人民政府授予省级文物进行保护。

我在第三块界碑旁边的一家香港商店买了一个包，在付款的时候，微信一直付不出去，信号圈一直在转，老板问我："开通港澳游数据了吗"我回答："没有。""那就不奇怪了，跟我走。"香港老板从他柜台下取出手持刷卡机，领着我向街对面的深圳商店走去，刚一过街心，老板就转过身，让我拿出手机，他用刷卡机对着我的手机一扫，"吱"的一声，刷卡成功，我们一路同行的人都惊呆了，一条不足四米宽的街道，居然覆有两个"国际"数据，信号这东西，也太神奇了，两米之内都能划分清楚。

付完款，我们继续向前溜达，老伍和老田又拍照去了，只剩下我、房导和李洁了。我们是奔着警示钟、古井、博物馆而去的。

"警示钟"设立在中英街历史博物馆广场，与中英街界碑相互映衬，是中英街新的一景。警示钟记叙了中英街割占、抗争、变迁、发展和回归一百年来的历史。钟身上刻着"勿忘历史，警钟长鸣"八字，提醒人们牢记中英街屈辱的历史，告诫后人必须深刻铭记历史教训，弱国无外交，落后需雪耻，国人必强大。

街边的一口古井，已有三百多年的历史，据说是清代康熙年间迁来沙头角拓荒的客家人所凿，是当地人畜饮用的水源，直到现在中英街上还流传着"同走一条街，共饮一井水"的民谣。

博物馆位于沙头角镇内环城路中英街一号界碑的东侧，是一座专题性地方志博物馆，收藏有千余件近现代历史文物、民俗文物以及千余幅珍贵的照片资料。馆内的《中英街历史》展览同树立在中英街的八块界碑，共同向人们讲述了“新界”被英国强行割占的屈辱史和抗战时期中英街人民英勇无畏的抗争史，以及香港回归后中英街蓬勃发展的变迁史。

参观了博物馆、界碑、警示钟，走完了中英街，心中久久不能平复，想起一百多年前偌大一个中国，竟然被小小的英国欺负到割地赔款，多么耻辱，多么窝囊。

记住国耻，就是前进；不忘历史，就是图腾。

云南勐卯宴

飞机是晚上十一点钟降落在云南省腾冲市机场的。

腾冲市夜晚的街道真的很冷清，从机场到市区的半个多小时里，几乎没有看到几个人，车也就那么几辆，都是从机场接送游客去酒店住宿的。

对于云南这片土地，我向往了好久，本以为会去丽江或者大理，甚至是西双版纳，但阴差阳错的最先来了腾冲。

初冬的腾冲，绿树如茵，银杏叶子稍微有点泛黄，马路中间绿化带里的木棉花开得正烈，红腾腾地爹在枝头，远远的如一片火海般耀眼。棕榈树端直撞天，树身是褐色而树梢却呈绿色，似子弹头样生长着。

一座城市，一片森林，一条街道，一片花园。

经过一晚的休息，精力充沛了很多，旅游大巴把我们一口气拉到瑞丽市勐卯镇时已经是中午十二点了，车门打开，我们一个个下车，面前是一座金碧辉煌的六层楼房，导游阿江指着门口红底金字的门头，就连边框也镶着金黄色的“魅力瑞丽勐卯宴”招牌，说了极为简单实用的两个字——“用膳”。

勐卯是傣语，为“迷雾茫茫”之意。勐卯宴是一家专门经营傣家风味的餐馆，位于云南边陲小城瑞丽市德宏州勐卯镇，毗邻缅甸木姐市。

穿过餐厅大堂，映入眼帘的是滇西少数民族特有的似宫殿样建筑群，楼后为一庭院，中心有一金塔。再往后是一栋两层银色尖顶的楼房，此楼为绿水环绕，楼前有小桥飞架，楼后曲水回廊，热带花草点缀其中。水畔建有多个亭阁，里边摆有餐桌，每座亭前都悬挂着几面傣族旗帜。傣族旗帜由红黄绿三色组成，红色代表勇敢和鲜血，黄色代表佛教，绿色代表美好家园。旗帜中心为一白色的圆心，代表月亮、纯洁与和平。

漫步其间，在蜿蜒曲折的林间小道上，两旁树木郁郁葱葱，一片片肥厚宽大的芭蕉叶为客人挡去了头顶赤辣辣的太阳，其间石雕或者木雕的小象憨态可掬地蹲在水池周边，成双成对的傣家小卜冒（男孩，也称冒冒）或者小卜骚（女孩，也称骚骚）在花前竹下窃窃私语。小桥流水间，碧水流淌好生惬意。抬头看天，天是蓝的，云是白的；拧头望树，树是绿的，花是红的；歪头瞅人，人是美的，笑是甜的。

我们这个团队来自三个地方，陕西、南京、广州，十三个人被安排在最里边的一个包间里，墙上挂有玻璃框子嵌着的两幅称不上书法的书法作品，一幅是“油盐酱醋里也可以有最好的时光”；一幅是“碗净福来”。言简意赅，寓意深长。

对于勐卯宴手抓饭，我还是第一次听说，单就名字而言都颇为新奇，菜肴那就更不用说了。

当两个穿着民族特色服饰的傣族小卜骚抬着竹筛进来时，所有人都站起来，端着手机准备拍照，小卜骚笑着用一口流利的汉语说：“请各位阿姐阿哥不要着急给手机吃饭，让阿骚摆好饭菜再拍，那样才漂亮呢。”

勐卯宴，顾名思义，勐卯当地宴席也。

宴席餐桌上，铺着用清洗干净的剪成圆形状的四片芭蕉叶，中间一个白瓷汤盆里盛着鲜竹笋炖土鸡。一个上身穿洁白短袖、下身裹黄紧身筒裙的小卜骚戴着塑料手套，抓着白色的米饭围着汤盆先摆了一圈，然后把用菠萝汁染成黄色的米饭再摆一圈，两种米饭摆好后还要给上面点缀满一圈煮熟的切成月牙状的鸡蛋，主食就算摆好了。围着主食的是各种各样的菜品，荤素搭配共有十七种，都是直接摆在桌面上不装盘子的。黄的、白的、褐的，在菜品中间对称位置摆有两个菠萝紫米饭，软甜糯香。烤肉是在铁板上烤好的五花肉，用剪刀剪成条状，吃时蘸着傣族自制的风味酱料，口感很好，皮脆肉香，酥中带辣。碳烤的罗非鱼，从中间劈开上面撒着烤熟的仙茅草，可以蘸椒盐辣椒面，也可以直接吃。油炸猪皮，白亮亮的，既酥又脆，不油不腻。凉拌鱼腥草，如果觉得腥味太重，可以蘸柠檬汁。脆皮炸春卷，腊肉蒸米饭，还有好几种菜都叫不上名来。

听小卜骚阿妹说，她们是傣族景颇族人，源于青藏高原，最早群居在深山里，一千多年前沿怒江南迁而来，生活基本上保持最原始的方式，这些食材都是来自无污染的大自然，多为屋头村尾采来的野菜，有水里的青苔，有竹筒里的虫虫，有蚂蚁的蛋蛋，有刚出壳的蜂蛹，有刚捞上来的小鱼，有正飞舞的蝴蝶……如此原生态的食材，让久居内陆西安的我，不敢下手去吃。

“骚骚，把筷子拿来。”同行的伙伴对着门外喊了一嗓子。

“阿哥，请戴上手套，用手抓着吃。”

“烫手啊。”

“瑞丽属南亚热带气候，平均气温 23℃，冬无严寒，夏无酷暑，花开四季，果结终年，饮食也都以温食为主，不会烫的。”

话罢，一伙人也都像美丽的服务员小卜骚那样，戴上一次性手套，左手为碗右手为筷，边吃边抓，豪放过瘾。的确，最原始的吃法，比拿筷子吃得更爽，更自如。

勐卯宴的菜品以辣味为主，可能是当地气候分旱雨两季的缘故，雨季湿气太重，得以辣祛湿。有几个不喜辣的人，看着一桌美食只能望辣兴叹。“碗净是福”这句话没能落到实处，确实有点尴尬。

正是金凤起舞时

这是一个异常晴朗的秋日，天空如洗，蓝得没一丝丝杂尘，只有白亮亮虚膨膨的云朵如棉花般飘在天际，形状如牛似马，似燕如雀。

我们所乘坐的旅游车稳稳地行驶在滇缅公路上。车窗外绿树荫荫，山峦起伏。远处雾气升腾，整个山头都沉浸在乳白色的浓雾里，若隐若现，神秘而神奇。天空很低，低得你只要胳膊稍微再长一点点，就可以伸手触及。山峰一层叠着一层延伸到远处，云雾也就一层叠着一层弥漫着，缠绕着，忽上忽下，忽东忽西，如淘气的小公羊般在山林间跳跃，嬉戏。端直擎天的松树，苍劲翠绿高傲地屹立于山间，活脱脱如士兵般成排站立于眼前，威武、飒爽。

车内导游用他特有的云南普通话讲述着这条盘旋于群山之间的滇缅公路，讲述着当年修筑它的重要性和艰难程度。

“当我们把历史回溯，回到八十多年前那个烽火硝烟的岁月，那时候我们中国人民正在经历一场抗日战争的苦难，我们的国土被日本铁蹄肆虐践踏……当我们守不住港口的沿海城市，海运不能进入祖国内地的时候，中国将没有办法继续进行抗日战争，所以，中国需要一条能将国外物资源源不断运送进来的公路……当年参与修这条公路的，有的是无牙齿的婆婆，有的是背着孩子的母亲，有的是本该念书的孩子，有的是佝偻驼背的爷爷，当他们用几穗玉米、两个黑面馒头作为一天口粮奋战在公路上时，他们需要克服的不仅是饥饿，还有高空日本飞机的轰炸……我们脚下的这条滇缅公路每五米就有一具尸体……”全车人都沉默着，倾听着，没有一个人说话，甚至大口出气，我们为云南人民的英勇而自豪，我们为日本在中国犯下的滔天大罪而愤怒……

历史不容忘记，云南各族人民为战争所做出的贡献和牺牲不能忘记。

在腾冲吃完午饭没有休息，就急忙忙驱车向梦幻之地——江东银杏村而去。

云南的秋，总是多姿多彩的，鲜花在这个时候照样开得艳丽，一群穿着民族服饰的阿姨胳膊上套着许多由银杏叶、百日菊、康乃馨做成的花环站在车下，当你刚下车还未站稳时，她们就冲上来把花环套在你的头上，“五元一个，五元一个”地喊着。平日里我就不喜欢戴任何首饰，更何况在大庭广众之中头戴鲜花，对我来说那就如妖怪般难受。但任凭我怎样解释都不能摆脱她的纠缠，不得已只能给五元钱，但阿姨却死活不放我走，硬是追着把花环塞到我手里。心虽不悦，却也无奈，只能拿着。

头顶太阳这时正毒，晒得人心慌，阳光也刺得眼睛发酸，流泪，用手遮挡着闷头走路，竟不小心撞在前面游客身上，原来是一群人围着一位小脚奶奶在买花环。奶奶静静地站在广场里，头戴的粉色头巾外边还套着一个花布包巾，腰里系着刺绣围裙，蓝色的夹袄上套着一件红花花背心，三寸金莲上一双绣花鞋尤其引人眼目。我挤到她跟前问：“您老高寿？”

“九十六岁了。”她立刻回答道。

“那修滇缅公路时，您老多大年龄？”

“不到二十岁，那时险乎把命丢在工地上了。”

“一个多钱？”

“两元。”

“您卖得便宜了，停车场阿姨卖五元呢。”

“可以了，现在日子好了，不用我挣钱了。”当我将十元人民币递到她手中的时候，她摇着头硬是推了回来，指着我胳膊上套的花环说：“你已经有了，不用再买。”这句话惊到了在场的所有人，更是惊到了我，想想刚才那位阿姨，我的心中五味杂陈，不知该怎样回复。同行的东兴国大哥看到这里，拉着奶奶的手硬是塞了二十元钱拧身就向村中的银杏林走去。

秋风起，雁南飞，银杏开始展开一年中最具魅力的篇章，它不像其他树叶那样变黄、卷曲、枯萎，而是由绿变成金灿灿的颜色，远观似天际间升起了一抹金色的霞光。近看像扇子如蝴蝶，在这深秋的季节，有的由原来的绿变成黄中带绿，但大部分都变为金黄色，美了游人，美了整个江东村。

我很享受在这异乡深秋的蓝天白云下，和来自其他省份的朋友们一起，弯下腰，捡拾起地上那一片一片金黄金黄的带有一种浓浓秋意的银杏叶子，做成放置于床头柜子上最喜欢的书签，我更享受在这绚丽的五彩云南，在不很茂密的银杏树下，和头戴鲜艳花环的朋友们，拍一张笑靥如花的照片，在满地金黄的落叶中，放松身心，不思归途。

我以为，银杏树叶的艳黄只是外表一时的华丽，但当主家端上炒得热腾腾的银杏果子让我们尝鲜时，那一颗颗果肉碧绿如翡翠，新鲜而明亮，送到嘴里慢慢嚼碎，苦中略带甜味，也是一种别样的美味。

流连于村中小巷，不经意间银杏叶就会曼妙妖娆地落于身上脚下，黄叶飘洒，犹如身在仙境。抬头看天，湛蓝得如一颗硕大无比的蓝宝石挂在天际，被银杏树围绕着的房子，像一座金色的城堡，与阳光融为一体，如童话世界般美丽，让你不忍离去。

我陪着母亲，淡看时光来往，静观潮起潮落，远眺云卷云舒，尽享凉爽海风，陪着母亲面朝大海，享受岁月静好，过着我与海天共长情的生活，便是人间最美好的日子了。

乐　趣

小时候的我，没有女孩子的丁点儿优点，缺点倒是一大堆，调皮捣蛋，性情顽劣，在峒峪村是出了名的。

每当我在外边闯了祸回到家，我妈总要拉住我，用扫帚疙瘩抽一顿才行。但往往是她的气还没消，我可能又和别的孩子打架了，当家长牵着受伤的孩子骂骂咧咧地来我家告状，我肯定是旧伤未去又添新伤。这种挨揍对于我，已是家常便饭。如果几天没见我挨打，我爸和我哥他们反而觉得不正常。

我妈只要看见我头发乱糟糟地奓在头顶，灰头土脸的样子，就会生气地问我婆："这碎鬼女子随了谁了，咋这么难管教的。"我婆望着我妈，手里的活计始终不停，撇着嘴说："哼，女不教，娘的错，还能是谁。"

我知道，我婆是偏向她儿子的，其实我是随了我爸的。

八十岁高龄的父亲，每天除了看书写作，刷微信，还有一件更重要的事情，就是和我妈斗嘴。反正我妈不管说啥，他总要怼一句，也就是说，我妈做的事，说的话，永远都不正确呗。

难得在四九节气里有好天气，太阳一大早就升起来，挂在天际非常灿烂开心地笑着。张萍和我是很好的姐妹，她知道我往日和艺术家们有联系，就送来对联纸和墨汁，请书法家给写几副春联。求书法家总觉得难为情，我干脆请来我爸。虽然他不是书法家，但热情高，两句好话二尺五一戴，就能让他脱掉棉袄，撸起袖子开写的。

在我小时候，峒峪村过年的对联就是他写的。每年腊月三十这天，我家门前是最热闹的地方，跟赶集一样。一大早，我爸就让我哥把家里的八仙桌搬出来支在门口，裁纸刀墨汁毛笔摆好。早饭还没吃完，就有村民叼着旱烟锅子蹲在门外等着了。我爸总是胡乱扒拉的对付几口，就上阵了。过年图个吉祥喜庆。“爆竹声中一岁除，春风送暖入屠苏”“财源滚滚随春到，喜气洋洋伴福来”，每年写的都是类似的内容。记得有一年，一副对联写了十多遍，我爸烦了，说：“能不能换个新鲜的，总是老一套，显不出我们峒峪大村的气势来。”五队的孙长岐是个能人，整天走村过镇做生意，脑子活嘴巴甜。他说：“兴盛叔，我自己编了一副，你先看咋样？‘党的政策人人夸，有吃有穿有钱花，横批——勤劳致富。’”我爸一听，高兴地说：“这就对了，还是你小子有出息，明年生意肯定好，给你兄弟也把媳妇挣回来。”

一个电话，就把我爸请来了。他径直走到案子前，对我说："笔墨伺候。"

我也没寒暄，铺上对联纸，倒好墨汁，拿出早已打印好的内容铺在桌面。顺手把眼镜递给他。

他说："八〇后，谁还戴老花镜。"

我说："您老还是低调点，写得好好的。"

他说："小丫头请放心，拿出去不丢你的人。"

老爸今天高兴，一口气写了十副，我和女儿两人都由他指挥，客串书童。看着客厅、书房满地红红火火的春联，他觉得很有成就感。

走一圈，再走一圈。

还不忘自我表扬着："不错，像模像样的。"

看他得意的样子，我也想逗老头开心。于是我说："发个朋友圈炫炫吧。"

他说："不是书法家，写的毛笔字发出来有点害羞。"

我说："那就赶紧练字，争取成为书法家，就可以卖字，不用码字了。"

他说："那我还是老老实实码字吧，不然得饿肚子。"

收拾停当战场，我让他请我吃火锅。他说："晚上吃多了，胖。"我说："没事，我喜欢胖。"他说："为了你美，减一顿吧。"我说："那我请你。"他说："走起。"我说："这吝啬老头，套路太深。"他说："套路不深，就回农村。"

中国有句老话，八十岁以上的老人都活成精了，我爸就是最好的例子。

他很成功的套路了我，吃了顿涮羊肉。

还吃得很香。

二月二

又到了农历二月初二“龙抬头”的日子。

这天，七星开始出现在东方，万物苏醒。 春天真的来了。

听我婆说，过了二月二，新年才算真正过完。 抬了一个正月舍不得吃的猪肉、粉条和莲菜，二月二这天大人们才肯拿出来给孩子解馋。

从此往后的日子，生活和工作都归于常态，该干啥干啥。

在我们老家峒峪村，流传着“正月不理发，理发死舅舅”的习俗。 正月理发死舅，当然是误传了的。 这事儿的说法，还得从清军入关说起。 据说：那会儿的清廷为了平四周守中原，决定从头做起。 有一年正月里，清廷政府要求汉人百姓把头四周剃光，只留头顶中间的那部分头发扎成辫子。 身体发肤受之父母，一些守固派既留恋长发飘飘又思念旧日大明江山，就有了“思旧”的说法。

这种习俗也就从明末清初开始流传。既然是怀念明朝，但又不能公开与清朝政府对抗，“思旧”传着传着就成了“死舅”。于是就有了“正月理头死舅”的说法，一直流传至今。

二月二“龙抬头”这天理发，却能使人红运当头、福星高照。因此，民谚说“二月二剃龙头，一年都有精神头”。

记得小时候在村子里，每年二月二这天，奶奶一大早就烧好一锅热水，给我们姊妹五个挨个洗头理发。奶奶理发的工具只有一把剃头刀。她按住几个哥哥长了一正月的长毛子，管你愿意不愿意的都给剃成光葫芦。三哥从小性子就慢，还爱哭，记得有一次给三哥剃头时，他就一直哭个不停，奶奶问咋了，他也不说，气得奶奶在他后脑勺上“啪啪啪”就是几下，吓得他脖子一缩，憋屈着没再吭一声。直到剃完头后，又坐在门口奶奶的捶布石上捂着耳朵唔唔地哭着，烦得奶奶在院子里骂道：“不听话，再哭，就把耳朵割了。”三哥哼哼唧唧的，小声说：“耳朵烂了，流血，疼呢。”奶奶手里拿着正给二哥剃头的刀子，急急地往外跑来，想看看伤得要紧不，吓得三哥“嗖”的一下跑了。边跑边说：“我听话，我听话。”

三哥的木讷样，惹得我和大哥在院门口笑得直不起腰来。

二月二，还有炒豆花的习俗。传说武则天称帝，惹怒了玉皇大帝，下令龙王三年不得降雨。龙王不忍百姓受灾挨饿，偷偷降了一场大雨。玉帝得知便将龙王压于大山之下，并告示天下：“龙王降雨犯天规，得受人间千秋罪。要想重登灵霄阁，除非金豆开花时。”人们为了拯救龙王，在二月二这天，家家户户把炒熟开花的黄豆撒在阳光下供在当院，于是龙王因此重回天庭。后来，人们为了纪念龙王，便每年二月二炒黄豆，一直流传至今。在20世纪六七十年代，人们都缺少粮食，黄豆因为产量太低种的很少，农田里基本上种的都是玉米，炒黄豆就被玉米花代替，家家户户都炒玉米花了。

正月十五是我母亲的八十岁生日。我们一大家二十多人，来到母亲家里给她祝寿。浩浩是我的外孙子（侄女的儿子），十二三岁，刚一放下碗就抱着手机，靠在沙发上认真地打着游戏。听说“王者荣耀”他已打入全国排名，属于游戏高手里的翘楚。在孩子打到要紧关头时，他舅舅挨着坐下，边看外甥打游戏边说：“期末考试咋样，有没有游戏成绩厉害。”

“舅，陪我下楼理发吧。”

“你好好打游戏，舅舅是你最好的拉拉队员。”

“哼，还治不了你了。”浩浩顾不上看他舅一眼，一刻不停地指挥着他麾下的千军万马，激战着、厮杀着。

春回大地，万物复苏，中午阳光很好。一炷香，一杯茶，一本书，一首音乐，心却无法安静。懒懒地坐在阳台窗前凝望着。对面张学良公馆的玉兰花抽了新枝，粉嘟嘟的小蕾苞犹如一个个刚出生的小宝宝，耷拉着脑袋睁着圆乎乎的眼睛，好奇地盯着春天的世界。紫叶小李开得很艳，一朵朵小白花藏在紫色嫩叶的后头，但却不甘寂寞，倔强地、怯怯地将头和脸探出，朝向太阳，顽皮地瞅着院落中轻盈翻飞的麻雀儿。因为疫情的原因，院内游客很少，显得有点冷清。

去年春天，我在书房窗外阳台上喂食的那群长尾巴雀，已经不再来了。它们是生我的气了，因为疫情我几天都没有下楼买蒸馍了，二月二那天，我只能喂给它们不喜食的面条，惹恼它们离开了我，使我少了许多的乐趣。虽然偶尔还能听到远处几声鸣叫，但静下心细听，总是缺少了往日的欢快和愉悦。看着阳台上掰碎的蒸馍碎屑，却怎样也唤不来它们的争食，心里感到既失落又沮丧。

不知它们现在去了何处。

不知它们能不能吃饱肚子。

很怀念往日天不亮它们就来到窗前，叽叽喳喳地闹腾。很怀念往日它们互相掐架打闹的场面。很怀念它们睁着黑亮亮的小眼睛，站在阳台上瞅我的神态。很怀念它们用嫩黄色的尖嘴，敲击着窗玻璃唤我起床喂食的楚楚可怜样。

又是春天，中午，阳光下，我好像又一次看到它们矫健的身影，还有争相鸽食、打闹、淘气的样子。

希望今年二月二时，它们能来。

我的父亲

我的父亲大名叫孙兴盛。

2019 年腊月初三，是父亲八十寿诞，想着这位八十岁高龄的耄耋老人，这一生都在忙忙碌碌地为儿女们能够体面地、更好地生活而奔波劳累，直到现在也没有停止。

我有三个哥哥一个弟弟，从小村里人都说我是家里的宝贝蛋蛋，我也一直美滋滋地享受着这种特殊的待遇。记得我前年生病时，父亲来给我送杂志的三校样稿时，看见我脸色苍白，有气无力地躺在床上，他的眼睛都红了，心疼地问我为啥不给他和母亲说。我说："这有啥，就是感冒嘛，也不严重。"父亲没有征求我的意见，硬是把我从床上扶起来去他家养病，并且还破天荒地打了一次出租车。在我的印象中，父亲从来没有自己打过出租车，即便是晚上出门回家，儿女们不放心，给他叫好出租车，他也不坐。远远近近的路程，都是坐公交车来来去去的。

最近，父亲和母亲在老家收拾老房子。我大哥因骨折住进西安市红会医院，我们姊妹几个商量，怕父母年龄太大来回折腾，就一直没告诉他们。凡事没有不透风的墙，最终还是被他俩知道了。一听到儿子骨折住院需要手术的消息，他立马和母亲乘坐长途班车回到西安，急匆匆地赶往医院，来看他五十五岁的大儿子。在此期间，他们不放心医院食堂的伙食，就每天早晨在家里做好饭，装在保温桶里和母亲乘坐公共汽车送往医院，一天不落的。

我的父亲虽然没给我们姊妹五个留下巨额财富，但他却教会了我们做人的优良品德，如何孝敬老人，如何手足和睦，如何珍惜亲情，如何为人处事。这些精神财富我们将会永远铭记，然后再传承给我们的儿女。

我的老家在蓝田县玉山镇峒峪村。在那里，有他和哥哥们在20世纪80年代改革开放后辛苦劳动挣钱盖起的第一座楼房。在那里，我们一家四代二十多口人曾经共同居住过。在那里，有我们小时候打打闹闹难以割舍的浓浓亲情。90年代后，我的哥哥弟弟和我都因上学和其他原因离开老家，并且都在城里买了房子，老家那座当时被周围村民认为最阔气的楼房就再也没人居住了。十年前，父亲在老家花了一个多月时间，请来匠人，把门窗家具、锅灶风箱都修理了一遍。请来修理家具的师傅曾真切地建议父亲说，这些家具太陈旧太难看了，不值得修理，有的家具甚至连修理材料都买不到了，修理费比买几套时下最流行最新颖的都昂贵。可是父亲却坚持修理旧的，不换新的，气得修理的工人师傅说父亲是旧思想、老抠、啬皮。父亲抚摸着那些带着昔日温情的旧家具说："新家具再好，也没有家人曾经一起坐过用过的味道，这些家具里，有我的母亲、儿女、孙子一大家人的念想啊。"一句话，让师傅彻底改变了最初的想法，并且很卖力、很认真，甚至想尽办法硬是把这些比他年龄还大的家具修好了。

1995 年农历正月初八，我的奶奶永远地离开了我们。

奶奶在世的最后五六年时间是在病痛中度过的。她患高血压已经三十多年了，经常头晕但她却从来不告诉父亲，严重时就自己在村里的小诊所里开点药吃，休息一下就又忙活开了。1989 年秋天的一个下午，奶奶突然因头晕倒在老家的院子当中，从此左身瘫痪而一度不能自理。父亲在得知奶奶脑出血晕倒后急忙用架子车把她送到镇上的地段医院，医生告诉父亲要做好长期伺候的准备，这种病所带来的后遗症是个漫长的治疗过程。虽然不用住院，但是必须每天来医院打吊瓶、做针灸，如果配合按摩、锻炼，效果会更好一些。以后，在清峪河畔、许庙桥头的大场里，每天早晚都能看到父亲搀扶着满头白发的奶奶，一跛一瘸、一步一颠、一步三歇地慢慢行走着。刚开始时，奶奶也想好得快一点，还配合着父亲认真锻炼，可时间一长，奶奶见效果不佳，就像个小孩一样赖在床上不起来，任父亲咋样动员都不起作用。父亲从来不厌烦，总是好言好语地劝着，哄着扶她去外面锻炼。在一个冬天的早晨，奶奶因穿着棉袄棉裤和她感觉很笨重的棉鞋锻炼，实在支持不下来，想提前回家去，可父亲毫不留情地“逼”着她坚持下去，奶奶气急了就骂父亲，说他不孝顺，是个忤逆之子，有意虐待她，甚至还抡着手中的拐棍打父亲，惹得过路人笑个不停。 每当这时，父亲总是搀扶着站都站不稳的奶奶赔着笑脸说：“哎呀我的老娘啊，咱们每天坚持好好锻炼，等你病好了，手上有劲了，再美美地打我一顿，出出气。”说归说，骂归骂，父亲每天早晚依然坚持给奶奶按摩，搀扶着奶奶在路边锻炼，这一坚持就是四年多时间，奶奶终于能自理了，拄个拐棍在村道里或者院子中间慢慢地走动，上厕所呀，吃饭呀，也能自己照顾自己了。 天气好时还坐在大门口台阶的沙发上一边晒太阳一边和村里人聊天。 村里人见到奶奶红光满面，衣服干干净净，都说她有孝顺的儿子和孙子，身体才恢复得这么好。

一个月前，父母亲又一次在家收拾老房子，他们把整个院子全都“开膛破肚”，挖出一条条渠道，埋地下水管道，还给院子里打了一口近十米深的水井，安装洗澡卫浴设施。 这次，我们姊妹几个仍然不理解父亲：明明上次大修以后，一家人还是没回老屋住过几次。 即使村里人过事一家人回去帮忙，也只是白天在老屋里待一会儿，休息一下，晚上迟早都会开车回到各自在西安或者镇上的家里，谁也不会在老屋睡的，花那钱干啥？ 他说：“房子收拾好了，你姊妹们以后就能回来住了，一家人就又可以像以前那样，欢欢乐乐地在这里团聚。这里必定是咱们的家啊，以前不愿意住，是因为洗漱睡觉不方便，这次修好了，任何时候回来，都会让你们睡个舒服觉。”

听了父亲的话，我流泪了，既是幸福的眼泪，也是伤心的眼泪，父亲已经八十多岁了，却还在为“亲情”构建着一个幸福美满的大家庭。

1992 年，我刚从学校毕业，也挤在西安东关南街父亲租住的一间不足十平方米的房子里。那时他在陕西省情报研究所上班，任《情报杂志》编辑。每天都骑着个破旧得连小偷都不要的自行车上下班，回来后就坐在小木凳趴在床边写他的长篇小说。我每天也是天不亮就着急地赶厂里的班车去上班，晚上天黑透了才坐着厂里的班车再回到这间屋子。那段时间，我就没有看到父亲睡过觉——早晨上班走时，他趴在床边写作；晚上回来时，他还趴在床边写作。在这间蜗居里，父亲写出了八十万字的长篇小说“玉山风情”系列三部曲——《尘世》《沉浮》《清河川》。随着这几部小说的出版，我们的住房条件有所改善，搬进了蔡家巷一间比较宽阔的房子里，在靠墙的位置勉强给父亲放一张小型写字台，父亲就趴在这张写字台上完成了他的民国系列“峣柳风云”三部曲——《峣柳风云》《曙光初绽》《黎明前夜》。

艰苦的写作条件并没有影响父亲旺盛的创作热情，艰苦的条件反而激发了父亲的创作激情，相继完成了他的《山妹》和《峒川烟雾》两部散文集。

我也是一个热爱写作的人，每每想到父亲当时的写作条件，都会以他为榜样，以他为写作的动力，认认真真地、踏踏实实地写着我自己的文章。

现在，父亲不但坚持着创作，还在为扶植更多的业余作者发挥着余热。

对于家乡蓝田县的文学爱好者，父亲一直处于关怀和爱护中，看到他们犹如散兵游勇、一盘散沙式地独自作战，很是揪心。在2007年，父亲和他的一帮文朋诗友组织起蓝田县作家协会，并当选为首届作家协会主席。在此期间，他向西安市作家协会和陕西省作家协会逐年推荐本县的优秀会员，前后加入市级和省级会员有四十多人。同时，在上级领导部门的支持下，创办了全县第一本纯文学杂志——《蓝田文学》。这本杂志虽然属于县级刊物，但他却办得非常认真，不管是作品质量还是印刷质量，在当时的地、市、县级杂志中称得上佼佼者。父亲因这本杂志认识并扶持了很多很多的文学爱好者。这些人无论年龄大小，都尊称父亲为“孙老师”。这个称呼，父亲看得很重，他总是说，人家能称他一声老师，他就得做出十倍的努力，要不然，就对不住这个称呼，也是对这个称呼的亵渎。后来，父亲因年龄的原因不再担任主席，那本满含父亲心血的杂志也因这样或那样的原因在他退下来两年后停办了，为此，他惋惜难过了好长时间。

2017年，父亲用起了智能手机，看微博、微信、QQ，他发现了很多有潜力的作者，因没有发表作品的平台而苦恼，父亲便找到我，让我和他一起自费创办一份纯文学杂志——《作家摇篮》。我答应了他的要求，当即行动起来，并主动担任杂志主编，邀请全国各地的著名作家撰文示范，专门培养热爱文学创作的有志青年。三年来，这本杂志已经出版了12期，刊发了全国多地著名作家和业余作者近千篇稿子。

父亲曾担任过杂志社编辑，又给不少文学期刊担任过副主编、主编，西安出版社也曾聘请他担任过几年编辑，因此他有丰富的编辑杂志和书籍的经验。他认真审阅每一篇来自全国的作者投稿，或给作者提出意见和建议，手把手指导作者修改。有的文章经过父亲的指导和修改，最后发表在了各大报刊上。几年来，父亲培养了上百位作者，有省内的，也有省外的。一位湖南籍未曾谋面的作家，经过父亲的指导和鼓励，几年来一直坚持每天写作，今年他取得了非常显著的写作成绩，在全国的报纸和刊物上公开发表作品三十多篇。他高兴得经常在朋友圈中感谢父亲，说父亲是他写作路上的引路人，更是他人生的灯塔。

《作家摇篮》杂志的作者来自全国各地，写作水平参差不齐，个别作者的稿子质量实在太差，有的语句不通，用词结构、故事情节不合情理，在责任编辑三审三校后交我看终校稿时，还是发现了少数篇章确实达不到发表水平，气得我直接就给扔了。这时父亲总是批评我，说对业余作者不能要求太苛刻，得有耐心，得给他们辅导，得给他们鼓励。于是，他就给作者打电话，一个字一个字、一段话一段话地指导着。我有时调侃父亲说："在我的写作历程中，孙老师怎么没有这种信心指导呢？为什么对我写的文章总是横挑鼻子竖挑眼，不知您老人家的耐心都跑哪儿去了！偏心眼！"他扭着头，轻声地对我说："自己琢磨去。"

今天是父亲的八十寿诞之日，谨以此文作为父亲八十寿诞之礼物。

在父亲住院的日子里

时间如白驹过隙，原来以为，身体硬朗的父亲，应该会一直健健康康的，每年都能和我们到处去走走的，可谁知国庆节后，因为发烧住进陕西省第二人民医院。方知父亲的身体，早已经不如从前那么好了，医生告诉我们，需要做好和病魔长期战斗的准备了。

本以为秋天是清清爽爽的，可谁知今秋却这么缠缠绵绵，仿佛淘气的熊孩子用力过猛把天捅了个窟窿，一场接着一场的阴雨，下了个没完没了，天气的寒凉，父亲的虚弱，时刻在提醒着我们，季节已近深秋，父亲已经年迈。

站在住院部二楼的窗口，隔壁北楼墙上爬山虎的叶子已经泛红，看树叶从枝头飘落，枯黄的叶子随风而去，带着一丝丝的凉意，让人感叹，落叶飘零的时候到了，父母也到了需要人照顾的时候了。

红尘阡陌，原以为我已经经历了许许多多的风雨和磨难，见过了许多亲人的病痛呻吟，再看一切都可以平静似水，却还是在父亲病情突然加重的情况下措手不及，不由得生出许多的不安和彷徨。

人间有爱，医生每日多次的细心检查和护士小妹妹们无微不至的照顾，让我从刚来医院时的恐慌和害怕中，慢慢地平静下来。我们安心了，父亲也就放心了，我们平静了，父亲也就平缓了，身体状况也一天天好转了。

人间生活，固然都是美好，但也有突变的瞬间。就在我们正乐观的时候，第五天，父亲的病情骤然加重，呼吸困难，一动也不敢动，离了氧气喘得一口气都上不来，眼瞅着脸憋得黑红，嘴唇紫青。吓得我腿发软手无力，咋样都使不出劲扶他上床，幸亏有三哥和护士及时把氧气给父亲插上，十多分钟后，父亲的脸色慢慢好了，气不短了。此后护士就对父亲更加关照，看护得更加精心了。不管是给父亲打针还是量体温，她们都是爷爷长爷爷短地叫着，临走时还不忘叮咛，有事就及时喊她们，有需要找她们。看着这些穿着白大褂的孩子们，每天忙忙碌碌的在病区内来来回回小跑，让我们这些家属既心疼她们的辛苦，又离不开她们的照顾，心里是满满的难过和温暖。

日子，就如挂在墙上的日历本，一天天的变薄；关系，却如夏天的温度，一天天的变暖。陪父亲住院的日子里，感谢医生每次都用平和的声音对父亲讲解病情。感谢护士天天用孩子般天真可爱的笑容鼓励父亲，一定会很快好起来的。感谢院长几次亲临病房给父亲检查并研究治疗方案。父亲每次喘得上气不接下气的时候，只要是护士或者医生走进病房，我们就像有了主心骨般的安稳和踏实。因为诸多的温暖，我将常怀感恩之心，铭记这段时间里医生护士对父亲精心的治疗和无微不至的照顾。

一年四季流转，走过了青春的张扬，来到了生命中的秋，不管是昨天的意气风发，还是今日的人生冷暖，只有经历过才会真正体会，总会有第一根白发出现在鬓角，总会有第一道皱纹悄悄爬上眼角，总会有一丝心酸将我们推进岁月深处。时光易逝人生易老，在回首的不经意间，岁月已沧桑了容颜，青丝也变成了白发，但只要面对太阳，阴影就在你的背后。

下了一夜的雨在天亮时停了，拉开窗帘的一刹那，在阳光照进病房的那一刻，几日来所有的溃败情绪，突然一扫而空。坐在父亲病床旁边，才有时间思考以前从来没有想过的事情，才感觉人生的每一段日子里，都有他存在的意义，岁月会带走我们强壮的体魄，也留给我们成熟的韵味。所以，人是需要温暖的，让我们正确地面对人生，面对亲人的生老病痛，愿父亲和我们一起，笑对病魔，勇敢抗争，早日康复。

思念成墨

或许是时光太瘦，或许是指缝太宽，转眼间，父亲离开我们已经四十五天了。

在这段时间里，日子对于别人，都是匆匆忙忙的一闪而过，对于我却是度日如年般的煎熬。在这段时间里，我经历了人生最大的悲痛、最寒冷的岁月和对父亲最大的思念。峒峪村里冬日的时光，一片素白，在执着的光影里，映出了年末最后的斑驳，日光从树梢间射出的是不经意和不规则的图案。

站在父亲的坟头，掩埋了父亲的黄土堆上未褪色的花圈，和那随风飘动着的白色招魂幡，任西北风呼呼地刮着，任它无情地吹起单薄的孝衣，我是不觉得寒冷的，心仿佛因为父亲的逝去而冻得僵硬。

雪越来越大，天越来越冷，我的双手随着风雪的来势机械地抡动着扫帚，我要为父亲扫去回家路上的积雪。我怕雪太厚，遮盖了您回家的路，我怕路太滑，会滑倒您虚弱的身。朝坡岭头的朔风凛冽，为父亲谱写着绝响的墓志碑铭，村北野地的沟沟坎坎，为父亲铺排着白梅初放的清韵，手机里播放柳生芽词牌曲子的哀音，增加了冬日的寒意。没有了父亲身影的巷子里，那满树的瘦白枝条浸透了我对父亲无限的思念。翩翩的白雪，冰凉的祭品，寂冷的告白，承载着我对父亲最不舍的怀念。

抬头看着天空那一缕冬阳，穿透父亲亲手栽种的柏树疏枝，迷离而淡然地将清冷的枝影拉得好长好长，似在诉说父亲曾经对我的疼爱，又似父亲将我静静抱在怀里哄睡的样子。

2021 年 11 月 18 日，对于我们全家人来说是一个最最黑暗的日子。虽然经过一个月的治疗，父亲还是没有逃脱病魔的纠缠和折磨，最终与世长辞，享年八十二岁。尽管我也知道，生老病死是每个人都无法避免的宿命，然而，每当想起父亲的离去，心中总会涌起极度莫名的伤痛。父亲临走时没来得及带走他一生眷恋的一抔泥土，更没有看一眼他钟爱了一生的文字。对于父亲，我无法从所有的词库里搜集到华美绝伦的词语为他的一生作一次华而不实的装裱，我只想用两个简简单单的词语——平凡和质朴，来描述他的一生。

如今，父亲在地下，我在地上，我们只隔着一层黄土，却是两个世界。我再也听不见看不到他老人家的音容，我却没有一天不想他，不念他。

想到在他去世前的第三天，我回家给他做饭，没有在医院陪护他。当我带着饭盒推开病房大门的那一刻，我看见父亲的眼里闪着满是慈爱的目光。我给他喂饭的时候，他悄悄地告诉我，他已经盼了我一个上午了。我故意用调侃的语气问他，是不是想我了。他说：“你在，我心里踏实。”曾几何时，坚强勇敢的父亲，却变得依恋起我来了。那一刻，我突然意识到，父亲的确老了，需要我的呵护和照顾了，我的心就难过得滴血。

想到在他去世前的第二天，父亲看见我蜷着身子窝在他病床旁的椅子上迷糊，便用无力的手拍了拍床沿，让我躺在他的身边睡会儿。我侧着身子和父亲挤在一张床上，像小时候撒娇时那样把头抵在他的怀里，怕我睡不舒服，父亲就慢慢地把病体往里挪了挪，然后拧过身把我抱在怀里，一边轻轻地拍着我的后背，一边小声说：“哦哦，乖乖，快快睡来……”我强忍着泪水对父亲说：“是不是你的小棉袄最近有点淘气，成了不听话的捣蛋鬼了？”父亲没有回答我，只是拍我的手越来越慢，越来越轻了。我依偎在父亲宽大的怀抱里，竟迷迷糊糊地睡着了，直到护士来给他换点滴瓶的时候，父亲才推开我，说：“去吧，以后的路，就要自己走了。”当时，我还笑话父亲病糊涂了，说话前言不搭后语，可我哪里知道，这是父亲对我最后的叮嘱和不舍。

人常说，小儿子，大孙子，父母婆爷的命根子，可我父亲爱我胜过爱他的小儿子和大孙子。父亲曾多次对我说，我是他的千金小姐，是他的掌上明珠，也是他今生最大的骄傲。因为我和他一样，走上了文学的道路，成为中国为数不多的父女两代中国作家协会会员。我曾经以为人的一生很长，有很多很多的时间可以虚度，有很多很多的事情都可以等待，等有时间以后，等有机会以后，等有钱以后，等有耐心以后……可是一转眼，却发现父亲已经变老了，老得没有时间让我孝敬，老得没有时间让我陪伴他再一起出游。看着被病痛困扰着躺在病床上的父亲，想着他最大的心愿——能下床走一圈都成为不可能的事时，我才真真正正的意识到，原来时光并不等人，很多以前想做的事，想去的地方，早已物是人非，一切都不能重来，就像我给父亲曾经说的，等我的第三本散文集和他80万字的个人自传文集出版后，我们父女要共同组织一次作品分享会。而这种想法却因为父亲的不幸逝去成了我今生最大的遗憾。

父亲给予我的爱，从来都不是用语言表达的，他总是默默地为我做着看似微不足道的事情。2008年，我因家庭和工作原因，导致身体健康出现状况，经过多家医院西医治疗后病情有所缓解，医生建议我用中药调理。半年多的治疗已经让我烦躁异常，再每天煎熬汤药，那岂不是很麻烦，所以中药调理的建议被我当即拒绝了。父亲看着消瘦的我，心疼得摸着我的头说："闺女，没事，有爸呢。"从那天后，父亲每天上午九点按时把熬制好的中药装在保温瓶中，坐五站路的公交车送到我家，看着我喝下去后，再拿着药瓶坐车回去，三个月里风雨无阻，直到我的身体康复。 父爱可以没有声音，却有印在我心里久久不会退去的感觉。

2021 年最后一夜，寒栖于枝，霜落阶前，白白的月光洒满庭院，屋后椿树的落叶兀自飘落，夜色悄无声息，峒峪村老家的大门虚掩着，却再无父亲那熟悉的身影进出了，我再也看不到最疼爱我的那个人了……

父亲的生日

我的父亲孙兴盛，生于1940年1月11日，逝于2021年11月18日，享年八十有二。

在我的印象中，穷苦了大半辈子的父亲很少过生日，至少在我们姊妹五个未成年前没有过过生日。用父亲的话说，他从小就没有过生日的习惯。在那个年代出生的农村人，大集体的生产劳动任务繁重，即使分田到户后，物质仍然极其匮乏，省吃俭用是父母最大的美德，养儿育女是父母最大的责任。

父亲一生勤劳能干，在困难年月里，不但要赡养父母，照顾比他小二十二岁的弟弟，还要养育我们姊妹五人，的确是生活的苦涩有三分，父亲却吃了十二分。尽管如此，父亲对生活的态度总是乐观积极的。

今年，父亲生日这天，我的心被撕裂得很疼很疼。因为父亲在五十五天前去世了，作为儿女，我们再也不能像往年那样，兄弟姊妹们欢聚在父母七十多平方米的房子里，一大家人开开心心地尽情说笑，尽情打闹，给父亲唱生日歌，陪父亲吃饭聊天了。

父亲每年生日，都会提前给我们打电话，让我们不要来了。他怕他的儿女孙子们从各地开车或坐车过来，太辛苦太麻烦了。父亲，在这个特殊的日子里，您总是用宽厚仁慈的胸怀，无微不至地呵护着我们。

去年，2021 年父亲生日的前两天，也是新冠疫情防控的关键时刻，作为我们家庭群的群主，父亲在群里告诉大家：

> 今年疫情蔓延，情况有点紧张，空气中笼罩着新冠病毒，望各位坚守岗位，不远离，不外出。特别是我的生日即将来临，大家不要来我这里，不聚会，就是防疫抗疫的好办法。

那年父亲的生日，我们只能在微信群里给他说些祝福的话，祝愿他身体健康，生日快乐。

前年，也就是 2020 年父亲生日那天，父亲为了阻止我们，在家庭微信群里，提前两天就发了信息，骗我们说他和我妈两人出去旅游了。我们姊妹们信以为真，也就商量着等过年的时候给父亲补上就是了。可偏偏就是这个善意的谎言，被父亲自己给戳破了。那天，父亲为了《作家摇篮》杂志能提前出版，亲自坐在电脑前排版。一位签约作者的一篇文章需要我修改后的文件，父亲忘了自己说过的谎话，很自然地打电话给我，催我把文件赶快给他发过去。我当时没在家，手机里没有储存新的文件，顺嘴说了句："急啥啊，等过两天再发也不迟。"父亲也是真着急了，说他正在排版，急着用呢。当时我还没反应过来，坐在副驾驶位置的女儿问我："姥爷不是说他们出去旅游了吗，咋还能排版呢？"这句话提醒了我，立刻给父亲用微信视频通话，才知道他把我们所有人都哄了，他根本就没有出去旅游，只是不愿意因为他的生日打扰我们。

父亲那些如约而至的生日，像一把凌厉的风刀，刀刀都刻在了他的额头。沧海桑田，那岁月的年轮，在不经意间，已带走了父亲曾经的年轻岁月。父亲老了，老得越来越爱他的儿女孙子们了，越来越爱热闹了。2019 年父亲生日那天，我们全家二十多人，没有像往年那样挤在父母家里吃饭，为了能找到一张围坐在一起的大桌子，侄女渭荔早早就在网上预订了酒店。等到父亲生日这天，一家人拥簇着雄赳赳气昂昂的父亲浩浩荡荡地去了。那天，父亲特别高兴，享受着儿孙满堂承欢膝下的天伦之乐。

自从父亲离开以后，很多时候，我都陷入了深深的回忆之中。想他为了他爱了一辈子的文学所付出的辛苦和努力，想他为了扶植文学新人，在 2018 年生日那天，还特意举行了《作家摇篮》杂志第二届年会暨颁奖典礼。

父亲这年正好八十周岁，我们姊妹们老早就商量着准备给他老人家过大寿的。记得在一个周末，父亲难得地要求我们都到他家里去，说有话要说。我住得离父亲最近，平日里也去的最多，我们父女俩在一起，总有说不完的话题，总有讨论不完的文学作品。 这天，我去得最早，陪父母买菜做饭，中间我曾几次问父亲叫我们来有啥大事，父亲却一个字都不肯透露。 无奈我就调侃父亲，说他是一个真正的地下党，保密工作做得非常到位。 吃完饭，父亲郑重其事的亲自给我们每人倒了杯茶，然后很认真地说道："你们五个儿女，都是好孩子，对我和你妈都很孝顺，这辈子我们知足了。 我知道你们正在准备给我过八十大寿，我还是那句话，不过。"大哥立刻站了起来，刚想说话的时候，父亲拍了拍他的肩膀，示意他坐下，"但是今年的生日，我要用另一种方式来庆祝，把你们给我过生日的钱，用来给《作家摇篮》杂志的获奖作者颁奖，然后再请参会的文友们吃个便饭，借这个机会，大家既可以相互交流，又可以鼓励他们继续创作，写出更优秀的作品来。 你们说，这样的八十岁生日，是不是更开心，更有意义呢？"

那天，参加颁奖典礼的文友有二百多人。 席间，父亲那饱经沧桑的面孔，在酒精的烘托下，如跳动的火焰一般，特别明亮光泽，面孔也变得年轻了许多。 父亲在这一刻，是笑得特别开心灿烂的，似孩童一般，像花儿一样。 这天，我特意敬了父亲一杯红酒，这甜蜜的镜头，那美好的瞬间，永远定格在我的脑海里，成为我永恒的记忆！

今天，2022 年 1 月 11 日，是父亲 83 岁的生日。 因为疫情，您的两个儿子和孙子孙女们都被隔离在西安，不能来您的坟前给您磕头拜寿了，就由大哥带着我和三哥，给您献上您生前爱吃的水晶饼和蛋糕，还有母亲给您擀的长寿面。

父亲虽然离开了我们，但我们永远都记着他，想着他，思念着他。

重　生

城墙下的初夏，温柔得像一首诗。

石榴花零星地绽放枝头，各式玫瑰花雍容华贵地张开一张张笑脸，蔷薇花藤条戴金钗摇曳多姿……它们尽情绽放，在清风中摇曳成一片旖旎。一群鸟儿，用纤细灵巧的爪子，握紧了花藤，来来回回地荡着秋千，叽叽喳喳欢喜得很。

在午后安静的时光里，我总是会翻阅记忆，想起曾经的一些往事，在心里最柔软的深处，穿过悠长的顺城小巷，迎着满城的烟火气息，回首在四季轮回的画面里。半城阳光，满城花香。漫步在温暖宜人的阳光下，任谁都不会无动于衷、不去思念逝去的亲人，想着他从此不能再享受这般的美好，心里便不由地感伤，哀叹生命易逝的悲凉。

最能治愈人心的，便是世间的花花草草；将心放任于田野之间，所有的不良情绪用花草释怀。每当我心意不舒的时候，就喜欢出去走走，把自己置身于满目的绿意葱茏中，任由这一份清爽，洗去内心的烦闷与不安。在备受煎熬的时候，就抬头看一看开花的树，或低头看一看嫩绿的草。

天高，云淡，湛蓝湛蓝的，极清透。经过一夜雨水的沁透，草越发娇嫩。那绿生生的蒲公英，有的顶着金黄的亮花儿，有的戴着毛茸茸的白绣球，在暖阳里徜徉着。还有那垂柳条儿，随风飘舞，似烟似雾，如梦如幻，美得直叫人挪不开眼。

牵着母亲的手，陪她在青砖环抱的古城墙公园里散步，看天地间恣意生长葳蕤的绿意，浩浩荡荡地铺满初夏的护城河岸。母亲总是闷闷不乐，机械地和我并排走着。我变着法儿的，想哄母亲开心，夸张地指着绿色绒毯般的护城河河面上那几只在水中凫游的野鸭，它们时而一头扎进水里，时而在水面上打滚，时而又露出灰色小头，左右摇摆着，抖落羽毛上的水，既可爱又滑稽。我故意大声地笑着，母亲为了回应我，只是象征性地做了个微笑的表情，继续踽踽前行。

“歇会儿吧，满园的石榴花多香啊！”我拉过母亲，让她坐在公园小径旁的木椅上。小道旁栽满了石榴树，隔两三步就有一棵，一溜儿整齐地排列着，枝叶们摩肩接踵，分不清哪一枝是哪一棵的，满树的花儿暗香浮动着。“你爸生前最爱吃石榴了。他经常说，石榴多子多福，象征着一家团团圆圆。”母亲自言自语地小声说着，眼里噙满了泪水。我假装没听见，不去接母亲说的话。

“妈妈，你快来，快来。”一声稚嫩的女孩童声，从我们身后飘了过来。

“怎么了？摔了吗？”一位秀发披肩、面颊白皙清爽、戴着眼镜的女士，推着一辆粉红的滑板车，急急地跑来。看着蹲在草地里的小孩，关切地问。

“妈妈，这风很是恼人。原本绒乎乎圆嘟嘟的蒲公英，被风一下子吹跑了，好可怜呀，离开妈妈，它会死的……”女孩说着说着就哭了。

看着女孩伤心的样子，妈妈一边把女儿牵起来，抱着她坐在我母亲身旁的椅子上，一边指着满地盛开的蒲公英说：“傻孩子，蒲公英就是这样，借助风力把种子传向四面八方。每一颗种子离开母亲以后，都会挑一个中意的角落生根发芽。要不了多久，又会长出一颗又一颗的蒲公英来。它们看似凋零，其实是在酝酿着新的生命呢。”

“原来它们不是死了，是重生了。”女孩撒娇地转过头，搂着妈妈的脖子，在她脸上亲了一口，然后伸开双臂大声喊着：“我要把夏天抱在怀里，让生命在初夏里重生……”话音刚落，就从妈妈怀里跳下来，踩着滑板车，一溜风地滑远了。

“不是死了，是重新生了。你爸，他不是死了，他是重生了……他重生了……”母亲激动地颤着声音对我说，“他重生了……他重生了……”望着那母女俩远去的背影，母亲脸上露出了很久以来未曾有过的笑容。

草地里，那一颗颗小小的蒲公英，像一个个舞者，一边旋转，一边飞向遥远、美好的远方，飞向湛蓝的天空，像一个坚持不懈地追逐梦想的人那般执着。

把夏天抱在怀里，以水为墨，以日为笺，一笔一画，涂上自己喜欢的颜色，静观季节的花开花落，笑看生命的向死而生。当你理解了人世间的千种沧桑、万种无常，就会明白生老病死只是寻常，人生没有永远，只有生命的轮回罢了。只要学会释怀，放下执念，顺其自然，内心就会安宁，并与岁月共从容。

云中锦

转眼，又是父亲节了，我思念父亲的心情愈发沉重。

轻轻闭上双眼，父亲的音容笑貌总是浮现在眼前，当我想牵他的手时，却又觉得那么的遥远。

静静伫立窗前，倚着书桌，带着一颗感恩的心，聆听着花开的声音，回忆着昨晚的梦境看着窗外阳台上开得正盛的太阳花和栀子花，闻着淡淡的清香，心情渐渐归于平静。

“亚玲，亚玲，快起来，快起来，抽屉有药，你去拿啊……”迷迷糊糊之中，父亲站在床前，用他粗大有力的双手，使劲地拉着我，拽我起来。

心脏疼得如刀绞，止不住大口喘气，我想爬起来却没有一丝丝力气，双手只是胡乱地在胸口拨拉着。“快起来啊，亚玲，救心丸在你书桌的第一个抽屉里，快去吃啊……吃啊……”

我想睁开眼拉亮灯，却咋样都醒不来，迷迷糊糊之中，我能感觉到父亲焦急地喊着我，叫着我，拽我起来。看着我昏睡在床，父亲急得哭了，拍着我的脸，使着全身的劲扶我起来吃药。

“爸，我心脏疼，起不来，您给我拿吧。”

“爸已经不在了，给你拿不了了，你快起来，拿去……”

“爸，自从您不在后，我想您，想得我难过死了。我叫您，您听到了吗？我知道人总是要去世的，但我怎么也接受不了您去世的打击。”

“先不要说了，快起来吃药。”

“好吧，我吃药，吃药。”

“好女儿，不要难过，爸爸可看着你们呢，你们幸福了，爸爸在天堂才能安心，你们健康快乐了，爸爸才能放心，才能快乐，你说是不是？”

“话是这么说，但是自从您离开我们后，我每天都在想您，找您，您在那边的事办完了吗？啥时候回来呢？”

“爸爸的爸爸妈妈年龄大了，他们也需要儿子的照顾，我得照顾他们。你们现在都长成大人了，有了自己的事业，爸爸看着你们每个人都好好的，爸爸就放心了。”父亲摸我脸的手，慢慢地移走了，“好女儿，爸爸走了，坚强一点，再哭，爸爸会心疼，更会难过的……”

“爸爸……爸爸……我会好好的，不再哭，您也不要走……”

天快亮时，我醒了，发现自己横着窝在床边，我不清楚是自己睡醒的，还是被父亲叫醒的。躺在床上，心脏还隐隐在疼，想着梦中父亲和我说的话，看着床上零乱散落着一些乳黄色的速效救心丸，我的眼泪又一次湿了床单。我知道，是父亲在冥冥之中护佑着我的生命，让我在无意识中吃了救命的药。

夏日清晨的窗外，一抹细碎的霞光飘浮在半空，阳光一点点将天边照亮。我仍然陷入沉沉的梦境中，反反复复回忆着，回忆是陈旧的忧伤。想念的泪，思念的痛，循环在午夜梦回里，总是忘不了父亲那慈祥的眼神。

父亲离开我们已经七个月了，在这七个月里，有多少次他在我梦里慈祥如昔，有多少次抬头望天想看到他的笑颜，有多少次他突然出现在我的脑海，让我泪如泉涌。从他离世之初我一想起就哭，到今天为了控制思念努力不去想，每次我都要深深地吸一口气，强迫自己去做事，否则，不管时间和地点，我的眼泪随时都会涌出眼眶。从小到大，他给予了我最多的爱，只要一想起他，那些随着岁月远去的情景就一幕幕的浮现出来。

父亲是我人生路上的灯盏，照亮着我前行的路。在我迷茫的时候，在我失落的时候，在我彷徨的时候，在我忧伤的时候，总会不自觉地想起父亲，是他曾经的鼓励，曾经的安慰，曾经的训导，在我不明事理心存执念的时候，他指引我，开导我，陪着我前行。记得有一次，因一位朋友借钱久久不还而发生争吵，气得我几天都吃不下饭。父亲知道后，和母亲坐公交来到我家，说好长时间都没在我家吃饭了，让母亲给我们擀面吃。擀面，是母亲的拿手绝活，一家人都爱吃。母亲把两碗细长细长的臊子面端上桌，放在我和父亲的面前，我看都没看，说是没胃口。父亲故意把面条挑得高高地吸溜着，边吃边说："香，你妈擀的面就是香，不信，你尝一下。"看着满头白发的父母亲，为了让我吃饭而所做的这一切，我含着泪吃着面。父亲掏出手绢，给我擦着眼泪说："娃啊，在这个世界上，钱财乃是身外之物，有很多很多的东西，都会随着时间流逝的，留不住的财、东西，你就把它放下，释然了就轻松了。健健康康地，看流年烟火，品静好人生，才是真正的好生活。"

我的父亲虽然是极普通的一个人，但他对我们的爱却比山海还深。父亲年轻时为了养儿育女，孝敬父母，生活得极其艰难，吃了多于常人十倍的苦。到老年时，他乐观开朗，为了扶持众多的文学爱好者，不但亲自为文学新人讲解词语的用法，还一段一句地帮助修改，有的两遍三遍，有的四遍五遍，直到他和作者以及读者都认为满意为止。为他人做嫁衣的事，父亲做了几十年，在他去世后，不管是他曾经指导过的文学新人，还是和他年龄相仿的朋友，不远千里从全国各地来到峒峪村家里，在灵前悼念他，哭他，上一炷香，磕三个头。挽联挽幛挂满街巷，深情的文字结满一本厚厚的怀念专集。

又是一个思念父亲的日子。原来时间并不能抹去一切伤痛，还会给心头蚀出一道道泪痕。故去的父亲呀，这辈子，做您的女儿没有做够，如果真有来世的话，我还想做您的女儿。这辈子，我们父女无话不谈，五十年的父女做成了知己朋友。这辈子，在您的指导下，我在文学道路上取得了一些小小的成绩，也曾经使您高兴过，骄傲过。这辈子，人间的这段路，您终究是弃我远走，天人永隔，我只能时常带着水果点心，去村北朝坡的坟茔，祭奠您。这辈子，我无以为报，六道轮回，相信下辈子我们父女还会再相遇，让您在女儿的照顾下健健康康、快快乐乐地颐养天年。

转眼，又是父亲节了，我思念父亲的心情愈发沉重。我希望父亲在另外一个世界里，在平淡的日子里，与清风为伴，与阳光同行，在宁静与淡然之中，在清茶的香韵里，手握钢笔，静坐桌前，读书，著文。

我与海天共长情

去三亚看海，是父亲生前的心愿。

记得有次在家吃饭，年逾八旬的父亲无意中说：“这辈子把山钻美了，如果再去趟三亚，把海看美，这辈子就美咋咧。”

话音刚落，我就在心里盘算着，等到过年，就陪着父母，一起去三亚看海。

可谁知，一向身体硬朗的父亲，却没有等到过年，在那年的十一月，突然就仙逝了。父亲的离世，让陪他看海的心愿成了我余生最大的遗憾。

逝者如斯，活着的人还要继续。在金秋九月，我悄悄地把父亲的照片装进背包，带着母亲，往三亚去了。

飞机在空中快速飞行，我的心情却变得越发沉重。窗外白云变换着姿态，那如猫似狗的掬态引不起我的兴趣。

身旁的母亲安静地闭目睡觉。我紧紧地抱着随身的包包，一刻也不曾松手。

眼泪，顺着脸颊流淌。

我不敢出声，也不敢擦拭，生怕惊醒了浅睡的母亲。

出了机场，接机的师傅已经等在出站口。 我搀着母亲，上了小车，往三亚海棠湾而去。

流年陌上，季节更替，然而三亚还是一如往日的花团锦绣、绿意盎然。 四季在这里，只剩下了夏季。

三亚，古称崖州，因三亚河由三亚东西二河至此汇合，成“丫”字形，故取名“三亚”。 这里三面环山，属于热带海滨城市，又被称为“东方夏威夷”。

三亚被称作鹿城，与一个凄美的爱情故事有关。 传说古时一位黎族青年猎手，从海南岛腹地的五指山追赶一只坡鹿到三亚海滨时，横挡在坡鹿面前的是山巅悬崖、茫茫大海，就在无路可走的坡鹿流着泪回头一望的那一瞬间，猎人见它楚楚可怜的样子顿生恻隐之心，于是便放下弓箭，决定不再射杀于它。 可青年猎人不知道的是，这只坡鹿正是玉帝派来点化他的神鹿。 神鹿见猎人心存善念，于是便化身成为一位美丽的女子，与他共度余生。因此，三亚也被称作鹿城。 在坡鹿回头的地方，立有一尊鹿回头的雕塑，今天已经成为三亚的一个重要旅游景点。

当载我们的车子停在落客区，年轻帅气的小伙子，立刻帮着打开车门，取下行李，指导我们在前台办理入住，然后又把我们送进房间，并叮咛如果有任何需要，可随时打电话呼叫。

我们入住的房间，最特别的是有个硕大的阳台，阳台上有张大床，床旁有张布艺沙发和仿古茶几。客人既可以在这里午休，甚至睡上一宿，还可以在这里吹海风喝咖啡，眺望不远处的大海，观海听涛，放飞思绪，静享美好。

我和母亲简单地洗漱后，换上沙滩服，抹上防晒霜，就往酒店后面的海边去了。

酒店是园林式五星级酒店，环境优雅，绿荫婆娑。通过游泳池、浮潜航道、水景酒吧，沿着芳草小径，绕着S形的鹅卵石幽道，就到了位于酒店内的海边。

长达千米的洁白沙滩旁边，一排排高大耸翠的椰树擎着巨型绿伞给海滩遮阳。辽阔的海面晶莹如镜，只见白沙融融，阳光、碧水、沙滩、绿树构成了一幅美丽的热带风光画。

给母亲拣了个最靠近树荫的躺椅，扶着她坐下。我从肩上卸下背包，轻轻地竖起来放在和母亲并排着的另一个躺椅上。

面对大海，我无法阻止海水向我涌来，涌进我的眼睛，也无法阻止海水离我而去，从我的眼角滴走。

母亲几次叫我把包拿起来坐下，我只是回应着：“站得高看得远，我想要看大海的那一头。”

戴上墨镜，强忍着泪水，不让它淌下。

操劳了一生的父亲，终究是没有看到三亚的大海。

父亲为了我们姊妹五人能够有饭吃、有学上，常年钻进大山里，任凭夏天蚊虫叮咬冬天积雪过膝，忍耐着饥饿挖草药割藤条，肩椽贩檩，换粮卖布。记得有一年临近春节，父亲出门了，一个星期都没有回家，母亲焦急得每天都往村口望着，希望父亲的身影能够突然出现在眼前。在雪花飘落的除夕深夜，披着一身白雪的父亲终于颤颤巍巍地背着一袋子面粉迈进家门。他按着惊慌的母亲的双肩，坐在炕沿悄声地说："在山里病了、发烧，耽搁了换粮，这袋面粉是从宝来哥家借的，赶天明给娃们包顿饺子，过个年。"母亲低声抽泣的声音似锥子戳着我们的心，我能听到，大哥使劲压抑着呼哧呼哧的哭声，静静地躺在炕上装睡。

时光浅浅，转瞬即逝，回忆深深，伤感万千。不知是流年勾起了回忆，还是回忆沧桑了流年，在回忆的岁月里，都是回不去的曾经。曾经忙于工作，总想着等忙过这阵，就陪着父母看海，可这一等，就是一世，就是终生遗憾。

此刻，想着我这跌跌撞撞的五十多年，一路走来，行囊里装满了人生的酸甜苦辣，装满了日子里的忙忙碌碌。看着满头白发的母亲和住在相框里的父亲，便决定把往后余生看淡。家人健康，自己健康，常回家看看，多陪陪母亲，才是最重要的。

天空晴朗而湛蓝，仿佛是一幅无边的画卷。白云如羽毛般轻盈，飘浮在天空之中，随风而舞。眼前三亚的海，如一位优雅的女子，轻盈地跳着芭蕾，乘着轻逸的海浪，向着我和母亲，款款而来。

温软的海风轻拂着长发，我着一袭蓝裙，牵着赤脚黑裙的母亲在海水中缓缓前行。母亲这时似孩童般开心，展开双臂，仰头看着天际，落日的余晖照在她的脸上，使得她的笑容更加灿烂，如同一位婀娜多姿的舞者。

在三亚这个夏日的黄昏，我陪着母亲，淡看时光来往，静观潮起潮落，远眺云卷云舒，尽享凉爽海风，陪着母亲面朝大海，享受岁月静好，过着我与海天共长情的生活，便是人间最美好的日子了。

母亲的生日

今天是正月十六，是因疫情而居家隔离的第十八天。

今天是我母亲七十九岁生日。往年的今天，我们这个三十口人四世同堂的大家庭总以给母亲庆祝生日的名义聚在一起。

今年父亲在微信群里下了死命令，都好好待在自家，不要走动，儿女们安全了，他们俩也就安心了。想着父母都是近八十岁高龄的老人，因这场疫情而不能和儿女团聚，我们心里都感觉恓惶难受。大疫当前，得以大局为重，遥祝母亲生日快乐，身体健康！

我的母亲是一个平凡得不能再平凡的农村妇女。1980 年代前，她一直生活在农村，每天面朝黄土背朝天，把日头从东头背到西头，在土地里刨食养活我们姊妹五人和年迈多病的爷爷奶奶。在少吃缺穿的年代里，她经年累月勤勤恳恳地维持着一家人的生活。为了养活家人，父亲总是在深夜偷偷地弯笼鏊，再用架子车拉到高陵、三原换回粮食。 父亲因而被村里人多次举报，被当作投机倒把分子到公社去学习反省，一去就是半个月。 在这半个月里，母亲接过父亲的架子车，趁夜黑一个人偷偷地拉着几百斤重的架子车，去一百公里外的高陵、三原，除了拿笼蓥换粮以外，还把土布背到大荔、合阳一带换成棉花背回来再换成粮食。 她做这些，都是为了家人不被饿死。就这样来来回回，母亲用她瘦弱的肩膀扛着这个家，用双脚丈量着上千公里的路。 这条路是我们全家人的生活之路、生命之路。 她走得极为艰难却又毫无怨言。

我的爷爷奶奶都因脑出血后遗症瘫痪在床多年。 那时我太小，对于爷爷的病情知道得不多。 在我的印象中只有一个画面，爷爷穿着一件黑色的旧棉袄，腰里系一根粗布腰带，戴着一顶灰色的帽子，用生病的右胳膊挎着竹笼，笼里盛着半笼野菜，左手拄着拐棍从田野一瘸一跛地回来，一里路他走了将近两个小时。 等天黑到家时已经累得满身是汗。 母亲接过竹笼埋怨他不该乱跑，让家里人着急，爷爷小声地说，孩子们饿得可怜，他去找点野菜煮到锅里，饭就能稠一点。 那天，我看见母亲哭了，她把爷爷扶到炕上说："以后出去，让老三搀着，小心摔倒了。"

我奶奶在床上躺了八年，前头几年生活完全不能自理，每天院子里到处都晒着尿垫子。 奶奶卧床的那些年，身上从未生过褥疮，衣服干干净净，面容红润，直到去世。 村里人提起母亲都会说是个好儿媳妇。 因了她的言传身教，我的几个嫂子和弟媳也对我的父母特别孝顺，婆媳、妯娌、姑嫂在我们家未曾发生过矛盾，这些都是母亲的宽厚慈祥所教化的结果。

80 年代中期，我们家人都到渭南做生意，母亲每次回老家来都大包小包地背好几个，装的都是她从渭南城里买的点心和水果。那时我在老家上学，奶奶给我做饭，母亲每次拿回来好吃的，除给我们尝鲜外，她还会给村里的老人和孩子们挨家送去。她在村里的名声特别好，只要提起她，没有人不称赞的。现在，她是我们村里，更是我们队里年龄较大的老人了，可是只要回家，她还会把点心水果给邻居家送去，尽管现在谁家都不缺，她却还高高兴兴地送着，几十年如一日。

去年十月，父母在村里拾掇老屋，我大哥因意外摔伤住进医院，本来不告诉他们，怎奈网络太强大，他们还是从家庭微信群里知道了，第二天坐大巴从老家赶往西安，到医院看他五十五岁的大儿子。在大哥住院的半个月里，父母每天在家做好饭菜送到医院。有天下雨，父母仍是按时把饭送到，大哥担心母亲下雨天滑倒，不让她送。她一边给大哥递饭一边说：“医院的饭不好吃，怕你吃不好，身体恢复得慢。”这就是我的母亲，她儿子都有了孙子，她还总是为他操心，怪不得人说，八十岁的孩子在母亲面前仍然是个孩子。

疫情还在继续，大哥在微信群里说，我通过蓝田县人大捐赠给三里镇政府的第一批物资二十箱蔬菜、二百瓶有机酸奶的捐赠证书，他在镇政府官网看到了；第二批慰问品二十五箱苹果已送到镇政府和村里在一线抗疫的工作人员手里；第三批两千双医用手套，也从加拿大发往中国，这几天就会送到蓝田县医院。这些算是我为抗疫工作做的一点点贡献吧。母亲在我们家庭群里看到这个消息，高兴地说这是她今天收到的最好的生日礼物，尽管没有蛋糕，没有儿女的陪伴，但她很快乐，很开心。国难当前，她为能有这样的儿女感到骄傲，希望儿女孙子们在以后的人生路上，勤勤恳恳做事，堂堂正正做人。

陈忠实和葱花油饼

1985 年年初的一天，在老家峒峪村，父亲一手端着筛子喂牛，一手拿着报纸，认真地看着，渭南同州餐厅一则招聘消息引起了他极大的兴趣。

不久，父亲卖了家里正产奶的奶牛，带着母亲、两个哥哥和大嫂，来到渭南，做起了饮食生意，主要卖母亲的拿手绝活——葱花油饼。

我家的葱花油饼，用的都是真材实料，上等的面粉、纯正的压榨菜籽油、新鲜的小香葱，再用木炭文火上下两面同时烙、烤、煎、烘、炸，形成了独特的风味，很快创出了品牌，曾名噪一时。 美食是最具诱惑力的，我家的葱花油饼吸引了许多文化名人前来品尝，渭南作家李康美就是其中之一：他基本上每天早晨都来吃，时常夸赞我家葱花油饼的美味。 渭南蓝田小吃部的葱花油饼，搅动了许多人的味蕾，成了不少家庭餐桌上必有的美食。

记得一天中午，父亲用一辆吉普车接来了著名作家陈忠实先生。因为文学，陈叔和我父亲早就成了好朋友。那天，母亲亲自动手，为陈叔烙了葱花油饼。“家有余粮，热饼不敢尝。”母亲刚烙的葱花油饼，中间十字形切开的黄亮中透出一丝微红，无数个油泡正在饼子的表面“扑轰扑轰”地闪动着，一股诱人的香气立即充满了院子。还没走进父亲宿办合一的小房子，陈叔就急忙撩开竹门帘，拿了一块咥起来，边吃边说：“嘹咋咧，老嫂子的手艺嘹咋咧……”一块葱花油饼，让陈叔卸掉了大文人、名人的帽子，狼吞虎咽，一连吃了三块后，两手一拍，对父母笑着说：“这么好吃的东西！回去时，给你弟妹再带几个，让她也尝尝。”从此，陈忠实叔叔吃葱花油饼上了瘾，经常向我母亲讨着吃、要着吃。只要提起我家的小吃部，他就会赞不绝口地夸奖个没完。

1994 年，我在作协院内文印室工作，正好和陈叔的办公室面对面，所以来往就比以前更密切了。只要陈叔上班，我都能见到他。他也经常来我的文印室，打印他写的稿子。他把我不当外人，简直就像自己的闺女那样疼爱。记得有一天，他来文印室说：“女子，回去给你妈说，明天给叔烙上几个葱花油饼，我想去你屋咥饭哩。”

母亲听说陈叔要来吃她烙的葱花油饼，当天晚上就泡好酵头；第二天早晨起来发好面，在城墙根早市买回沾着露水的小香葱，把根须和老叶摘掉，只留下葱白和嫩叶切碎，另外在食盐里搅上她特制的以小茴香、花椒出头的五香粉备用。

十点左右，陈叔果然来了。刚一进门，他就冲父亲说道："兴盛哥，我又馋老嫂子的葱花油饼了。咱俩好了几十年，我也咥了你家几十年的油饼子，就连我的《四妹子》和《蓝袍先生》，都是因为吃你家的葱花油饼才写出来的。"两人站在厨房门口说着、笑着。看母亲双手抹上菜油、伸进面盆、挖出一块发好的面团，在案板上来来回回使劲地揉着，陈叔笑着和母亲开玩笑说："老嫂子，你烙的葱花油饼好吃筋道，是不是像我兴盛哥常说的'打到的媳妇揉到的面'啊。"母亲点点头说："不但面要揉到，还得软和，要软得刚能捞到手，更重要的是酵头发面，碱面也要放合适了。"她把揉好的面团滚成一个一个圆形的底子，四周刷上菜油后并排摆在案板上，用盆盖着醒二十分钟后，再用小擀杖一边旋转一边擀成长方形的面片，先抹一层用大油、面粉、菜油搅拌而成的调和油，再撒上五香椒盐，把提前切好的小葱沫均匀地铺上一层，便从右边开始一边拽一边卷，拽得越薄卷的层层越多，烙出来的油饼就越酥。母亲手里的面团像变戏法一样，越滚越大，最终滚成一个碗口般大的圆球，再用两手掌压扁，随即拿起擀杖在案板上咚咚地敲两下后，才擀出一指厚的圆面饼，双手一提，放进鏊锅的滚油中，只听"吱噜"一声，菜油的香气便填满了整个厨房。

父亲拉过馋得直流口水的陈叔，到客厅谝闲传去了。厨房里，母亲把木质铲子伸进饼子底下，"嗖"地翻了个身。但见葱花油饼上用右手四指划出来的沟渠里，油花花正在热热闹闹地泛着，沟渠以外被热锅烙了的部分呈现出黄中带红、红中带紫的焦糖色。陈叔闻到了香味，立刻钻到厨房。母亲已从鏊锅里取出烙得外酥内软的葱花油饼，在案板上“咵咵”地剁了两刀，一个油饼变成四块，陈叔毫不客气地拿起一块葱花油饼就吃起来，边吃边说：“老嫂子，这葱花油饼的味道还没变，跟在渭南时一模一样，香！”母亲说：“香，你就常来吃。”

葱花油饼，连接着陈叔和我父亲几十年的友情。在他去世的这几年时间里，只要母亲再烙葱花油饼，父亲都会念叨着陈忠实叔叔，思念着他逝去的老朋友。

坐在电脑前，当手指在键盘上敲出“葱花油饼”几个字时，陈忠实叔叔那熟悉的面容又一次浮现在眼前：敦厚朴实的脸庞、沟壑交错的皱纹，黑亮亮的眼睛，和我父亲面对面而坐，两位满头白发的老朋友在餐桌前聊着文学，吃着母亲刚烙出锅的葱花油饼。

两代人的书博会

二十一年前，西安曾经举行过一次全国图书博览会。二十一年后，西安又一次迎来这个盛会。提前几天，西安的大街小巷都贴出了宣传海报，天气热，书博会的消息更热。

上次书博会是1998年，我花了将近三个月的工资买书，被家人狠狠地训了几天，说是咋娶了个不会过日子的败家媳妇，钱不往正处用，净买些不能当饭吃的东西。其实，近几年我书买得更多，不过是网购罢了。我的房间、客厅，包括卫生间里都摆的有书。这次的第29届全国图书博览会，我和父亲早就准备去转转。

7月27日一大早出发，准备观看九点钟的开幕式盛况。在地铁上，父亲发来微信：我去书博会了。我回复：我也去了，在地铁上。他又回复：我也在地铁上，听说门口还有五十元的电子优惠券，别忘了领。我说：知道了，老人家，你咋所有的便宜都爱占哦！还给父亲发了个坏笑的表情包。父亲说：你个瓜瓜，这不是占便宜，是国家税收取之于民，用之于民，给读者的优惠政策，是可以多买两本书的。

会展中心地铁站下的人特别多，都是奔书博会去的。

我顶着大太阳到了 A 馆门口，却被保安挡在了门外，说是没有工作证不能进入——起了个大早，却吃了闭门羹。心里不免生出抱怨，在门口碰到了杨贤博，他也被拦在门外，我心里立刻就有了平衡感，连侯爷都没进去，我进不去也就正常了。

索性先去 B 馆。父亲这时又发来微信：我在 A 馆大门外边，被挡住了。我立刻回复他：老人家，你来迟了，一会儿给你发视频看，先去 B 馆转转吧。

我站在 B 馆门口等着八十岁高龄的父亲，看他手里提着路边发的手提袋，着急忙慌满头大汗地向 B 馆走来，我一下子又心疼了，埋怨自己不该诓老父亲，但还是想逗一下他。听说和老年人斗嘴，可以预防阿尔茨海默病。我故意踅到他身后，拍了一下他的肩膀说："老爸，害怕你找不见，我专门出来陪你。""陪我干啥，还等你给我发开幕式视频看呢！"我和父亲进了 B 区展览馆。

展览馆里真的凉快，空调开得很足，我们一个展区一个展区向前看。我对少数民族出版社的书感兴趣，他则对古典文学情有独钟。每到一处，他都得认真地检阅一遍，翻开这个看看，又翻开那个看看，每一本他都喜欢。我让他买，他说："钢要用在刀刃上，你妈给的钱有数，要买就买最好的。”我说：“没事，回去我帮你哄她。”他说：“那行，你可不能当叛徒。”

我和父亲把三个馆都转了一圈，知道了每个展区都有哪些书，等都看好了，再下手购买。我心里惦记着A馆，因为那里有陕西省作家协会“文学陕军再东征”的展位。前几天有人说，这次参展的陕西七十多位作家的作品里，有我的长篇小说《回家》。我想去看看，我的书放在展览台上是个啥样子，虚荣心蛮重的！这个，我没有给父亲说，怕他笑话我。其实他也有同样的心思，也想看看他的几部书会出现在哪个展柜。

我和父亲直接来到在A馆“文学陕军再东征”展区，首先看到了路遥、陈忠实、柳青三位大家的塑像，令人对几位前辈顿生敬畏。然后，我和父亲转到塑像背后，一眼就看到我的长篇小说《回家》摆在很显眼的位置。父亲指给我看，他说：“还可以，比你爸强，和大作家的书并排摆着。左边是路遥的小说集，右边是朱鸿的散文集。不过，革命尚未成功，娃娃还得努力。”父亲说着用手拍了拍我的头。不知为啥，眼泪却不由自主地流了出来。心想，我也是快五十岁的人了，在父亲面前，却还是一个被父亲拍头顶的小娃娃，瞬间感觉有父母在，真好。

紧挨的展柜是西安出版社的展区，还没走到跟前，几位老师就迎了过来。他们都说：欢迎你们父女两代作家来我社展区参观，这次的展会上，你们两人的作品都上架了，有老孙老师的《峒川烟雾》和《苦夏》，有小孙老师的长篇小说《回家》和散文集《一轮明月映秦岭》。这种父女同框的展出，估计整个书博会就只有你们父女俩了。听了这话，我和父亲都有点激动。后来忙着看展台上的书，忘了和父亲合照留念，现在想起来真有点遗憾。

父亲确实把钢用在了刀刃上，在西安出版社展区，他花三千元买了一套六十八本的《西安秦腔剧本精编》。因为我们全家都是秦腔迷，以前在我们村的自乐班，爷爷是台柱子，父亲、二大、二哥和我，都曾经登台演出过。

本来给方英文老师提前发微信说好的，在现场给我和父亲每人签一本他新出版的《偶为霞客》；可 B 馆里，方英文、吴克敬、冯积岐三位老师面前，是三条长龙队伍。我对父亲说："咱俩一人排一队，谁先排到就代签两个人的。"父亲说："瓜女子这次灵性了。"

估计父女两代作家同时排队等着让作家签名的，也只有我们了。其实，我们两人完全没有必要排队，随时都可以找他们三位签名的。

在书博会最后三天，我去了两次。父亲说，他每天都去，一天没落。

与文学结缘

三十多年前，我在渭南上学，当时不知道《华山文学》，要是知道，我也会投稿的。

“投稿”这两个字，是父亲的口头禅，从小我就听说，直至上了初中，我也跟着他学会了写一些豆腐块文章，然后投出去。当然，我的稿子十有八九都被退了回来。高一时，我的作文《朝华山》经过老师指导修改，在《西安晚报》上变成了铅字，让我很是高兴了一阵子。

1980 年代中期，父亲在渭南开了一家不大不小的饭店，有员工三十多人，炒菜、米饭、葱花油饼、稀饭、大菜小吃应有尽有。我跟随父母到渭南上学。那时候，我们算是有钱人家，我每天上学放学可以乘坐公交车，不用步行，便省下了很多时间，我也就有点不务“正业”，经常偷偷地学父亲写点文字，再把他投稿的地址偷来，将稿子投出去。当然，这一切都是在父母不知道的情况下在学校偷偷进行的，作为学生的任务是好好学习，考大学。李康美叔叔是父亲在渭南最要好的朋友，经常把西安来的陈忠实、王观胜两位叔叔领到我们饭店去吃葱花油饼、水盆羊肉，有时候也把渭南的任小平、徐喆叔叔领去谈文学、谈人生。我常常坐在一旁静静地听，从那时起，耳濡目染，就与文学结缘，成为一个文学爱好者。

1990 年，我们举家迁回老家许庙，在镇上办起了全县最大的酒楼，名曰“蓝川酒家”。酒楼开业的第二天，父亲邀请了省上的县上的大小作家来聚会。陈忠实叔叔和李康美叔叔嫌人太多，避过这个日子，他俩相约，第三天来到蓝川酒家。那天晚上，陈叔和李叔没有回去，就住在我们家的房子里。我们家的房子是当时全蓝田县最好的楼房，跟别墅一样，八间两层，两扇对开的绿色带弹簧大门，玻璃大窗户，外墙全部是紫红色的瓷片，远看闪闪泛光，气派得很。晚上，陈叔叔和李叔叔在那里对弈，杀了整整一夜，一个抽雪茄，一个吸纸烟，直杀得两眼通红、烟雾沉沉……

我记得，那晚我是他们的“服务员”，负责端茶倒水。其间，李康美叔叔约陈忠实叔叔给渭南市文联主编的《华山文学》写稿，顺便让父亲也写一篇。陈忠实叔叔说：“今晚只管厮杀，不谈工作，更不谈文学！”

后来陈叔叔和父亲到底给《华山文学》写没写稿子，我不知道。

那时候，我不知道《华山文学》是怎样的杂志，李康美叔叔亲自向陈忠实叔叔约稿，应该不能小觑。从那时起，我就一直想着，啥时候在《华山文学》发表一篇文章，那是何等的荣耀啊！

一晃快三十年了，我也算是一个头顶“作家”帽子的文学爱好者，这次适逢《华山文学》出刊 100 期，清泉东风老师邀我写些文字，突然间感觉很是惭愧，几十年来，学生时代的梦想，还没有达成。不过，我想以后会有机会的。

突然间想起来，2000 年，我在陕西文学创作研究会（简称文研会）任秘书长期间，曾经在华山的北峰上搞过一次面向全国文友的文学采风和朗诵活动，当时李康美和郭俊民两位老师代表《华山文学》全程参与了这次活动，回去后将部分作者的采风文章发表在《华山文学》上。文研会主要以培养文学新人为己任，有的作者写了半辈子，连一篇文章还未发表过，《华山文学》提供了这个机会，让他们的文字变成了铅字，从此登上文学大舞台。有的作者后来成名了，《华山文学》功不可没，李康美老师以及后来的各位主编、副主编和责任编辑功不可没。在此，我代表文研会向《华山文学》的编辑老师们致以崇高的敬意！

文学让世界没有距离，文学让友谊不再遥远，与文学结缘，就会有诗和远方，生活就会更加美好。愿《华山文学》越办越好，越走越远，愿文学更具魅力，愿这片沃土光芒万丈，愿文学依然神圣。

送曲莲

每年收罢麦，长安和蓝田的白鹿原一带，有过古会的习俗，而我们蓝田许庙、厚镇、普华一带，是不过古会的，但是舅舅家会给外甥烙一个重约五公斤、一拃厚的大曲莲和几个小曲莲（外甥每人一个），在农历五月的任何一天，用塑料网兜背着给外甥送去。这种习俗，我们当地一直都有，称为“送曲莲”。

听说这种习俗，咸阳渭北一带也有，其主要盛行于武功、永寿。

至于舅舅家为啥要在麦收后的农历五月给外甥送曲莲，流传着好几种说法，咸阳渭北和蓝田东川各有各的说法，虽不统一，但都是一种对美好生活的祝愿和祝福。

蓝田东川一带的曲莲制作工艺比较复杂。是用刚收割的上等新麦面粉和成面团，经发酵后制成一个大约五十厘米的面坯，两面依次用一大一小的圆形杯口相互套着刻出花环，中间再掏一个二十厘米左右的圆圈，圆圈里嵌条弯形的鱼，鱼身贴有莲花状的面片，形状似弯曲的莲花，故称曲莲。小曲莲是带有花齿状的，大约如老碗口大小，中间也有一个圆圈，但是没有鱼和莲花，两面用梳子齿压出花纹，四周用剪刀剪开，四个为一组，捏成莲花瓣，用红毛线从中间的圆孔穿着结成一个环挂在孩子的脖子上。听老人说，结婚的女儿生了孩子满月后，娘家要接女儿和外孙子挪窝到舅舅家住一段时间，回去时舅舅家要给外甥家送一个大锅盔和小锅盔，俗语有：儿一半女一角，外甥来了背个锅。锅即锅盔（曲莲），代表孩子和大人把口粮带回来了，曲莲要送到孩子十二岁为止，十二岁以后就是成年人了。

曲莲，也有连年有余的美好寓意。

乾县、武功和永寿一带舅舅给外甥送曲莲，流传着一个既悲悯又欢喜的传说。

那一带的曲莲，开始不叫送曲莲，而是叫戴屈原（馍）。做法和蓝田的不一样，是用面粉蒸成弯曲形状的大鱼，红辣椒当嘴，黑豆子（或者红枣）当眼睛，鱼身用剪刀剪成鱼鳞状，鱼背上也贴有莲花状的面片。

传说戴屈原（馍）起源于战国时期，是秦国为了庆祝楚国屈原跳江身亡流传下来的。乾县、武功和永寿在当时是秦国的中心地域，强大的楚国是秦国最大的威胁，而屈原又是楚国最主张抗秦的大臣，他的抗秦策略对秦国非常不利，只是楚王昏庸，并不采纳屈原的策略，屈原觉得即使不能治国，他也不能眼看着楚国亡国，就在五月五日跳汨罗江殉国。屈原跳江死时正是关中小麦收获的时节，秦国人日夜担心楚国会来攻打，麦子不能收割。屈原殁后，也就不再担心了，从容地收割了麦子，秦国人便相互庆祝，一位咸阳渭北籍在朝廷当官的舅舅从宫廷里传出此消息给他的母亲和姐姐。母亲连夜按屈原的模样做成各种形状的馍送到女儿家，并且让孩子戴在手上或者脖子上吃掉它。第二天乾县、武功、永寿一带人都知道了这个消息，就效仿庆祝，给外甥家送屈原馍。因时间久远，送屈原慢慢地叫成了送曲莲，流传至今。

小时候，我舅舅家实在太穷，外爷去世早，小脚外婆一个人拉扯着母亲和两个舅舅，粮食年年都不够吃，确实没有余粮给我们送曲莲。别人家舅舅给外甥送曲莲，我就远远地跟在人家后边，看着装在塑料网兜里又黄又厚的纯白面锅盔，馋得直流口水。好在我们当地民风淳朴，村里有个好的传统，不管谁家舅舅给外甥送来曲莲，家里大人都会切成一指厚的馍片，装在木盘里，用白毛巾盖住，挨家挨户地给村里人散发。那一刻，是我们这些小馋猫最开心的。接到邻居送来的馍片，大人一口都舍不得吃，掰成小块分给自家孩子。真的，那时的曲莲是最香最香的吃食。

奶奶是村里烙曲莲的第一把好手，记不清她曾经给村里多少人家烙过曲莲。记得有一次，一个邻居刚把曲莲馍片散给我家，她儿子就立刻冲进我家，把放在我家案板上的馍片一把抓走，嘴里还说：“就不给你家吃，你们每年都没给我家散过。”母亲扭过身，撩起围裙偷偷地擦着眼泪。

自那以后，母亲再也不让我们姊妹几人接村里人散的曲莲馍或者花盘，远远地看见有人散馍片，就从屋里把门闭上，做出家里无人的假象，躲避难堪。

现在，农村人的生活都好了，家家有余粮。 麦子收罢，即使平时家里人都在外地打工或做生意，每年的农历五月，舅舅都会赶回老家，开着小车给外甥送去一个烙得焦黄焦黄的大曲莲和几个小曲莲。

放低自己

2021 年的冬天特别寒冷。这个冬天，我敬爱的父亲离我而去，长眠在村北的朝坡岭上，在送埋了他老人家后，我不忍心父亲一个人孤孤单单地躺在村北的田地里，就毅然回到峒峪村老家，陪他长住。

刚从西安回老家的时候，西安的疫情还不是很严重，但在父亲五七（12 月 23 日）时，古城西安的疫情紧张了，政府不得不采取严格的防控措施，同时对全民进行一轮又一轮的核酸检测。

村子里的天好像比城市里亮得早了一些。早上起床，推开房门，大地一片素白，纷飞的雪花似蝴蝶儿洁白的羽翼在空中闪烁着然后缓缓落下。白茫茫的雪给人的感觉只有一个字——冷。房前屋后以及村巷全都银装包裹，室内，室外，一刹那间都盛满了无边的静寂。天空中布满了铅色的阴云，黑沉沉阴森森的。

峒峪村委会院子里那棵两米粗的雪松，冠大如云，覆盖了大片院落。松的清香，雪的冰莹，给人一种甜丝丝的抚慰。空气中的杂尘也得以过滤，一切都显得清亮，一切也都在升华，连人们的心灵都在净化，变得纯洁而又美好。

排队做核酸检测的村民，大多戴着帽子手套，穿着厚厚的棉衣，还冻得直跺脚。“一九二九不出手，三九四九冰上走”，这首九九歌说的是从冬至过后的一九二九这段时间的天气，很冷，如果把手露在外面必然会冻得发慌，所以才会有一九二九不出手的说法。如果在这些天里下雪，那天气就更冷了，冷到能让河面积起厚厚的冰来。在我们峒峪村里做核酸检测的白衣战士们，他们的手上，戴的只是一层薄薄的医用手套。我每次来村委会做核酸检测的时候，都会想同一个问题：他们冷吗？说不冷，那是假的，但就是再冷，战士们也不会畏惧。因为只有他们的无私付出，才能让山河早日无恙，才能让人间春日早到。

村子里留守的村民，多是老人孩子。在我们村做检测采样的这位白衣战士，我不知道他姓什么，叫什么，就暂且称他帅哥大白吧。以我的目测他的身高在一米八五以上，体宽身胖，防护服穿在他身上略显窄小。白色的护脚套，白色的护目镜，白色的隔离面罩，我认不出他是谁，只知道他是舍小家为大家的勇士。每一次采样，他都得弯下腰放低自己的身躯，才能够在合适的位置完成采样。

敏妈脑出血后，坐在轮椅上，我排在队伍的末梢，看见帅哥大白给敏妈采样时，是单腿跪在雪地里的。那些土地上凌乱闪烁的雪花，已经被他踩得黯淡，板结成了冰块。想想，他一天要工作多长时间，穿着一身不合体的战袍，要采取多少个样本，要弯多少次腰，他能受得了吗？他是谁的儿子，又是谁的丈夫，试问天下哪位父母不心疼自己的孩子，哪位妻子又能舍得自己的丈夫在这冰天雪地里，如上了发条的钟表，来来回回地重复着同样的动作呢？

在帅哥大白的身后，放着一把黑色皮面椅子，椅子上已经积了厚厚的白雪，他却顾不上坐下来稍微舒展一下酸痛的腰。我不由得心疼起他来，主动地踮起脚尖，不舍得他再次弯腰。人性是善良的，因为戴着口罩，隔着挂着细小水珠的面罩，我能看见他两只黑亮亮的眼睛，向我投来温柔的目光。他一边用手在空中示意我把脚放下，一边说："大姐，地上有冰太滑，您站好，注意安全。"良言一句三冬暖。一句简简单单的话语，让我因失去父亲寒冷了几十天的心，突然间热乎乎的。在转身离去的瞬间，我给他鞠了个九十度的躬，表示感谢。

出了村委会大院，走在田间的小路上，抬头望向天空，我闭上眼睛，任雪花与我娇柔地缠绵，我仿佛听到了雪花在我耳畔轻轻地吟唱，仿佛听到了遥远的天际传来了天使的声音：只要人人都献出一点爱，世界将会变成美好的人间。

等一场雪，念一个人

弹指之间，季节转换了冷暖，那来自天际的雪，带着千丝万缕的眷恋和思念，片片飘过我的窗前。

心事，似乎还在昨日的余梦里缠绵；指尖，触到的却是即将来临的清寒。红尘来去一场梦，醒来已是梦中人。几份思念，将冰封冬日的心绪打乱；几许缱绻，已落在我如雪的白发上面。

等一场雪，念一个人。

云海苍茫间，俯身，捡拾时光深处那些零落的花瓣，却拾不起这一路的寂寞与清欢，只能将那些温柔的只语片言，放逐于淡淡的流年。

那些过往，那声称呼，总如一场不老的清风，穿过季节的栅栏，一次次，在我午夜的梦回中来去舒卷。忽近，又忽远……

冬来的时候，有些事，终究还是一阵烟；有些人，终不能陪我把这段路走完。而雪，会如期，把每一个写满风尘仆仆的脚印填满。惟愿，在天堂里，能与您，且行，且惜，且念。

等一场雪，念一个人。

在相遇的故事里，有些记忆的情节，早已跌落在时光的边缘。唯有晶莹的雪，不染尘纤，亲情落进我们生命的素笺，把那些倾心的时光慢慢誊写，默默渲染。

行走间，时光那么漫长，每一段，都似乎是种重复和循环；时光，又那么短浅，仓促，我，总是对着您的去处，偷偷擦干泪眼，再俯下身去，继续思念。

等一场雪，念一个人。

您的名字，是我读过最短的一首诗；您的名字，是我念过最长的一首诗。有生之年，我总一厢情愿地期待冬天，期待与您在熹微的清冷里再一次相遇，不是擦肩。

这雪，在我浓稠的思念和祈祷里归来，落在生命的音阶上，平平仄仄，深深浅浅，慰藉着我干涸的心灵，演绎着这份真实与平淡。安静，亦超然。

等一场雪，念一个人。

我愿，在清悠的岁月里，拥着这些诗意的暖，侧耳，聆听恋恋风尘里的荣与辱，悲与欢。我愿，过往的故事里，不说从前，不说想念，只道一句：天堂里，您还好吗？

追忆陈叔

人间最美四月天。然而，2016 年 4 月对我来说却不是的。4 月 29 日，陈忠实陈叔走了，在听到噩耗的那一刻，我的心如刀割般疼痛，泪水如泉涌一般。我不能相信，陈叔，您怎么会走得如此之匆忙，您的生命怎能消失得如此之急促？

5 月 5 日，我们去西安殡仪馆为您送行。广场上白菊满地，满树的槐花好像也在哭泣。陈叔，您的家人和生前好友都来送您最后一程，希望您在另一个世界里，没有病痛，没有哀愁，只有您喜爱的文字和您心心念念的白鹿原。

那一天，全国各地的读者都为您的离世而悲痛，都在用各自的方式寄托着哀思。我为您拥有如此重情的读者而感到骄傲。

2008 年，是我人生中最为晦暗的一年，工作和家事都出现变故，我整日生活在浑浑噩噩之中。您看在眼里，急在心里，经常打电话问候并安慰我，为我的事操心。我知道，您为自己和家人的事，从来都不求人，却为我昼牵夜挂。这份父爱般的真情，我终生不忘，铭记在心。

记得有一天下午，您突然给我打电话说，下午要带我去亚特看世界杯。放下电话，我一时有点发愣，心想：陈叔啊陈叔，您叫我去看球赛，我哪看得懂啊，我从未看过赛事，连菜鸟球迷都算不上。我真不知道，您当时是怎么想的。

尽管我很不理解，但还是收拾东西，和您坐上车去了亚特。在车上，您开始给我讲阿根廷备战世界杯，过程十分艰辛。俄罗斯世界杯举世关注，就在这个非常关键的时候，阿根廷的情况却有些尴尬，在宣布参战世界杯的二十三人国足名单中，居然没有前锋伊卡尔迪。这可是一枚重爆炸弹，要知道，伊卡尔迪可是夺过意甲金靴的超级球星！他是靠足球生活的，足球是他人生的全部。陈叔忽然把话头转向我："你想想，他是何等样的人物，在生活和工作中，都会有不如意，你这点事儿，还算得上个事吗？人生在世，谁都不会一帆风顺，都会有坎坎坷坷的道路在等着。一个坚强的人，不能被道路上的荆棘所吓倒，更不能被绊倒。既然这条路走不通，那就换一种方式去生活，我相信你是一个不会被困难缠绕的人，你会像球场上奔跑的球员一样奋勇向前，冲刺，哪怕离赛事只剩下最后的一分钟，也要尽力去拼搏，直到最后的哨音响起为止。女子，让以前的那些不愉快的事情，尽快过去吧，你的生活得重新开始。你还有两个可爱、乖巧、懂事的儿女，为了他们，你也要变阻力为动力，展现你年轻活力的另一种生活方式。你的责任还在，你的灵性还在，你的人生价值还没有实现。我相信，只要你对今后的美好未来不放弃，只要你努力，奇迹一定能够在你身上发生。”

听着听着，我恍然大悟了。原来您叫我看世界杯，是“别有用心”啊！您是借机让我重燃生活的希望和勇气。陈叔，我敬重的陈叔啊，为了我的事，您变着法儿开导我，教诲我，我岂能辜负您的一片好意，我记住了，把您的教诲深深记在心里。

三年后的 4 月 15 日，您的骨灰将要进入墓室，您的魂灵将要入土为安，我和您的家人，还有您的亲朋好友都来了，在这洁白的槐花绽放的季节，哭送您最后一程……

槐花白花花地缀满枝头，空气中弥漫着淡淡的清香，雨后的空气中含着泥土的气息。我站在您的墓前，为您默哀。突然想起了您写的《槐花麦饭》，想起了《四妹子》，想起了《信任》，想起了《白鹿原》，想起了一桩令我难忘的事来。

记得 2006 年，汉中略阳的一位朋友来到作协大院找我，说是准备了三千元，想请您为他们文化馆主办的报纸题写报头，但是又怕您名气太大，这点润笔费太少而不敢见您。我当时连想都没想，就直接把他领到了您的办公室，说明了来意。您坐在办公桌前，抽着黑色雪茄，烟雾在您的周围飘动，您好像在思考着什么，又好像在看着窗外的梨树。一言不发。好长时间后，您才用沙哑的声音说：“我就那么爱钱吗？我就那么不像一个文人吗？作为陕西省的作协主席，我有义务和责任支持基层的文学事业！报头我现在就写，润笔费一分不收。”这件事已经过去十多年了，它却像发生在昨天一样，让我记忆犹新。

站在您的墓前，看着您的骨灰盒缓缓地进入墓道，所有人的眼里都溢满了泪水。我的双眼模糊了，想象着陈叔您的身体将与您笔下的白鹿原融为一体，您终于解脱了，文学的辛劳与疾病缠身的痛苦，可以安安静静地休息了。

在您的墓前，您的音容笑貌突然间闪现在我的眼前耳畔，您那厚重亲切的声音又一次响起：“亚玲，生活再难，日子再苦，都不要丢了写作……”这句话我记住了，并且在心里默默地对您保证：“陈叔，您放心，我会继续写下去。”

现在，我只能对着您说：“陈叔啊，今天，我不能陪您时间太长，我得离开，赶往无锡参加中国作协的培训。”

去机场的路上，车子在晃动，您的身影若隐若现，还是那个老样子——手指夹一支雪茄，如白鹿原上的沟壑般深重的褶皱刻满额头，您用您那坚毅的眼神注视着我，又似在教导着我……

离别总在不经意间

今年正月，没有鞭炮，没有大年初一，没有拜年，没有元宵，没有应酬和接待。夜晚上床前，早晨起床后，多数人第一件事就是刷手机看疫情变化，关注这场旷世难遇的灾难，经受人间疾苦的忧戚。

生离死别在刚刚过去的这个春节里特别的多，父母失去儿女，孩子失去父母，无论哪一种都使人难过伤心。正月初二一大早，接到赵熙伯伯的电话，声音沉重，他说："你雷叔叔走了。"我真的不相信自己的耳朵，手机突然掉到地上。心疼得连一句话都说不完整，赵伯伯听到了我的哭泣，说是因病去世，与病毒无关。

电话还没挂断，父亲的微信又来了。我回复他：在家等我，马上开车来接您。我开车拉了儿子和父亲，顾不上想别的，给雷叔叔灵前的三炷香，无论如何是要敬的。

今天是雷乐长叔叔的四七，一直想写一些文字，但都无法动笔。

雷叔叔和父亲是至交，又是我儿子猱猱的干爷爷。我们在一个楼上住了二十多年，以前经常见面，自从去年他搬到三爻省直机关小区以后，再没有见过。在我的印象中，他的身体一直都挺好的，怎会就殁了呢。跪在灵堂，看着他笑呵呵的遗像，泪水模糊了我的双眼，阿姨哭着拉住儿子的手说："猱猱，你爷走了，以后没人疼你了……"二十四岁的大小伙子大声喊着爷爷，哭得抽抽搭搭，惹得一屋子人都抹眼泪。

雷叔叔是陕西文学创作研究会会长，扶持了全国一大批的基层文学爱好者，只要穿得土气从农村来作协找人，门房不用问就知道是找雷乐长的。不管是谁他都热情接待，遇到饭点还请拜访者在作协旁边吃顿水盆羊肉。他的工资并不高，但他总说吃碗羊肉还行。在他担任会长期间，为业余作者出版专著和会刊上百部，每一部都倾注了他的心血，每一部他都会逐字逐句地编辑修改，同时自己还创作了七八部叙事长诗。记得在写《王宝钏》时，为了能够淋漓尽致地描写烈女王宝钏和薛平贵的爱情故事，我和儿子陪他去五典坡寒窑遗址实地体验，妖马洞里寒气太重，六月天还冷得发抖，门口值守人员看他年龄太大，劝他不要进去，可他坚持说不进去，咋能写出红鬃烈马桀骜不驯的野性、咋能写出王宝钏对爱情的坚贞。回家后他就感冒发烧，期间仍坚持创作。谁劝，他梗着脖子和谁急。有时候偷偷坐在办公室关着门，任谁叫都不吭声。在生病期间，他写出了一万多行的叙事长诗，深受读者喜爱并多次再版。这本书前面的彩插里，有我儿子猱猱钻在雷叔叔怀里撒娇的照片，老人慈祥，孩子可爱。

儿子一岁的时候，每天上班我都带着他，雷叔叔只要看见我忙，就会把孩子接走，有时带到办公室，有时带回家和阿姨一起帮我照看。在雷叔叔家，儿子每次进门第一件事，就是拉开冰箱找好吃的，比在自己家还随便。有次雷叔叔和阿姨睡午觉，他从床上溜下来钻进厨房，把冰箱里的鸡蛋一个一个摔在地上，看蛋清蛋黄游动，高兴得咯咯咯地笑。气得雷叔叔拧着他耳朵问："咋净干坏事！"他说要把鸡蛋里的小鸡放出来，问他小鸡在哪，他说跑楼下下蛋去了。说着还拽着雷叔叔的手往外跑，让和他去楼下收鸡蛋。雷叔气得哭笑不得，高高举起打他的手，又轻轻地放了下来。

雷叔叔烟瘾很大，写作的时候更甚，一天两包都不够。为了让他戒烟，我特地买了一副象棋放在文印室，每天单位其他人下班后，他都和门卫师傅厮杀几盘，赢了就高兴地抱着我儿子猱猱去买咸花生、干脆面等小食品，输了就气得在作协大院转来转去，想着怎样能扳回一局。我下象棋的三脚猫功夫就是在观战时学的。记得有一次，门卫师傅请假了，他棋瘾发了，让和我他杀几盘。我不敢应战，便说打电话叫隔壁院子人陪他下。他摆好棋盘说："人生和下棋一样，只要你敢干，就有赢的机会，你连和对手较量的胆量都没有，那必定输。小马如果不试水深浅，这条河它肯定过不去。你以后做事也一样，不要怕输，输了吸取经验教训重新再来，万一赢了岂不更好。”那天连着三盘干瞪眼，输的人是我。他说，和高手对决，学的是过程，输了也不丢人。他的言语直到现在我都记着，不敢忘记。

雷叔叔的丧事正处在疫情期间，阿姨说，不开追悼会不收挽幛花圈，一切从简。我们只是在灵前敬了三炷香，磕了三个头。没送他最后一程，心里总是愧疚难过。

我给儿子说：“今天是雷爷爷的四七。”他说：“等疫情过后，我们再去祭拜。”

水蜜桃

张耀辉硬是用坏主意把槐林县东川镇小羊角村最漂亮的姑娘杨桃搞到手，成了他的女朋友。

杨桃，人称杨摆柳，高挑个儿，双腿笔直、细长，天生一副魔鬼身材，还有一张漂亮的天使脸蛋儿，双眼皮儿，本来就很浓密的眉毛，再经她精心修剪，细细的，弯弯的，眉梢上翘，衬着一双水汪汪的大眼睛更是明亮、清纯、好看。一头黑亮亮的长发很随意地披在肩上，立挺的乳房和轻翘的屁股，勾得人直瞪眼。

三六九是桐花镇逢集的日子。六月初九，吃过早饭，杨桃和她的寡母王敏利把自家桃园里又大又红已经成熟的水蜜桃用三轮车拉到集上，摆在清川河桥头售卖。掀开盖在竹筐上的桃树叶子，一股浓浓的水蜜桃味儿就弥漫开来，不等她俩把桃框卸完，摊前就挤满了人，你三斤他五斤地买着。

尧头镇张家村的张耀辉也凑了过来，从筐子里拿出一个桃，眼睛眯成一条缝地看着杨桃，问东问西，就是不买，也不离开。

“你到底买不买，不买把地腾开，后边还有人要买呢。”

“买啊，不买跑你这儿来干啥。”

“那你就快挑，我来给你过秤。”

“急啥呢，我还没看够呢。”他故意把“看”字的音拖得长长的。

杨桃被他看得不好意思了，生气地把手中的秤往三轮车箱里使劲一扔，大声说道：“不买就算了，快走开。”

“谁不买了，你的‘桃’我全要了，全要。”张耀辉一边说着，一边用眼睛瞄着杨桃。

“把眼睛睁大点看清楚，这可是几大筐桃，你能买完？”杨桃哼了一声。

“走，给我送家里去。”张耀辉歪着头，双眼仁朝一个方向瞅着，用右手食指指着东方，做着指路的样子说。

杨桃很快地和母亲交换了一下眼色，母亲轻轻地给她摇了摇头，杨桃立刻说道：“不送货上门。我们还要给桃园买其他东西呢。”

“不送，这么沉的几大筐，我一个人咋拿回去呢？”说这话时，他的头都快凑到杨桃的怀里了。

杨桃脸立刻红了，不由自主地向后退了几步，声音明显小了很多：“那……那不管，反正……我们不送。”

“这样吧，你给我送过去，我给你再加五十块钱的路费，你看行不？”张耀辉一看刚才的方法不行，立即换了种商量的口气对杨桃母女说着。

杨桃又和母亲交换了一下眼色，这次，母亲点了点头，但立刻好像又想到了什么，对张耀辉微笑着说道：“小伙子，你家在哪儿？ 远了可不送。”

“不远，阿姨，就在镇子的东头，我家是街面的。”张耀辉一副很谦逊又很骄傲的样子，表面上没有表现出一丝丝的得意，心里却早已乐得开了花，“阿姨，您在这休息一会儿，让您女儿跟我去就行了，三轮车我来蹬，她坐。”

杨桃的母亲王敏利，四十五岁左右，一米六五的个头，平时身体就很好，没痛没病的。 面庞白白净净，衣服穿得干净、利落。

“不用，让她买东西去，我给你送。”杨桃的母亲很坚决地说着，“别看我年龄大，但劲比她大多了。”说完，就跳上三轮车，硬把张耀辉拽着，朝镇子东头而去。

张耀辉的计划全被杨桃母亲搅黄了，他气得一屁股坐到三轮车上，用拳头在空中狠狠地抡着前头蹬车人的后背。

其实，张耀辉并不是要买这么多的桃。 他是看上了杨桃，以送货为由头想加上她的微信，临时才想出来的鬼主意。

等张耀辉和她母亲走后，杨桃实在憋不住了，笑得捂着肚子蹲在地上。

在镇子东头一座贴着白瓷片的两层楼前，张耀辉有气无力地说："就这。"跳下三轮，斜着身子靠在门框上。

王敏利很麻利地卸下桃筐，按张耀辉的要求把水蜜桃一个个地摆在一张竹篾凉席上，蹬着三轮车和杨桃会合去了。

张耀辉生了一肚子的窝囊气。从来还没吃过如此大的哑巴亏，他暗暗地在心里思量着另一个计划。

东方开始泛白，天气还不太热。几只早起的鸟儿在树枝上跳来跳去，叽叽喳喳叫个不停。杨桃家桃园树下的小草也在微风中晃动，轻轻起舞。

桃园里，前几日摘过桃子的树枝轻快地晃动着，发出"沙沙"的响声。围墙上蔷薇枝上那粉红的花瓣儿上还带着亮晶晶的露珠，幸福地沐浴着清晨第一缕阳光的洗礼。

张耀辉穿着一件红白相间的新短袖，鼻梁上架着墨镜，头发理得短短的，很精神，一边指挥着树上几个人摘桃子，一边翻着白眼仁从墨镜上空隙处朝村子外水泥路上瞅着。他急切地希望杨桃能早一点来到桃园。

一位戴着奶油色遮阳帽，穿着白衬衣的女人骑着三轮车急匆匆地向桃园而来，她就是杨桃的母亲王敏利。

张耀辉远远地看见了她。拿起靠在围墙上的树股往门口横着一扔，然后给脖子上挂了一个黄色帆布包，戴着白色手套，把墨镜朝后脑勺一挂，"嗖"地一下就上了离桃园木篱笆门最近的一棵桃树，很麻利地把摘下来的桃子装在帆布包里，装出一副很认真、很专注、很小心的样子。

“哎哟，这是谁家的瞎怂娃又在桃园里糟蹋人呢？想吃桃，等我摘下来给你还不行吗？”杨桃的母亲王敏利急忙跳下三轮车朝桃园走来。刚一推开栅栏门就摔倒在地，疼得她嘴都咧开了。

张耀辉听到呻吟声，赶紧从树上跳下来，跑到王敏利跟前，边扶边问：“阿姨，您怎么摔倒了，要不要紧？”

王敏利坐在地上，揉着被崴了的脚，一看是张耀辉，气得瞪大眼睛质问：“你来干什么？难道又要买桃？”

“我是来找你们家‘水蜜桃’的……”他小声地自己嘟囔着。

“你说啥？”

“阿姨，我叫了几个伙计，帮您摘桃卖桃来了。”他一边说，一边使劲把绊倒王敏利的那枝树股拿起来，扔到老远。“以后您走路小心点，别再被树股绊倒了。”

“你来帮我摘桃卖桃，为啥？”王敏利感到非常吃惊，扭头看着张耀辉。

“阿姨，是这样，我的一个同学在县上农业合作社有电子商务平台，我给他说好了，你们家的水蜜桃他全包了，在网上销售，每天送两筐，今天就可以送两筐过去，只是……”说到这里，他故意停了一下。

“咋了？”

“只是……您的脚崴了，不能送桃了，我又不能一个人去。”

“真的假的？ 网上销售？”王敏利的口气明显缓和了许多。

“真的，阿姨。”张耀辉把王敏利扶起来，搀着她坐在桃园门口的竹椅上，“不信，问问您家水蜜桃，她肯定知道这种现代化销售渠道。”

“我家水蜜桃？”王敏利疑惑得睁着两只眼睛。

“哦，哦，哦，一着急说错了，您家杨桃。”

王敏利掏出手机，用语音给杨桃打着微信电话。

杨桃肯定了此事，并且问她：“你咋想起用电商销售了？”

王敏利的脚脖子一会就肿得像小孩子的大腿一样，明晃晃红通通的，一步都不能动了，她只好叫来杨桃坐着张耀辉的车，把桃子送到县上去。

张耀辉和杨桃先把她母亲送到医院，拍了片子，医生说只是骨裂，打上石膏固定好就可以了。

许耀辉催促着说：“这样吧，让我伙计帮着照看阿姨，咱俩先把桃子送到县上，天热，去晚了不新鲜，还影响人家包装发货。”本来就细小的眼睛，因为胖脸上的肉激动得颤抖而显得更小了。

他有点得意，却没有忘形。

杨桃看了看母亲，又看了看他，总觉得哪儿不对劲，但一时又发现不了问题。 为了尽快把桃子送走，她就坐上张耀辉的车，朝县城去了。

一路上，张耀辉一直用电话和他同学联系着，硬逼着把价格定得比在集镇上零售还高，还要保证后边桃园的所有桃子都得尽快卖出去。偶尔拧过头，给坐在副驾驶座上的杨桃挤着眼睛，一副很得意的样子。

“哎呀，看对面的车！”张耀辉使劲把方向盘往左一打，车猛地侧了一下，杨桃的身体也倒在了张耀辉的怀里。他一把抱住她，头低得挨着她的脸，关切地问：“小桃，没事吧？”

“没事，没事……”她立刻坐正身子，用右手紧紧地抓着车扶手，脸红得像张红纸一样，小声说着。

“没事就好，没事就好，你看我，光顾着谈价格了，忘了还开着车呢。”他一手握着方向盘，一手握着杨桃的手，好像很随意似的。

忽然想起了什么，杨桃猛地抽回手，在脸上摸着，不好意思地看着前方，胸脯一高一低地呼着气，让近在咫尺的张耀辉更是魂不守舍，眯眯眼贼溜溜地瞅着，轻轻地拍了拍她的背说：“傻丫头，还害羞了，脸红得跟水蜜桃一样。”

杨桃看了看张耀辉，很腼腆地抿着嘴。

张耀辉又一次握着她的手，轻声说：“水蜜桃，咱俩加个微信，以后桃园里的体力活我全包了，有我在，不会让你母女再受苦的……”

下午三点，正是一天中最热的时候，张耀辉打开车窗，眼睛抛向远处的秦岭，跟着音乐咻咻地吹着口哨，

“妹妹你坐船头，哥哥我岸上走……”

吃过晚饭，一辆面包车停在张耀辉家门口，司机把几箱印有红色“水蜜桃”字样的纸箱搬了进去……

张耀辉从此有了一个叫“水蜜桃”的漂亮女朋友。

西凤，西凤

大红花花公鸡“咯咯咯”地叫着，奓起一脖子的鸡毛，扑打着翅膀追赶着芦花母鸡，撞倒了堆在窗台下的几只空酒瓶子，发出“哐啷啷”的声音。

响声惊动了杨老太太：“老头子，娃娃结婚，到底喝啥酒你定好了没有？”她坐在粉刷一新的窑门前，端着簸箕擦着大红枣上的尘土，头都没抬地问着蹲在石磨盘前吧嗒吧嗒抽旱烟锅子的杨老汉。

“操你的心，早都定好了，几辈辈榆林人喝了几十年的老榆林，林娃结婚还能喝其他酒不成？”

杨老汉把铜头木杆旱烟锅子在地上嘣嘣嘣地磕着，等把烟锅里的烟灰磕完后，缓缓地站起来，抬头看着头顶蓝格湛湛的天空。 天晴得像一张蓝纸，几片薄薄的白云，像被阳光晒化了似的，随风悠悠地飘游着。

他背对着老伴说：“离娃娃结婚没几天日子了，我出去一趟，把酒和瓜子糖定死。”

杨老汉一边说一边把旱烟锅用荷包绳子缠紧，然后一圈一圈地绕起来，装在黑色裤子的裤兜里，骑上儿子过年给他买的新日电动车，往外走了。

杨老太太看着老头子走出去的背影，脸上荡漾着幸福的笑容，自言自语地说："看把你能的，娃娃都说了，要喝西凤酒，你还犟得不行，非得要喝老榆林，我倒要看看，你们爷俩，谁厉害？"

院门外榆树上的一对喜鹊一大早就"喳喳喳"叫个不停，她把簸箕放在膝盖上，也抬头看着晴得亮堂堂的天空，云白天蓝，风柔日暖。好日子真的要来了，娃娃要结婚了，娶的还是西安城里的女子。她收回目光，看着面前脚地上只顾低头觅食的一群金色长尾巴的大花公鸡和弯曲着红冠子的芦花母鸡，顺手从身旁筐篮里抓起一把高粱扬到地上，说，"吃吧，吃吧，吃饱了多下蛋，等林娃儿和媳妇回来，给他们每天都吃，这娃娃，再过几天就到结婚的日子了，有甚要紧事到现在还没回来，让我们老两口在家瞎着急、乱忙活。"她把擦得干净匀称的红枣倒在磨盘上盛着花生的大筛子里，用手来回拨拉着，又自言自语地说，"差不多了吧，五十斤红枣、五十斤花生，枣生贵子，枣生贵子，够老乡和亲戚们吃的了。"

"妈，我们回来了。"正在嗔怨儿子还不回来的杨老太太，听到院门外儿子的喊声，急忙跑出去。一辆黑色轿车停在门口，车门已经打开，驾驶室坐着儿子，副驾驶坐着儿媳妇，她高兴地跑过去，正要把儿媳妇拉出来，突然间缩回两只手，上上下下地拍打着身上的尘土，又从上衣口袋里掏出手帕，来回地擦着双手，嘴里一个劲地说："快下来，回屋，妈给你们擀杂面，咱陕北的杂面可好吃呢。"

西凤搀着杨老太太的胳膊走过刚刚用青石装修一新的门楼，走进了窑院："西凤，你陪咱妈做饭，我来拿东西。"杨建林扭头摇下副驾驶的车玻璃，看着西凤高挑的背影，欢喜地说。 他说完下了车打开车后备箱，把装得满满的东西一件一件地拿出来放在地上。

"妈，我爸做甚去了，咋没见他嘛。"杨建林把东西拿回来搁在窑洞里的桌子上，向做饭的母亲问着。

"你爸啊，去给你们定结婚喝的酒去了。"

"定酒去了，酒还用他定，西凤就是推销西凤酒的，还用他定。"听了母亲的话，杨建林感到很是吃惊。

"你爸说了，咱们一辈辈的榆林人，不管过甚红白喜事，都喝的老榆林，你结婚，也要喝老榆林，不能坏了榆林人的矩规，西凤推销的是西凤酒，那是西安人过事喝的。"

"老思想，老顽固，定上到时候我们也不用，也不喝。"

杨建林在榆林市做建材生意，五年前一直和父亲在镇上给周围村民箍窑，现在榆林人富裕了，都盖楼房，箍窑的人家是越来越少了，再加上父亲年纪大了腰不好，身体也不如从前，也就不再干箍窑的营生了。 建林就到本村在榆林市做建材生意的杨生贤公司打工去了。

杨建林算个有文化的人，当年高中毕业，没考上大学，补习了一年还是没考上。后来就跟着有手艺的父亲学箍窑了。

他聪明，脑子活，又会上网，把在学校学的知识都用到了实践之中，新型窑内装饰和外观设计他都感兴趣，有时候还绘成图纸，建议主家装饰成新式样。大多数人家都会采用他的建议，并委托他帮着从杨生贤的公司买材料，慢慢地他也学到了很多建材知识。他人实在，从不吃回扣不用假材料糊弄主家。杨生贤让他在公司任业务经理。

杨建林是个做事认真的后生，自从他负责公司业务后，经常把客户邀请到公司实地考察，推荐新产品、新技术，还制定了一系列对经销商的销售奖励政策。考察完公司，再领客户到榆林市一家最地道的边塞馆子“羊角里”吃饭喝酒。每次来，都坐在同一个包间，喝着老榆林，吃着大块羊肉和糜子面油糕。

中秋节的前一天，杨建林又来到“羊角里”请客户吃饭，一位白白净净，化着优雅淡妆，个子高挑的姑娘，穿着和酒店其他服务员不一样的绿色西服A字裙来到他们的包间，双手递过菜单，用温柔甜美的声音对他说：“先生，请点菜。”杨建林抬头看了一眼，猛地一愣，心里咯噔地跳了一下，她美艳靓丽，鼻子竖直，小嘴上涂着浅浅的口红，大眼睛双眼皮忽闪忽闪地看着杨建林他们。他觉得她与酒店原来的服务员大不相同，就嗫嚅着说："你是……新来的？"

"是的，先生。"他慢慢地翻着早都熟记于心的菜谱，有一句没一句地和她拉着话，询问菜品的配料和口味以及荤素搭配的一些常识性问题。

点好了菜和酒，服务员看了看菜单，还是用温柔甜美的声音对他说："先生，我们酒店新进了西凤酒，西凤酒古称秦酒、柳林酒，是中国四大名酒之一。始于殷商，盛于唐宋，已有两千六百多年的历史……"杨建林打断了她，憨笑着说："知道的还不少，今天就介绍到这，下次，下次来了再介绍，今天就到这。"他抬头看了看她，笑嘻嘻地摇摇手，示意她不要再说了。

三荤三素六盘菜摆到了桌子上，一瓶老榆林，另外还有一小壶"凉白水"。女服务员一只手背后，一只手伸着向他们介绍着："先生，这是西凤酒，您看，它清澈透明，清芳甘润，入口醇厚，尾净味长，回味无穷。今天，免费送您一壶二两半包装的，您尝尝，如果喜欢，下次来了就喝它。"

杨建林猛地把身子坐直，一本正经地看着服务员，用浓重的陕北话说道："还有免费送酒的好事，如果我喜欢，能不能每来一次，就免费送一次？"他把鼻子凑近分酒器，贪婪地闻着酒壶里飘出来的那股和老榆林不一样的香味。

"可以啊，只要您觉得西凤酒好喝，就送。"服务员微笑着对杨建林说，“先生，菜齐了，你们慢用，有需要，请叫我。”看着服务员苗条的身材，杨建林对坐在对面的客户说：“这姑娘不错，会说话，会做事，关键是人长得漂亮，肯定能把西凤酒在榆林推销出去。”说这话时，竖起了左手的大拇指。

以后杨建林每次来了，西凤姑娘都会给他送一壶二两半包装的西凤酒。他每次都和西凤就西凤酒的口味特点等话题拉拉话。慢慢地，他感觉只要几天不见西凤，就心里发慌，莫名地烦躁。

他爱上了西凤。

腊月二十八，其他服务员都回家过年去了，酒店里只剩下西凤一人，她忙得招呼着所有的顾客，当杨建林领着十多个客人走进来的时候，西凤将他们领到包间里，倒水点菜，并习惯性地问杨建林：“先生，来一瓶西凤酒吗？”

“来两瓶，两瓶，西凤好，我已经离不开了。”杨建林一语双关地瞅着西凤说，“今天，每个人都要喝个痛快，一醉方休，明年我就要自己单干了。”

其他客人都走了，只剩杨建林靠着墙坐在椅子上歪着头睡觉，涎水流在羽绒服上，他嘴里嘟囔着：“西凤酒，好喝，西凤酒，好喝……西凤……姑娘好，漂亮……我喜欢她，喜欢她……”

西凤一下子不好意思地脸红起来，幸亏包间里没有其他人，不然同事们又戏谑她，说是杨经理看上她了，她也爱上了杨经理之类的话。

她一边帮杨建林用纸巾擦着嘴，一边把他扶好，喃喃地小声说：“西凤酒好，咋有时候还喝其他酒，虚伪。”

“西凤，以后，以后，不再喝其他酒了，只喝……喝西凤，你……做我女朋友吧，我每次来吃饭，都是为了见你，这两个月，我请的都是同事，就是……为了看你……看见你……你是西安飞到榆林的金凤凰。”杨建林看着西凤婀娜纤细的腰身在他眼前来来回回地晃动，借着酒劲一把抓住西凤的手，含糊不清地嗫嚅着，“东湖柳，柳林酒，女人手……绵，真绵，我喜欢，喜欢你……”他醉醺醺眯着眼睛，拉过西凤，抱着坐在自己的腿上，朝西凤的脸上亲去……

西凤吓得从他怀里挣脱出来，立刻朝包间外的大厅看去，见没有其他人，心疼地俯在他耳边小声说：“谁让你喝成这样，一会儿下班，送你回家……”

一辆出租车载着西凤和杨建林，向四五里外的槐花庄驶去。杨建林把她搂得紧紧的，嘴里不停地说：“西凤，推销西凤酒的姑娘名字叫西凤，有意思，有意思。西凤，我喜欢你，爱你。”西凤也乖乖地依偎在杨建林怀里，用甜蜜蜜的声音告诉他：“我原名叫喜凤，是我爷爷起的。大学毕业应聘到西凤酒厂后，厂长建议我把名字改了，就改成了西凤。”

大年初二，杨建林领着父母和姐姐姐夫，来到“羊角里”酒店。西凤知道，这是杨建林专门安排的。她红着脸低着头羞怯怯地走到杨建林他们跟前说："先生，新年好，欢迎你们。"杨建林的脸也红了，一直盯着西凤看，竟忘记了招呼大家坐下，还是西凤打破了尴尬的场面："先生，请您点菜。"

"哦，来一锅炖羊肉，要大块的。"他猛然间清醒了过来。

"需要什么酒水？"西凤看着杨建林，心腾腾腾地跳着，脸红得像过年家门口贴的春联。

"西凤，两瓶西凤。"杨建林用深情的眼神看着站在旁边因害羞而低着头的西凤，故意大声说："以后都是西凤。 不用问。"

"喝甚西凤，来老榆林。"还不等杨建林把话说完，杨老汉就对杨建林大声地嚷着，"咱榆林人，吃炖羊肉，喝老榆林。"

"稍等。"

一会儿，西凤一手拿着分酒器，一手拿着已经开了瓶的老榆林，趁给两位老人和杨建林他们斟酒的时候，在桌子底下用脚轻轻地踩了一下杨建林，并悄悄地给他递了一个眼神，他会意地点了点头。

杨建林端起酒杯，对父亲杨老汉说："爸，今天过年，您得多喝点，来，尝尝这酒，儿子给您敬酒了。"杨老汉端起酒杯，仰头倒在嘴里，感觉有点不对劲，自己拿起分酒器又倒了一杯，轻轻地在嘴边抿了一口，咂一砸嘴唇，像是在回味着什么，摇摇头，说："不对，今日这酒不对，绵，柔，淳，甜，香，和往日的酒不一样！”

杨建林忙说：“是啊是啊，我也觉得醇香芬芳，甘润爽口。与往日的酒不同！”

杨老太太和女儿女婿尝完酒后也说：“不像是老榆林！姑娘，你这‘老榆林’酒瓶里到底装的啥酒？”

西凤莞尔一笑：“阿姨，这是西凤酒，我们陕西凤翔的西凤酒，西凤酒醇香典雅、甘润清爽，它不上头、不干喉，好喝吧？”

“好喝，好喝！”几个人同时说。

杨建林高兴地对其他人说道：“人家西凤姑娘是西安人，对西凤酒的历史和文化知道的很多。”他朝西凤扬扬下巴，“把你知道的都给我们介绍介绍，让我们也了解一下西凤酒啊。”他一边说一边给西凤使着眼色。

西凤看着坐在面前的一家人，突然感觉很亲切，她已经不像刚才那样害羞和窘迫，落落大方地给杨建林他们一家人介绍着西凤酒：“西凤酒的储藏和别的酒有所不同，它是用‘酒海’在地下酒窑里贮存，酒海是用柳条编织的大型血料纸酒篓。唐贞观年间，西凤酒就有‘开坛香十里，隔壁醉三家’的美誉。北宋文学家苏东坡在凤翔任官时，酒后留下了惊世名篇《喜雨亭记》，并用‘花开酒美曷不醉，来看南山冷翠微’的佳句赞美柳林酒，也就是现在的西凤酒。”

杨老太太听着西凤的介绍，一高兴就拉着西凤坐到她的身边，抚摸着她的肩膀，亲切地说：“女子，你真会做生意！ 叫什么名字？”

“我叫西凤，杨西凤。 咱们是一家人啊！”

“好姑娘，好名字，一家人，一家人！”杨老太太忽然若有所思地说：“要真是一家人，那就好了！”他用嗔怪的眼神望了儿子杨建林一眼。

杨建林走过去，把西凤大大方方地搂在怀里，说：“爸，妈，姐姐，姐夫，我要她做我的婆姨，你们同意吗？”

“同意，同意。”杨老汉和杨老太太首先发了话。

杨建林拉着西凤的手，站在父母面前，郑重其事地说：“爸妈，我还要宣布一件重要的事情，我打算和西凤结婚以后，不再做这费事费力的建材生意了，和她一起在榆林做西凤酒的总经销商。 以后，咱们所有亲戚过事的酒，我包了，全用西凤。”

“看把你能的，做西凤酒的总经销商，你能做好还不是西凤姑娘有本事，知道西凤酒香得曾招蜂醉蝶，懂西凤酒上下几千年的酒文化，西凤姑娘做老板，我信，凭你，最多给西凤打打下手。”杨老汉一边抽着旱烟锅子，一边对还在傻笑的杨建林说着。

西凤姑娘红着脸笑了笑，给每人的酒杯里倒满了酒。

天蓝得透亮，连一丝浮云都没有，像是被过滤了所有的杂色，纯净得熠熠发光。 空气轻盈的，静静的像波浪似地摇荡着，滚动着，蓝蓝的天边边上，嵌着一轮金光灿灿的太阳。

三个月后，杨建林和西凤的婚宴就设在“羊角里”酒店，三十多桌宴席上，摆着红枣、花生和喜糖。在酒店大厅的过道里，十多箱老榆林酒也整整齐齐地摆在地上。杨老汉今天穿了一件酒红色绸子对襟新上衣，黑色羊毛裤，头戴呢子帽，手里拿着旱烟锅子，时不时地吧嗒两下，看着在场的亲戚朋友，高兴的不由得嗓门也大了起来，对着正在摆凉菜的服务员说：“女子，女子，把酒给咱也摆上，一桌两瓶，一桌两瓶。”

服务员把一箱老榆林端到桌前，撕开封口的胶带纸，拿出酒瓶一看，立刻惊得喊了起来：“杨经理，杨经理，你过来一下，这老榆林酒箱子里咋装的是西凤酒呢……”

“林儿，你忙你的去。我来，我来。”杨建林刚走到服务员跟前，就被杨老汉推开了。

杨老汉听到服务员喊声时，急忙跑了过来，对一脸懵懂的服务员说：“女子，不管箱子里装的是老榆林还是西凤酒，你只管往桌子上摆……”

他心里明镜一样。